中公文庫

ゴーストライダー

警視庁組対特捜K

鈴峯紅也

中央公論新社

目次

序章……9
第一章……13
第二章……60
第三章……117
第四章……183
第五章……242
第六章……309
最終章……371

主な登場人物

東堂絆《とうどうきずな》……警視庁組織犯罪対策部特別捜査隊（警視庁第二池袋《いけぶくろ》分庁舎）遊班所属、警部補。典明《てんめい》に正伝《しょうでん》一刀流を叩き込まれた
大河原正平《おおがわらしょうへい》……警視庁組織犯罪対策部部長、警視長。絆を組対に引っ張った張本人
浜田健《はまだけん》……警視庁組織犯罪対策部特別捜査隊隊長、警視
下田広幸《しもだひろゆき》……警視庁渋谷署組織犯罪対策課所属、巡査部長
氏家利道《うじいえとしみち》……警察庁国際テロリズム対策課情報官。警視正
奥村金弥《おくむらきんや》……中野《なかの》のネットカフェ・自堕落屋の社長
鴨下玄太《かもしたげんた》……プラカード持ち
東堂典明《とうどうてんめい》……絆の祖父。剣道の腕は警視庁に武道教練で招聘《しょうへい》されるほどの実力者
渡邊千佳《わたなべちか》……絆の幼馴染《なじ》みであり、元恋人
綿貫蘇鉄《わたぬきそてつ》……千葉県成田《なりた》市の任俠《にんきょう》団体・大利根《おおとね》組の親分。昔気質《むかしかたぎ》のヤクザ
久保寺美和《くぼでらみわ》……元警察官。白石幸男《しらいしゆきお》の後を継ぎ、有限会社バグズハートを実質運営する。
若狭清志《わかさきよし》……元警察官。兵庫の竜神会二次団体、芦屋銀狐《あしやぎんぎつね》の舎弟
林芳《りんほう》……元警察官。上野《うえの》（通称：ノガミ）のチャイニーズ・マフィア・魏老五《ぎろうご》グループのNo.２、陽秀明《ようしゅうめい》の部下

山﨑大元《やまざきだいげん》……株式会社エムズ社長。元狂走連合
田中稔《たなかみのる》……ＴＳ興商株式会社・社長
赤城《あかぎ》一誠《いっせい》……狂走連合第七代目総長
五条宗忠《ごじょうむねただ》……竜神会《りゅうじんかい》会長・源太郎《げんたろう》の嫡男。源太郎の死を受け、跡目を継ぐ
五条国光《ごじょうくにみつ》……竜神会《りゅうじんかい》総本部長。源太郎《げんたろう》の息子《むすこ》、宗忠の弟
魏老五《ぎろうご》……ノガミのチャイニーズマフィアの首魁《しゅかい》

本文イラスト　永井秀樹

ゴーストライダー　警視庁組対特捜K

序章

ようやくや。ようやくお父ちゃん、死によったわ。

心不全やら老衰やらて言うたら、怪しむ者なんて誰もおらんかった。

実際、そんな歳《とし》やし。そんな歳まで待ったったんやし。

お父ちゃん、八十二歳やったんやて。

そんなん、もう誰から見ても大往生でええやろ。

逆に、そこまで生かしたったんや。適当に満足してもらわな、こっちの立つ瀬も、老醜を晒《さら》す前に殺したった甲斐《かい》もないわ。

それにしても、ピンピンしとる頃はただのクソ忌々《いまいま》しい爺《じじ》いやったけどな。なんや、死なれてみると全体、少しは胸も疼《うず》くわ。

自分でも意外やけど、これもある意味、情なんかな。

——。

けどまあ、大したこと無いわ。ま、ケツに溜《た》まった屁《へ》みたいなもんやな。ひり出してしまえばそれで仕舞いや。すっきりしたなぁってなもんで、あとはなぁんも残らん。残らん爺《じい》さんやった。

さぁて。

これでやっと、私の時代や。いや、私の作る新世界や。

おっと、だからって、通天閣《つうてんかく》の根元の新世界とは違うで。あそこも昔から比べたらずいぶん様変わりしたけどな。

けど、私の言う新世界は、あんなゲイバーと串カツの街のことやない。もっとこう――。

くっくっ。まあ偉そうに言っても、私はこの世に大して思うことはないんやけどな。

ただ、グズグズしとってもなんも変わらんからな。少なくともお父ちゃんの、屁の残り香が感じられるような物はひとつも要《い》らんし、お父ちゃんだけやないで。昔に生きた連中が作ったレトロな切った張ったは、もう時代遅れで迷惑なだけや。

だから――。

少しずつ、始めよか。

取捨選択、違うな。そうそう、断捨離や。要らん物《もん》どんどん捨てて、まずは空き地を作らんと。造成や。

そしたらそこに、一本太い道を通してな。道が出来れば新しい街が出来るやろ。新しい街が出来れば、新しい商売も生まれるもんや。

もちろん、私にも考えはあるで。

新しい街は私が作る街や。誰に渡す気ぃもないし、リサーチに何年も掛けた、自慢の商品もあるしな。

満を持しての投入や。

その前に断捨離や、断捨離。

要らん物どんどん、どんどん――。

――。

ああ、なんや。

そういえば、私には繋《つな》がっとるもんがないからかな。そもそもこの世に、必要な物も執着もほとんどなかったわ。実感や。今わかった。

断捨離、断捨離、か。

ふん、お題目や。念仏やな。

南無阿弥陀《なんまいだ》ぁ、南無阿弥陀ぁって、そんなもんなら、そやな。最後には、私自身を断捨離してもええかもな。

くっくっ。

冗談や冗談。

今のはほんまに冗談や。

けどまあ、冗談やけど、そやなあ。
本当は冗談に聞こえん冗談ほど、行き着く先は怖いもんなんやでえ。
南無阿弥陀ぁ、南無阿弥陀ぁってな。
――。
ふん。
下らな過ぎて、自分でも笑われへんわ。

第一章

一

六月最初の土曜日、その夜だった。正確にはもう、日付は日曜に変わっていた。

この夜、株式会社『エムズ』社長の山﨑大元《やまざきだいげん》は、道玄坂《どうげんざか》の途中から迷路のような路地を入った辺りに建つテナントビルにいた。

五階建ての上階ツーフロアを借り切る、マネー・デリバリーという金貸しの事務所だ。ビルそのものはオーナーがバブルの頃、デザイナーズマンションとして建てたものらしいが、バブル以降は賃料の高さもあって入居率は良くなかったようだ。それでワンフロアをぶち抜きに改装し、企業向けの事務所にしたという。

山﨑がいるのは、最上階の五階だった。エムズにはない、社長室というやつだ。

革張りの豪華なソファと分厚い大理石のテーブルに、最近では滅多にお目に掛からない毛足の長いペルシャ絨毯《じゅうたん》が敷かれていた。

ビルは外壁のタイルも所々が剝《は》がれて寂れて見えたが、内側にはどうしてどうして、金満の匂いがタップリだった。

その証拠に、ビルは決して安くないフロア貸しにも拘《かか》わらず、大半のフロアに借り手がついて埋まっていた。

一階には島田誠子《しまだせいこ》会計事務所、二階には今泉《いまいずみ》法律事務所という会社が入り、空いているのは三階だけだ。

ただ、この三階というのが――。

その辺がこの夜、山﨑がマネー・デリバリーというより、このテナントビルを訪れた理由だった。

今、マネー・デリバリーの社長室には三人の男らがいた。

「へへっ。じゃ、乾杯といくかい」

下卑た笑いを見せ、山﨑はロックグラスを掲げた。

背が低いにも拘わらずダブルのスーツを着込んだ、下膨《しもぶく》れのポマード。

それが、山﨑大元という男の外見だった。

「おう。今夜も美味《うま》い酒になりそうだ」

酒焼けの野太い声でそう応え、山﨑にグラスを合わせたのがマネー・デリバリーの社長、田浦正樹《たうらまさき》だ。歳は山崎と一緒の三十四歳で、狂走《きょうそう》連合の頃からの腐れ縁だった。

山崎は六代目から七代目に掛けての総長近くを彷徨《うろつ》いていただけだが、田浦は七代目総長の下で旗持ちだった。体格に恵まれ、喧嘩《けんか》となったら真っ先に飛び込んでゆく男でもあった。

「じゃ、兄貴。頂きます」

次いで二階の賃借人、今泉颯太《そうた》がオンザロックをひと息に呑《の》んだ。

今泉は一見するといい男で、そこだけに惚《ほ》れた山崎の妹の旦那だった。法律事務所の看板は掲げるが、活動実績はない。あるわけもない。

今泉はフリーターという名の無職で、妹のヒモのような男だった。半グレでさえない。とにかく山崎には従順で、だから都合良く賃借人として名義を借りた。

その代わりに小遣いをやって、事務所を自由に使わせている。つまり、実際に二階の賃料を払っているのは山崎だ。

一階も同様で、前に山崎が、ビルごとすべてを息の掛かった連中で貸し切りにしたいと呟《つぶや》いたことがあった。そこへ、いいのがいると言って、今泉が連れてきたのが島田誠子だった。

――俺の、これなんだけどさ。兄貴、あいつには内緒な。

今泉は小指を立てた。妹の手前もあるが、本物の税理士だということで目を瞑《つむ》ってＯＫ

したが、なんのことはない。

島田は企業への脱税指南で二年の業務停止中だった。だから一階も結局、賃料を払っているのは山﨑だ。

「おい、颯太。あんまり呑むなよ。呑むたんびに女抱きやがって。これ以上情婦が増えるとよ、さすがに妹の手前、俺も庇《かば》い切れねえぞ」

山﨑はグラスのウイスキーを舐《な》めつつ、苦い顔で言った。

「おっと。わかってるって」

今泉は即座に首肯したが、まあ嘘《うそ》だろう。今泉にはほかにも「小指」が、両手の指でも足りないほどいるのは分かっていた。

それでも山﨑が今泉らを飼い、高い賃料も払い続けているのは、当然それだけの旨《うま》みが別にあるからだ。

それが三階であり、ときおり山﨑がこのビルを訪れる目的だった。

山﨑は田浦と組み、三階で裏カジノを営業していた。

テナントビルの三階は、ただ空いているわけではなかった。山﨑がビルオーナーに掛け合って空けさせていたのだ。もちろん実質的に発生する賃料は、他の階の分に上乗せで山﨑が支払っている。

とにかく、全フロアを同じ穴の狢《むじな》が占めるビルの、空きフロアに立つ賭場《とば》だ。それは間違いなく、他のどの裏カジノより客の関心を引いたようだった。

しかも、エムズの表の本業であるイベントプロデュースに絡め、渋谷道玄坂〈新宿のとあるレンタルスペースで会員制のＤＪイベントがあった真夜中は、裏に熱いカジノが立つ〉

ことを符丁にして不定期、神出鬼没を触れ込みにすると、この山﨑たちの裏カジノは大いに流行《はや》った。

もちろん、客だけでなく自分たち胴元の安心安全も担保するため、所轄の何人かの刑事にもそれなりの金を渡した。カジノが賑《にぎ》わえば、大した額ではなかった。

今のところ、この所轄の〈クズ〉どもはそれなりに働いてくれたようで、ひと月半ほど前の摘発《てきはつ》は上手《うま》く逃れることができただけでなく、踏み込んできた刑事どもを客と一緒にからかうという、一種の余興として堪能《たんのう》できた。しかも相手は、渋谷署と新宿署の合同チームだった。

その中に特捜の東堂絆《とうどうきずな》がいたのは計算外と言えば計算外で、慌てて少々の赤っ恥はかかされたが、まあ、そのくらいは飲み込む。東堂だけは別格、化け物というやつだ。

東堂は、エムズの生命線であった危険ドラッグ〈ティアドロップ〉のルートを粉々にし、前社長の戸島健雅《としまたけまさ》を自滅にまで追い込んだ男でもあった。その怨みはたしかにあるが、今はまだ、無理に化け物などを相手にしている場合ではなかった。

行きがかり上、名ばかりの副社長から持ち上がりで社長にはなったが、戸島の最後に巻き込まれる形で、エムズは資産も信用も、とにかく会社を運営してゆく上で必要な物のほとんどを喪失していた。

すぐに潰《つぶ》れるというほどではなかったが、カツカツではあった。入ってくる分がそのまま素通りして出て行く感じだ。

山崎としては流動資産、要するに手っ取り早くまとまった現金が欲しかった。その意味で裏カジノは短絡的ではあったが、見つからなければ最良の手段でもあった。

渋谷署との繋がりで、常に摘発の日時は把握できた。この一ケ月ほどは、QASとか言う警視庁の自浄作用が発動したとかで、情報源とは上手く連絡が取れなかったが、特に不便はなかった。

QASは自浄であると同時に自縄だと、そんな噂《うわさ》がすぐにアンダーな連中の間に流布《るふ》し、おそらく実際にもその通りだった。

大掛かりな摘発・ガサ入れはQAS以降、少なくとも渋谷と新宿ではただの一件も行われなかった。

書き入れ時、と踏んだのは、なにも山崎だけではなかったろう。

以前ならそれでも注意には注意を重ね、多くとも一ケ月に一、二度程度だったが、このところは構わず一週間に二度の開帳にした。

ようやく連絡がついた情報源の一人から、渋谷署はしばらく全体として機能停止状態だというリークが入ったからだ。

一回の開帳で、胴元の懐《ふところ》に転がり込んでくる金は約五百万だった。場所代やディーラーやコンパニオンの人件費、そのほかの経費を差し引いて田浦たちと分けると、山﨑の手元にはだいたい五十万ほどが残った。月に二回なら百五十万以上になった。場所代など、月極《つきぎめ》で支払う固定費は二度は掛からないからだ。

これだけでも特に不満はなかったが、それが週二回になると――。

堪《こた》えられなかった。金が目に見えて、積み上がるほどに残った。

この夜も、順当なら山﨑の懐には一晩で百万が転がり込んでくる予定だ。

今、山﨑が田浦や今泉と酌み交わす酒は、言わば前祝いというやつだった。

二

「おら。颯太ぁ、もっと呑めよ」

「兄貴もよ。おっと。田浦さん、空《から》っすよ」

「おう。悪ぃな」

濡《ぬ》れ手《て》で粟《あわ》で転がり込んでくる百万の酒は、美味かった。三人が三様の馬鹿話で杯を重ねた。

山﨑や田浦は主に狂走連合の頃の昔話に花を咲かせた。今泉は口を開けば釣り上げた女の話か、女を介した仲間の、〈タラシ〉連中の話だった。

「へへっ。お前ぇの周りは尻軽の男好きか、性悪の女好きばっかだな」

中身のない話だが、今泉は〈タラシ〉だけあって調子者だった。山﨑は笑ってグラスを傾けた。いい調子だった。

おう、そうだと言って田浦が手を打った。

「女好きで思い出した。なあ、山﨑。赤城《あかぎ》のヤツ。どうしてっかな」

「なんだぁ。いきなり赤城かよ」

山﨑は吐き捨てた。

暴走族時代の馬鹿話の中でも、その辺は少しばかり苦い話だった。

赤城一誠《いっせい》。

それは狂走連合第七代目総長の名前だった。身体的にどことといって特徴があるわけではないが、人の心胆《しんたん》に触るような凄《すご》みがあって、六代目だった戸島も総長就任の頃から赤城には一目《いちもく》も二目も置いていた。

だからその二年後の、赤城の七代目は順当だったと言っていい。異論はどこからも、常に口うるさいOB連中からも出なかった。初めてのことだったらしい。

そのまま順調ならおそらく、狂走連合歴代総長の中でも一番だと山崎たちも胸を張れたに違いない。

けれどそうならなかったのは、赤城が総長が退任後に一年係りとなる、恒例の相談役を三ケ月余りの中途で放り出してどこかへ消えたからだ。

それも、何事もなく静かに消えただけではなかった。消えたことによって狂走連合のレディースだけでなく仲間連中の彼女など、とにかく見境なく食い散らかしていたことが次々に明るみに出た。

立つ鳥がきちんと手当てをせず、跡を濁したままで去った結果としては、かえって順当だったろうか。

OB連中の間には、女関係のトラブルが原因でトンズラしたかなどと嘲笑する向きもあったが、赤城がそんなことで逃げるような男ではないことは、山崎達は身に染みてわかっていた。逆にその程度のことを問題にしようものなら、間違いなく笑顔の赤城に笑顔のままで半殺しの目にあったはずだ。

半殺しにしておきながら血塗《ちまみ》れの肩を親し気に抱き、

――悪かったな。いったん頭に血が上っちまうとよ、歯止めが利かなくてな。勘弁しろや。もうしねえからよ。

赤城はそんなふうに言う男だった。

だから、山崎も黙った。

赤城が自分の女に手を出しているのは、仲間内にも囁《ささや》かれて早い時期から知っていた。実際、仲良くホテルにしけ込むのを目撃したこともあった。

それでも黙って、知らない振りをした。赤城が怖かったのは間違いないが、それだけではない。山崎がこの女にどうしようもなく惚れていたのもまた、間違いのないことだった。

ただ、赤城が消えた後に、彼女が孕《はら》まされたことを知った。

ねえ、なんとかしてよと相談された。

任せろと胸を叩《たた》いたものの、アルバイト程度の金はバイクのローンとガソリン代に消え、まとまった金などありはしなかった。

それですっぱりと走り屋を辞め、嫌々ながら、当時羽振りがよくなり始めていた元六代目総長、戸島が起こした㈱エムズに雇ってもらった。

親は息子《むすこ》が真っ当になったと泣いて喜んだが、初任給というものはまんま、赤城の後始末で消えた。中絶費用だ。

女とはそれから一年と保《も》たず別れたが、以来、戸島の下でやってきた。

最初からわかってはいたことだが、戸島はどうにも面倒な男だった。横暴で小心で、尊大で猜疑心《さいぎしん》が強く、陰険で守銭奴だ。

ただただ社長と部下、金銭の関係。

それで毎日、吹き荒れる嵐のような振る舞いに目を瞑り、頭を下げ続けて我慢してきた。そもそも戸島は、六代目総長を引退してからも狂走連合最大イベントの、〈まつり〉には必ずやってきた。来ては先輩連中に米搗《こめつ》きバッタのようにへつらっては、返す刀で現役以下にはふんぞり返って偉そうに振る舞った。

──俺らの七代とは、偉《えれ》ぇ違いだな。

そんなふうに陰で笑ったものだ。笑えるほど、逆に赤城は誰にも媚《こ》びず、またそのことに目くじらを立てられるほど胆力の備わったOBもいなかった。

「おい、田浦。お前ぇだって当時の女をよ、あいつに食われたんじゃねえのかい？」

「そりゃそうだけどよ。別にその女と今でも付き合ってるわけじゃねえし、俺だって後輩の女ぁ、食わなかったわけじゃねえ。お前だってそうだろが」

「ん？　ああ。そりゃあまあ、違うとは言わねえけど」

「時効だろ。そんくれえ鷹揚《おうよう》に構えてねえと、危なくって仲間内の思い出話なんか出来っかよ」

まあ、言われればわからなくもない。そんな付き合い、その程度の付き合いが、半グレという連中との距離感としては具合がいい。

「しかしまったく、女癖を抜きにすりゃ、赤城は強《つえ》ぇし、凄《すげ》え奴《やつ》だったんだけどな」

田浦はグラスに氷を落としながら言った。

「そうだな」

山崎も頷《うなず》いた。その辺は実績がものをいう。認めざるを得ない。

「たしかにこう、な」

山崎は目を細めた。赤城の真似《まね》だ。

似てると言って田浦は笑った。

「細い目で一重《ひとえ》でよ。変な凄みがあったよな。良くも悪くもよ」

山崎はグラスを傾けた。空だった。

「田浦、今だから言えっけど、俺ぁ、あいつが怖かったぜ。それが赤城には伝わったんかな。ほかの奴の前じゃ言わなかったが、裏じゃあしょっちゅうよ、〈ビビリ〉なんて呼ばれてた」

「へっ。まだいいじゃねえか。俺なんかよ、大っぴらに〈パシ男〉だぜ。パシリのパシ男」

「おっ。いいっすねぇ。パシ男っすか」

「うっせえな。お前ぇが呼ぶんじゃねえよ」

田浦が口をへの字に曲げ、今泉が大いに囃《はや》した。

「けどよ。名前を出されりゃ、そうだよな。気にならなくもねえや。赤城の奴、どこにいるんだかな」

山崎はグラスにウイスキーだけ注《つ》いだ。

「案外、野垂れ死にしてたりしてな」

ひと息で空ける。熱い塊《かたまり》が胃の中に落ちた。

「総長なんてなあ、うちの社長だった戸島もそうだが、だいたいがろくな者《もん》じゃねえ」

山崎の言葉に、田浦は大きく頷いた。

狂走連合の総長は、全部で十代を数えて解散になったが、半数近くが実社会という〈この世〉にはいなかった。

初代は半グレ連中との些細《ささい》な抗争で刺されて死に、三代目と四代目は立派なヤクザになってそれぞれ〈仕事〉をし、あと五年と八年は塀の中だ。

馬鹿の筆頭、六代目の戸島などは、世の中を大いに騒がせた殺人狂、西崎次郎《にしざきじろう》とティアドロップの一件に大きく関わり、暴走バイクで単管組みの櫓《やぐら》に突っ込んで死んだ。そのとき派手に撒《ま》き散《ち》らした九億のせいで、会社を引き継いだ山崎は今でも苦しんでいる。

そうして七代目の赤城一誠は、狂走連合相談役の途中から十二年に渡って行方不明で、九代目は自爆の交通事故に三人を巻き添えにして、二年前にあの世へ行った。

たしかに、ろくな者でもろくな生き方でも、ろくな死に方でもない。

「もっともよ、うちだけじゃねえけどな」

田浦はグラスを置き、大きく伸びをした。呑み始めてからすでに一時間が過ぎようとしていた。

「山崎、知ってっか。去年のうちに、ヘルズバッドのヘッドだったのと、豪爆坊《ごうばくぼう》の二代目が死んでるしよ。他にもこの間、イレイザーの加藤も死んだんだぜ」

「ああ？」

聞き返したわけではない。どいつも、山崎も昔から見知った連中だった。狂走連合と同じような暴走グループの幹部だった者達で、その後全員が就職もせずに半グレとして薄闇の中に生きていた。

「もっとも、豪爆坊の二代目は癌《がん》だってぇしよ。ヘルズバッドのヘッドは、シャブ中で頭ン中が吹っ飛んだって話らしいけどな」

「へえ」

どいつもこいつも、ろくでもない。少なくとも山崎は、生きているというだけで自身が勝ち組だと思えた。生きていれば、いずれいい目も見られる。それが証拠に、生きて酒を呑んでいるだけで、この夜も一晩で百万円の金になる。

「さて。田浦、颯太。札束の匂いでも嗅《か》ぎに行くかい」

山崎はグラスを置いた。

カジノに顔を出すには、いい頃合いだった。

半ばを過ぎると、ツキのない客はそろそろ飽きが来る頃だ。胴元として顔を出して煽《あお》ってやると、そういう連中ほど倍戻しの大勝負に出て玉砕する。

「これも、大事な仕事だぜ」

五階からフラフラと、階段で降りた。

だいぶいい感じに出来上がっていた。

もっとも出来上がっていなければ、裏カジノの客などに振り撒く笑顔も、下げる頭も山崎は持たない。

三階に降りると、敢《あ》えて嵌《は》め込んだ紫檀《したん》の重厚なドアの前で黒服の二人が目礼した。どちらも腕っぷし自慢の半グレだ。そんな男らを内外に何人も配している。金は馬鹿にならないが、それも安心安全の担保だと思えば、高くはない。

払うべきものは払う。それが経営者だ。

鷹揚に片手を上げ、山崎はドアの前に立った。

ど真ん中にゴム底の靴跡がついていた。

摘発のときに渋谷署だか新宿署だかの刑事がつけた跡だ。安いハウスクリーニングでは消えなかったが、それならそれで良しとした。警察を手玉に取った勲章のようなものだと思えば、笑えた。

百人は遊べる室内は、熱気に包まれ大いに賑わっていた。

六十人、七十人はいるだろうか。

（この分なら、今日は百二十万にはなんじゃねえか）
皮算用にほくそ笑みながらバカラやクラップスのテーブルを回る。
──ああ。楽しんでますか。
──夜はまだまだこれからですよ。
──日付が変わりましたよ。ツキも変わったんじゃないですか。
一端《いっぱし》のオーナー面。
悪くない。
そんなときだった。
誰かが背後から来て、山崎の肩を叩いた。
不躾《ぶしつけ》にして、強い力だった。
「ああ?」
先程真似た、赤城のような目で背後を睨《にら》んでやった。
ただし、凄みもなければ、背後への驚愕《きようがく》に平常心も保《たも》てなかった。
「げっ。あっ。て、手前《てめ》えっ」
山崎の狼狽《ろうばい》もどこ吹く風で受け、背後の男は頭を掻《か》いた。
「えー。こんばんは」
立っていたのは警視庁組織犯罪対策部特別捜査隊、通称組対特捜の件《くだん》の化け物、東堂絆だった。

一瞬のブラックアウト、いや、ホワイトアウト。

「――な、なんだよ。なんだってんだよ！」

山﨑の声は自身でも無様《ぶざま》だと思いながらも、間が抜けた高いものになった。

三

山﨑が叫び、カジノホールの一切の話し声が途絶えた。ルーレットホイールを巡る球の音だけがかすかに聞こえる。

「何って、泳がせたんだよ。丸五日間、しっかり張らせてもらった」

絆は、目を見開いたまま固まる山﨑の肩を叩いた。

「刑事は、執念深いんだ。肝に銘じた方がいい。特に渋谷の、特に下田《しもだ》ってデカ長はな」

「こらこら。おい東堂、俺のこたぁ余計だろうが」

絆の背後でガラリとした声が上がった。渋谷署組織犯罪対策課の、下田広幸《ひろゆき》巡査部長の声だ。

「ば、馬鹿言ってんじゃねえよ」

山﨑は首を横に振りながら三歩ばかり下がった。

「だ、だってよ、渋谷署は今よ」

「機能停止状態って？　まあ、あながち間違いじゃないけど」

そう、実際にはQAS、クイーンズ・イージス・システムと呼ばれる監察聴収とその後の処分により、警視庁内の捜査員は一割余りが自主的削減状態に陥っていた。

動ける人員はそう多くない。

単独では――。

そこを繋いだのが、遊軍ともいうべき特捜の絆だった。

「ただな、そんなことをあんたに告げ口した奴は、もう渋谷署にはいない。警視庁にもね。それだけはたしかだ」

「なっ。ばっ」

山﨑の顔が見る間に蒼褪《あおざ》めた。額から汗も流れる。

理解が速いのは、助かるというものだ。

「さて。じゃあシモさん。型通りに行きますか」

「おうよ」

絆に促《うなが》され、下田は声高に、これが渋谷署によるガサ入れであることを宣言した。

「全員、現行犯だっ」

怒号と悲鳴が一気に爆発した。

——おらぁっ。

——抵抗するなっ。公務執行妨害も加わるぞっ。

——やかましいや！

そんな中、絆は山崎の前を動かなかった。

絆にはそれでも、店内にいるたいがいの意識、気配というものが〈観《み》〉えていた。

この観えるという表現は、古流正伝《しょうでん》一刀流の口伝《くでん》に言う、研ぎ澄まされた五感の感応力のことを指し、別に〈観〉、〈観法《かんぽう》〉とも言い表す。

〈観〉は求道《ぐどう》における〈自得《じとく》〉、曰《いわ》く、自分で仕上げてゆく高次の領域に分け入った者だけが感得し得る力だ。

これは今剣聖《いまけんせい》と謳《うた》われ、現警視総監まで弟子に持つ祖父、正伝一刀流第十九代正統の東堂典明《てんめい》をして、越えたと言わしめる絆にして初めてなし得ることだった。

果てなき鍛練と恐るべき稟質《ひんしつ》の賜物《たまもの》だろうが、絆はその感応力によって、自身の周囲に揺蕩《たゆた》う様々な気を感じることができた。特に悪気《あっき》や邪気など、自身に向かってくるものははっきりと観えた。

今は、たいがいの連中の意識が出入り口の扉に向かっていた。店側の連中の気配は向かうだけでなく、黒々と尖《とが》っても観えた。

客を逃がす。その戦闘態勢の表れだろう。

しかし、絆は特になんの心配もしなかった。

そちら側を固めるのは、絆が借り受けてきた公安外事第二課の高遠《たかとお》や宗方《むなかた》、それに赤坂署の香取《かとり》や吉池《よしいけ》だった。

公安外事の二人はキルワーカーの一件で絆の武技に心酔し〈十人の弟子〉となったうちの二人で、赤坂署の二人はその同期にして、こちらも出稽古《でげいこ》などで絆の薫陶《くんとう》を受けていた。

だから、全員の業前《わざまえ》を絆は把握していた。まともに対峙《たいじ》して勝ちを拾う半グレなどそうそういるわけもなく、少なくともこの場にいないことは、気配の質や総量によって観えていた。

それより――。

出入り口とは正反対の非常口に向かういくつかの気配もあった。心配はむしろ、こちら側だった。

手薄、あるいは穴という意味ではない。拿捕《だほ》という意味では鉄壁にして万全だ。

まず真っ先にそちらに走ったのは、二階に法律事務所の看板を掲げる今泉颯太だった。

ただのプー太郎だ。調べはついていた。

バカラテーブルを回り込んで走り抜けようとした今泉の腕が、自身の身体《からだ》に巻き付くように捻《ひね》り上げられたのは、そのときだった。

「うわっ。痛っ痛《つ》っ！」

今泉は悲鳴を上げた。

「ねえ東堂君。これ、どこまでどうしちゃっていいの？」

百六十七センチの上背《うわぜい》に長めの手足、目が大きい瓜実顔《うりざね》に〈蛍《ホト》ちゃんカット〉、いや、マッシュボブの髪。全体に愛らしく幼く見えるが、絆より歳上でキャリア。

本庁警務部人事一課、通称ヒトイチの監察官室に所属する、小田垣観月《おだがきみづき》警視が立っていた。

「ええと。管理官。どう、とは？」

「反抗意欲喪失程度、あるいは逃走不可程度。ようするに、打撲、気絶、脱臼《だっきゅう》、骨折くらいかな。骨折にも種類はあるけど」

眉ひとつ動かさず言う。いや、そもそも表情そのものは余り動かないらしいが、それがかえって怖くもある。

片手で今泉の腕を極《き》め、もう一方の手にはバーカウンターに並べてあったミニケーキを山と盛り、ご丁寧にフォークまで添えた皿を持っていた。

甘い物に目がない、ヒトイチのアイス・クイーン。

それが、小田垣観月という監察官だった。

その脇でネクタイを緩め、あからさまな戦闘態勢に入ろうとするのが、クイーンの直属の部下である牧瀬《まきせ》係長で、本来ヒトイチに絆がこの夜の助力を頼んだのは、この牧瀬だけだった。

——係長。各署の業務が滞《とどこお》っているのは事実です。手伝って下さい。その代わり、たまにそちらの馬場《ばば》君を鍛えてあげましょうか。

——ちっ。背に馬場は替えられねえ。わかった。

と、勝手に馬場を材料にしたバーターの約束で牧瀬を借り出したつもりだった。

それが簡単に、面白そうだからという不謹慎な理由でキャリアの管理官様はついて来たらしいが、これは慮外にして、願ってもないことだった。

絆を化け物と呼ぶ者達は多いが、絆自身は、超記憶力も備えたこの監察官室のアイス・クイーンと、未《いま》だ底も得体も知れない公安総務課の庶務分室長こそ、警視庁における化け物のツートップだと思っていた。

「お好きにどうぞ、とは言えませんので。適当にお願いします」

非常口側の心配とは、このことだった。

「なんだ。せっかくついて来たのに、ちょっとつまんないかも」

本当につまらなそうに、素っ気なく小田垣は言った。

だがその素っ気なさとは裏腹に、次の瞬間小田垣から放散された、それこそ渦を巻くような闘気は絆の目からしても圧倒的だった。

小田垣が瞬転の身熟《みごな》しで今泉の反対側に回ったのを、見切れた人間が絆以外に果たして何人いるか。

小田垣の動きは一分《いちぶ》の乱れもない、実に流麗なものだった。

動くと同時に、まるで魔法のように今泉の身体が天地逆さまに跳ね上がった。

「へえ」

思わず、絆の口から感嘆が漏れた。

小田垣が何をしたとも、こればかりは絆の目をしてもわからなかった。

宙に振り上がった今泉の身体は、そのままバカラテーブルに背中から落ちた。

派手な音が上がった。

「ぐあっ」

ワンバウンドしただけでもう、今泉は動かなくなった。

最後まで見ることとなく、小田垣の身体は音もなく次の獲物に向かって動いていた。

非常口に寄せる連中は、お気の毒と言う外はない。

足を掛け、巻き込み、腰に乗せて払い、とにかく小田垣の一挙手一投足で大の大人が面白いほどバランスを失って宙に舞った。

そのくせ当の本人は、ケーキ皿に添えたフォークを滑らすことすらなかった。

関口《せきぐち》流古柔術。紀州藩御流儀にして戦国の気風を残す殺しの技を、小田垣はその体内に宿していた。そして、小田垣の動きは技の瞬間において、スパークする光のように絆には観えた。

果たして絆でも、互いに触れる位置取りにあって防ぎ得るかどうかは判然としない。

小田垣の柔術は、それほどのものだった。

腕捲《うでまく》りで腰を落とし、後に続くべく身構えていた牧瀬などは動く切っ掛けすらつかめず、結局すぐに諦《あきら》めて素立ちに戻った。

出る幕はない、というやつだ。

「まったく。恐るべしだな」

絆も苦笑いで、真正面に顔を向けた。

表側も高遠や宗方などの若い連中に負けじと、渋谷署の下田も鬼の形相《ぎょうそう》で声を張り上げていた。

全体として、捜査陣の威勢が強かった。待つほどもなく、今夜のガサ入れは成功裏に終結を見るだろう。

前回の倍返し。

いや、成果とすればそれ以上だ。

「さあ。どうする」

絆は真正面に向けて声を掛けた。

「どうもこうも、ねえよ」

暫時呆然自失《ざんじぼうぜんじしつ》だった山崎も、すでに我に返っていた。

肩を竦《すく》めて諦念《ていねん》を表す。

と言って、どこまで本当か。目には燃えるような血の色が上っている。

「こうも現行犯じゃあよ。騒いだところで、どうにもなりゃしねえだろうが」

吐き捨てるように言って山崎は首を回した。

「おい、田浦ぁ。無駄に騒ぐんじゃねえや。思う壺《つぼ》だぜぇ」

なるほど、仮にも人を使う社長だ。冷静になればそのくらいの思考力はあるか。

山崎も田浦も、少年法適用の頃に二度の補導歴があったが、逆に言えばそのくらいだ。賭博場開帳等図利罪《とばくじょうかいちょうとうとりざい》であっても扱いは初犯。この場で下手《へた》な抵抗をせず、取り調べの過程でも恭順と反省の意を示せば、まず執行猶予《ゆうよ》は間違いないだろう。すぐの保釈も十分ある。

だが――。

「東堂。いい気になってんじゃねえぞ」

山崎はゆっくりと絆に視線を当てた。冷たく硬く、どこまでも暗い視線だった。

「このままにゃしねえ。このままじゃ終わらねえ。このままじゃあよ、手前ぇの前に膝《ひざ》を屈した、六代目とおんなじじゃねえか。そんななあ、反吐《へど》が出らあ」

「上等だ」

今度は絆が肩を竦めた。

「わかってるさ。お前らみたいな手合いは、懲《こ》りずに同じことを何度でも繰り返す。麻薬のようにな」

山崎の険呑《けんのん》な視線を、熱くしなやかな、光のごとき眼差《まなざ》しで跳ね返す。

「繰り返すなら、気のすむまで繰り返せよ。付き合ってやるよ。その都度叩き潰してやる。とことんな」

山崎は目を瞬《しばた》き、口の端を噛《か》んでソッポを向いた。

「東堂君。終わったんだけど」

振り返ると真後ろに小田垣が立ち、ケーキを頬張《ほおば》っていた。

「あの、管理官」

「ん、なに?」

「口の周りにクリームついてますけど」

「え、そう?」

小田垣は平然として、手の甲で口元をぬぐう。男前だ。

それにしても、背後への接近は絆をしてまったく気づかなかった。

恐るべし。

いやそれよりなにより、ケーキ皿に山と盛られたケーキが、いつのまにか別の種類になっていた。

これこそ実に、恐るべしか。

四

この明け方、絆は始発で隊の本部がある池袋に戻った。

組対特捜隊は一丁目の、警視庁第二池袋分庁舎にあった。ＪＲ池袋駅の西口からはロマンス通り商店街を抜け、直線で六百メートルといったところか。マンションや都営住宅、中小の会社や工場が交じり合う雑然とした一角にあるが、繁華街ではない分、池袋というターミナルにある割りには街灯は少なく、早朝や深夜は静かだ。

朝焼けに目を細めながら分庁舎に入った絆は、そのまま勝手知ったる仮眠室のベッドに潜り込んだ。

最近は亡き父、片桐亮介《かたぎりりょうすけ》が借りていた湯島《ゆしま》の事務所を更新契約して待機場所に使うことが多くなったが、それ以前はこの特捜本部の仮眠室が待機場所だった。

本来の待機場所は、自宅を指定するのが普通だが、良くも悪くも警視庁の〈異例特例〉である絆は、都内に自宅を得ないまま半年ごとに所轄を渡り歩いた。その結果、自宅の登録が成田《なりた》市押畑《おしはた》のままだった。

都内に自宅がないのだからしょうがない、という理由は、この事情が事情だけに黙認された。

もっとも、警視庁の招聘《しょうへい》指南でもある東堂典明老師と同住居ということが大きく作用したのは間違いないようだ。

いずれにしても、絆は一時期、特捜本部に〈住み込〉んでいた。自宅が成田というのが結果、誰も文句は言わないが認めてもくれない職場住まいという、哀《かな》しいワーカホリック〈異例特例〉なら、この住み込みも〈異例特例〉ではあったろう。

クが出来上がった。

この早朝は、仮眠室には誰もいなかった。絆は誰はばかることなく、未だ自分の私物も少々残るベッドで仮眠をむさぼった。

目覚めたのは十時を回った頃だった。目覚めたのは、数を集めた同じような気配が、突如として一点から沸き上がるのを感じたからだ。

熟睡していても察知される、例えば針の先で撫《な》でられるような、細いが鋭い気配だった。大きな事件や事故、そういったものが起こったときに感情として漏れ出る、驚愕とか、そういった類《たぐい》のものだ。

大きく伸びをし、絆はベッドから這《は》い出《だ》した。

簡単に顔を洗い、眠気の残滓《ざんし》を刮《こそ》ぐようにしてから、絆は特捜隊の大部屋に入った。

大部屋であっても特捜隊には、本庁のような人の賑わいはない。執行隊である特捜隊とは基本的にそういうものだが、頻発する数々の事件に迅速さをもって当たる刑事部の機動捜査隊や交通部の交通機動隊と、組対特捜隊は根本的に違う。

組対特捜隊は、事件というより案件で動くのだ。潜ることもある。だから、同じ執行隊でも数ではなく深さで忙しい。だから常に、隊本部に人は少なかった。

「おはようございます」

大部屋にはまばらに八人の特捜隊員と、事務職の女性が三人いた。

全員が一斉に絆を見てそれぞれに挨拶《あいさつ》を返してきたが、特に隊員達は一様に顔も気配も硬質だった。

実務モード、刑事の顔というやつだったろうが、隊本部内で、いわば身内に見せるものとしてはやや珍しい部類に入った。滅多にないものだ。

やはり、何かが出来《しゅったい》したのは間違いなかった。

そんな大部屋で、

「ああ。東堂」

ひとりだけ違う反応を見せる男がいた。

隊長席の浜田健《はまだけん》警視だった。気配も表情も常日ごろのまま、絆に向けて手招きをしていた。

ある意味、さすがだ。

苦笑しながら、絆は浜田の席に近寄った。

「なんすか。さっき、なんかざわついたみたいでしたけど」

「おっと。さすがだねぇ。それ、〈観法〉って言ったっけ？」

浜田はデスクに肘《ひじ》を乗せ、少し首を傾《かし》げながら言った。

「さっきね。発表があったんだ」

浜田はデスクの湯飲みを手に取った。

「大阪にあるD大学付属病院でね。未明のことだったらしいねぇ」

五条源太郎《ごじょうげんたろう》が死んだよ、と言って浜田はお茶を啜《すす》った。

「えっ」

さすがに、驚きはあった。

広域指定暴力団竜神会《りゅうじんかい》は、大阪北船場《きたせんば》に本拠を構え、直系構成員五千、総構成員数は一万を超える巨大な団体だ。五条源太郎はその会長であり、一代で日本最大の暴力団組織を作り上げた、立志伝中の人物でもあった。

最前の、仮眠室で感じた大部屋の気配は、この〈五条源太郎、死す〉の報に触れて発した捜査員たちのもので間違いなかったろう。

今後の竜神会そのものの動きも気になるところだが、それだけではない。

新潟の辰門会《しんもんかい》、京都の土岐組《ときぐみ》、兵庫の至道会《しどうかい》といった敵対組織もどう動くか。チャイニーズ・マフィアやコリアン・マフィア、そういったものまでまとめて、ひいては日本のアンダーグラウンドにおける勢力図がどう書き替えられるか。

組対の刑事なら聞いた瞬間、本気モードのスイッチが入ってもおかしくはない。

刑事なら当たり前の覚悟、心の下拵《したごしら》えだ。

「へえ、五条源太郎。そうですか。親父《おやじ》の方が」

会長が死んだとはいえ、実権はずいぶん前から補佐の長男、専務の宗忠《むねただ》に移っているという報告が大阪府警から情報として上がっている。

信じこそすれ、疑う理由はどこにもない。そんな状態で今後を憂えても、それは当たるも八卦《はっけ》、当たらぬも八卦の易に等しい。

動くなら動け。

動くなら――。

叩き潰す。

簡単にして明瞭で、実際現場の実働部隊に出来ることはそれくらいであり、それが出来ることの最善だと確信していた。

これが東堂絆という刑事で剣士の覚悟、心の下拵えだった。

「そうですか。死にましたか」

だから、特に絆に感慨はなかった。

「ふぅん」

浜田の目が真っ直《す》ぐ絆に注がれ、細められた。

「なにか？」

「いや。頼もしい限りだとも思うけどねぇ。少し多過ぎたのかなあ」

浜田は湯飲みを持ったまま腕を組んだ。

「ねえ、東堂。最近、ちょっと鈍感じゃない？」

「——鈍感、ですか？」

「そう。鈍感」

考えてみたが、思い当たることはなかった。

「まあ、考えてわかるようなら鈍、じゃないよねえ」

浜田はゆっくり首を左右に振った。

「東堂。まずね、人が死んだんだ。人はねえ、基本的に、死んだらみんな仏様なんだよ。神様かもしれない」

「——」

「人が死んだって聞いたら一瞬でも、死そのものを悼《いた》むべきだよ。さっき話したとき、みんなそうだったよ。それが普通に、普通の人間なんだねえ」

刑事も剣士も、暴力団の組長も人だよ、と浜田は言った。

「人であることがまず強い。僕は、それが最強だと思うけどねえ」

苦笑しか出なかった。苦笑のままに、自然と頭が下がった。

浜田は小太りで茫洋《ぼうよう》とした顔つきで人を煙《けむ》に巻く曲者《くせもの》ではあるが、ときに道を示してくれる。

絆はゆっくりと顔を上げた。

浜田は眺めて、小さく頷いた。

「で、東堂はどうする。特捜からも何人かを大阪に送るつもりだけど」

「現地へですか。でも、府警の方はどうなんです？」

どうとは、メンツという意味だ。勝手に警視庁から人が入れば、縄張り荒らしの誹《そし》りは免れない。

警察機構とは、そういうものだ。

「ああ。それについては心配ない。これは警察庁から降りてきたことでね」

聞けば、府警は五条源太郎の本葬儀だけでなく、〈五条源太郎を偲《しの》ぶ会〉、つまり組織葬まで行わせる方向で警察庁と内々に協議のうえ、話を詰めたらしい。

「うわ。太っ腹って言っていいんですかね」

「ある意味ね」

暴対法以降、この法に則《のっと》れば暴力団関係者の葬儀は表向き、出来ないことになっている。憲法が認める信仰の自由との線引きは、矛盾を孕んで曖昧《あいまい》なところだ。

現状は個人としての家族葬だけなら見て見ぬ振りとするのが通例にはなっているが、それでも大物の葬儀や、所轄の目が厳しいところでは香典の遣《や》り取りは禁止だという。

「まあ、相手は日本最大最凶だからねえ。組のメンツを考えたら中止は有り得ないっていう府警の判断らしいけど、僕も最もだと思う。深ぁい真闇に潜られたら、探索も摘発も、まあ面倒臭いだろうねえ。で、そんなことで大切な人員と予算を摩耗《まもう》させるより、言葉は変だけど堂々と黙認しちゃった方が得策だと、これもナニワの発想らしいけど、僕は支持するねえ」

「なるほど」

「で、警視庁だけじゃなく、関わりのある組織が参列する各地の県警にも、警察庁から許可が下りてるはずだよ」

というわけで、行くか行かないかと絆は改めて聞かれた。

「今夜が通夜で、明日が本葬だってさ。五条源太郎の最期にさ、触れておくのも一手だと思うけどねぇ」

浜田はそう勧めてくれたが、絆は即座に首を横に振った。

「すいませんけど、行きません」

「あら」

「っていうか、行けません。今日は午後から先約があるんで」

「先約？」

「ええ。野良仕事で」

「成田？」

「いえ」

それだけで浜田は手を打った。

「ああ。練馬《ねりま》の」

「はい」

「あのバーベキュー以来、なんか部長が凝っちゃってるらしいねぇ」

「そうですね。良いやら悪いやら」

「良いやら悪いやら、ね。そりゃそうだねえ」

言葉の意味を浜田は笑って受けた。

絆は腕のG-SHOCKを見た。

いい時間だった。

「まあ、大阪の方は行かなくてもなんとかなるように手は打っておきますから」

「ふぅん」

浜田はデスクの上に身を乗り出した。

「カネさんの置き土産《みやげ》かい」

鋭い。喰《く》えない。

いや、この場合は頼もしい、か。

「そんなところです」

「財産だねえ。大事にね」

「了解です。では、行ってきます」

「気をつけて。色々とね」

浜田の、すべてはお見通しだと言わんばかりの言葉を背に、絆は特捜隊本部を後にした。

五

西武池袋線に乗った絆は、練馬高野台《ねりまたかのだい》という駅で降りた。目的の場所は駅から十分ほどの、石神井川《しゃくじいがわ》と笹目通《ささめどお》りの中間にあった。

もう幾度となく訪れたマンションだ。勝手知ったる様子で絆は一階南側奥の、アルミ製のドアの前に立った。

袖壁《そでかべ》に取り付けられた既製品の表札には住居表示と、以前は小さく黒油性ペンで白石《しらいし》と書かれていたが、今はない。その代わり、ドアのシート文字はそのままだった。

『㈲バグズハート』

現組対部長大河原正平《おおかわらしょうへい》と警察学校の同期にして元警視庁公安部所属の白石幸男《ゆきお》が退職後に立ち上げた、清濁の狭間《はざま》で情報の売り買いを生業《なりわい》にする会社だ。

白石は清濁の流れに飲み込まれるようにして死んだが、バグズハートは幾分形を変えて存続した。

現在、形式的にも社長の椅子《いす》に座るのは、元社員の久保寺美和《くぼでらみわ》という女性だった。

白石が殺された後の練馬署の調書には、久保寺美和は近隣の南大泉《みなみおおいずみ》に住む二十九歳の女性で、五年前に離婚歴があり、今年六歳になる男児が一人で、四年前からバグズハートに勤務という記述が残っている。

が、実際には、この来歴にはオズの裏理事官が関わっていた。

オズは警察庁警備局警備企画課に属する係のコードネームだ。統括はキャリアの理事官だが、秘匿組織でもあり裏理事官と呼ばれた。

ときの裏理事官は、氏家利道《うじいえとしみち》警視正だった。

この氏家が白石という情報屋の身辺に放った潜入捜査官が、新堂《しんどう》美和だった。警視庁を退職させ、その他の素性も適当にロンダリングした結果が、練馬署の調書に残るものだ。

新堂は逆に別れた夫の姓らしいが、二十九歳という年齢は詐称で、実際は三十四歳だという。

　絆はドアのノブに手を掛けた。開けるとすぐ、一番手前に置かれた応接セットの向こう側で、身体は細いが一見して鍛えられているとわかる男が片手を上げた。

「よう」

　林芳《りんほう》だった。現在の立場は、ノガミのチャイニーズ・マフィア・魏老五《ぎろうご》グループの№2、陽秀明《ようしゅうめい》の部下という触れ込みだ。

「遅かったわね。やっぱり、竜神会の件？」

　リビングの中央に事務机があり、立ち上がった女性が言った。バグズハートの社長、久保寺美和だ。丸眼鏡《まるめがね》にショートカットで、百七十に近い長身を赤いツナギに包んでいる。バグズハートにおける、それが美和のユニフォームらしい。

「おっと。早耳ですね」

「だって、若狭《わかさ》さんから急に行けなくなったって連絡があったもの」

「来れない？　ああ。そりゃそうか」

「コーヒー飲むでしょ」

「頂きます」

　話に出た若狭とは、若狭清志《きよし》のことだ。竜神会の東京進出で五条国光の取り巻きとしてやってきた男で、所属は兵庫の二次団体、〈芦屋銀狐《あしやぎんぎつね》〉の舎弟ということになっている。

竜神会会長、五条源太郎死去の報に触れれば、間違いなく向かうべきは大阪だ。

若狭清志、林芳、久保寺美和。

この中で今、本当の自分でいるのは、実は久保寺美和だけだった。氏家の配下から正々堂々と離脱し、美和はその任を解かれた。晴れて一民間人の、久保寺美和に立ち戻った。

戻ることが出来た。

ただし、若狭清志と林芳は違った。

二人は潜入捜査官のまま非合法な組織の中に捨て置きにされた、元警察官だった。

若狭や林芳だけでなく、美和だけでなく、捨てられ忘れ去られた潜入捜査官は他にも多いという。

そんな哀しい連中を一身でつなぎ、情報の仲介をしていたのが白石幸男であり、バグズハートだった。

昼と夜をつなぎ、光と闇をつなぎ、人と人をつなぐ。

つい先日の木曜日、美和は絆に言った。

——私は、ここを守ってくわ。なんでも屋で、情報屋で。

そんな覚悟は、白石が殺された直後から芽生えてはいたようだ。それで絆も知らないうちに、法務局で会社継続の手続きはしたらしい。

形式的というのは、現在この場にはいない若狭が実働の中心だからだ。表の顔が美和なら、裏の顔、今までの〈白石〉そのものを引き受けたのは若狭だった。

「あれ。東堂君。ゴルちゃんは？」

「ああ。今日はって言うか、当分は成田ですね。あっちの本物の畑に呼ばれちゃいまして」

ゴルちゃんとはゴルダ・アルテルマンというI国の元空挺部隊員のことを言う。命に関わる事故で除隊してからは日本で自動車のパーツ屋を営み成田に住み着いた陽気な男だ。加えて正伝一刀流および東堂典明初の、外国人の弟子でもある変わり種だった。

今は絆の使う湯島のビルのワンフロア下に事務所を構え、成田と東京を行き来している。

本人は、

「うぅん。国際的ビジネスマンですねえ」

などとまんざらでもなさそうだが、少なくとも湯島における事務所のビジネスが、儲《もう》かったという話を絆はまだ聞かない。

ゴルダの不在を知り、美和は眉間《みけん》に皺《しわ》を寄せて丸眼鏡を上げた。

「ふうん。若狭さんにゴルちゃんも、か。痛手よね」

「すいません」

「あなたに謝られることじゃないわ」

美和は出来立てのコーヒーを絆の前に置いた。

「それ飲んだら、早速作業よ。思ったより人手が少ないんだから」

美和が言う作業とは、そもそもバグズハートで昔から美和が担当していた仕事のことを指す。

近所の老人らが始め、手に余るようになった家庭菜園・開放菜園の手伝い。

それが美和の言う作業だった。

思えば美和がバグズハートを継承した覚悟の半分以上は、こちらにあるのかもしれない。

顔見知り以上の付き合いになったお爺ちゃん、お婆《ばあ》ちゃんは数知れず、菜園の作付け計画は向こう三年ほども埋まっているらしい。

「了解です。すぐ飲みます。──熱《あ》っつ！　無理でした」

そんな遣り取りを、林芳が苦笑しながら見ていた。

「林さん。向こうにはいつ」

無謀はやめて、絆は一旦《いったん》カップを置いた。

林芳は近々、魏老五の勧めで母親の故郷に行くと言っていた。

母親は日本で結婚した華人だった。それでチャイニーズ・マフィアに潜入したのだ。

「ああ。今週中にはな」

「あれ。それはそれで、ずいぶん急ですね」

「それがよ」

一瞬、林芳は目を泳がせた。逡巡《しゅんじゅん》、だったか。こめかみを指で二度叩いた。

「これはまあ、いいか」

それで迷いはあっさり消えた。

「明日よ。俺の親玉のな、陽秀明が一足先に渡るもんでな」

「陽が。じゃあ、商売」

「まあ、そんなところだ。今度は少し長期になるらしい。こっちの話じゃねえからいいだろうが、東堂、ティアドロップだとさ」

「――ティア、ですか」

さすがに、自分の声が少し硬くなるのを絆は覚えた。

魏老五が台湾に持ち出し、海外で売ろうと思っていたティアドロップは絆が持ち出しを阻止した。今現在それらは、小田垣観月が仕切る警視庁の証拠品・押収品の外部委託倉庫、通称〈ブルー・ボックス〉に収蔵されている。

「その分をな、この間上海《シャンハイ》に渡った大ボスが向こうで直《じか》に買い付けた。うちの親玉が後を引き継ぐんだとさ。上海と台湾のルートをつないでな」

「なるほど」

絆はコーヒーに口をつけた。

もう冷め始めていたが、一気には飲まなかった。

「じゃあ、林さんも向こうで買を」

林芳は頷いた。

「手伝うことにはなるだろう。けどよ、お袋の故郷には行くぜ。行った後からだな、ビジネスは」

「情報、もらえますか」

「買ってくれんなら」

やけにきっぱりと林芳は言った。

「もう俺は警官じゃねえし、日本人でもねえ。俺はよ」

中国人だよ、と林芳は笑った。

「向こうに渡ったら、帰ってこねえかもな。そんな話もあるんだ」

「そうですか」

「ただよ、東堂。俺ぁ、さすがにここと切れるつもりはねぇぜ。ここには白石さんの魂もある。若狭さんともつながる。そいつぁ、いいもんだ。そうだよな、美和ちゃんよ」

美和は声にせず頷き、丸眼鏡を上げた。

「なあ東堂。思えばよ。この前若狭さんが言ってたラオスの商社マンなんかも、状況は俺と同じだ。それに、そいつだけじゃねえ。俺が知ってるだけでも、大きな声じゃ言えねえが蛇頭《じゃとう》に潜っちまったのもいるし、南京《ナンキン》でゴルフ場の支配人やってるのもいる。海外に流れ出てもよ、今は昔ほど遠くねえや。ここに登録してる限り、へへっ。世界は狭いぜ」

登録、と林芳が言ったのは、バグズハートの新たな試みのことだ。

現在、主に老人たちを手伝っている〈第三石神井区民農園〉だけでなく、各地の菜園の新規申し込みから運営までの一切、あるいは部分委託管理をする。

これが表にして、裏を薄いベールに包むバグズハートの業務だった。

林芳だけでなく、もちろん若狭も登録していた。

ときには自分で菜園にも来る。野菜や果物にも触れる。趣味と実益と、情報交換は太陽の下がいいと若狭が提案した。

登録者に堂々とインスタで作物の生育情報を送るのは美和の仕事だ。符丁、一種の暗号さえ決めておけば怪しまれないで定時連絡、少なくとも生存確認もこれでできる。

「それにしても、メインは若狭さんだけどね」

美和がテーブルに寄り掛かった。

「張り切ってるって言うと変だけど、オーラが違うわよ。白石さんの代わりになろうと躍《やっ》起《き》みたい」

他人事《ひとごと》のように言うが、絆には美和の声にも強さが観えた。母としてだけではない。人としての強さ、捩《ね》じれるような強さ。

「若狭さんだけじゃないですね。新生バグズハートのキーは」

絆はコーヒーを飲み干した。

「実は美和さんが、だんだん必殺シリーズの元締めみたいな黒幕になったりして」

「私が必殺の元締めなら、今のうちからあなたをスカウトするわ」

「違いねえ」

林芳が高らかに笑った。

「じゃ、東堂君、林さん、行こ。先に行ってる恐《こわ》ぁいお爺ちゃんに文句言われるわよ」

嫌な予感がした。

そう言えば今日は日曜日だった。

「美和さん。それって、もしかして」

取り敢えず右手の人差し指を上に向け、聞いてみる。

「もしかしなくてもそうよ。あなたのところの部長」

「うわ」

思わず顔を手で覆った。

良いやら悪いやら。

大河原は大河原で、同期だった白石の残したものを、きっと守ろうとしている。ただ、警視庁の組対部長が一人でバグズハートに関わるのは危険極まりないともいえる。

だから、良いやら悪いやら。

ワタワタと準備をし、先に出て行った美和に続いてドアに手を掛けた。

東堂、と林芳に呼び止められたのはそのときだった。

「お前んとこの部長が絡むと、言っとくタイミングがねえかもしれないんでな」

軍手をしながら林芳は東堂の脇を擦《す》り抜《ぬ》けた。

「まあ、すぐじゃねえ。向こうに渡った後で。ゆっくり考えた後で。じっくり馴染《なじ》んだ後で、だろうがな。もしかしたら一つ、情報をくれてやる」

「え、情報ですか」

「そうだ。やるっていうか、白石さんに返すって言うか。ま、絶対じゃねえ。俺の気紛れも多分に入ってる。忘れてくれてもいい。この会話自体もだ。——餞《はなむけ》ってやつかな。少し、センチになってるかもしれねえな」

絆は出てゆく林芳の背を見詰めた。

感情の揺れは、見事なほどなかった。嘘や冗談の類ではないということだ。

林芳は外に出て、六月の青空を見上げた。

「約束も出来ねえけどよ。今は勘弁してくれ。渡せるとしても今じゃねえし。今ごたつくと、俺も微妙に危ういしよ。とにかく、何があっても足止めだけはごめんだからな」

言いながら振り返った。

「渡りてぇんだよ。お袋の故郷まではな。真っ直ぐ、辿《たど》り着《つ》きてぇからよ」

林芳は言って、照れ臭そうに笑った。
男らしい、いや、息子らしい、いい顔をしていた。

第二章

一

葬儀関係のすべてを終えた夜だった。木曜だ。

この夜、五条国光《くにみつ》は若狭や桂《かつら》達の、近しい取り巻き数人を従えるだけで新地《しんち》のクラブで呑んでいた。

馴染みの女、馴染みの大阪弁は触りのいいものだったが、酒にはまるで酔わなかった。

いや、酔えなかった。

若い頃は心斎橋《しんさいばし》の方が雰囲気としては好きだったが、最近は外国人観光客や馬鹿なホストや客引きが多く、ガチャガチャしている。だから、大阪ではもっぱら新地で呑む。

ヤクザは新地が似合う、と誰かが言っていた。

「ふん。あほんだら」

琥珀《こはく》のグラスに呟いてみた。なんのことはない。ただのボヤキだ。

父・源太郎の本葬は月曜日に、近場の葬祭場で執り行われた。

もちろん、家族・親族だけのひっそりとしたものだった。そうでなければ、引き受けてくれる葬祭屋は今は少ない。たとえフロント企業が葬儀屋だったとしても同じだ。かえってシノギの関係で、その方が無理も利かないかもしれない。冠婚葬祭は昨今、特に司直に睨まれるものだ。

この通夜にも本葬にも、国光の妻子は出席したが、宗忠の妻子、妻の菊江《きくえ》と一粒種の竜樹《たつき》は不在だった。というか、菊江が竜樹を妊娠したとき、誰に相談することなく宗忠はハワイに送り出した。

宗忠は晩婚だったから、大事をとって妻を暖かい島にやったのだろう、と誰しもが思ったが、結果臨月になっても菊江は帰国しなかった。竜樹をそのままハワイで出産し、その後フロリダだ。日本に帰ってきたことは一度もない。

つまり竜樹は現在、日本とアメリカの二重国籍を持つ子で、国光はこの甥《おい》っ子《こ》をまだ写真でしか見たことがなかった。

父の葬儀ということで、一瞬は母子の帰国と竜樹との初対面を思ったが、結果は肩透かしを食らった格好だ。

もともと兄の宗忠はこういう儀式めいたものに、徹頭徹尾、まったく関心も興味もない男だった。総じて義理事や人情など、他人と関わることについても同様だ。そのせいでかえって、部下には厳格な社訓のようにして徹底的に守らせる。関心も興味もないからこそ、血の通わないルールにしてしまえば否も応もないという発想のようだった。

そういえば死んだ父・源太郎も昔から、伝統や格式が嫌いだった。虫唾《むしず》が走るとまで言って唾を吐いた。

権威というものに対してもだ。

竜神会は五条源太郎という一人のカリスマが、たった一代で築き上げた組織だった。いわゆる博徒や香具師《やし》の流れを汲《く》む、〈正当で正統な〉ヤクザではない。仕来《しき》たりや作法など、そもそもは何一つ持たなかった。

五条源太郎は、一九三五年に満州で生まれた男だった。四五年の終戦を切っ掛けに、満州から博多に引き揚げてきたのは翌四六年、十一歳のときだったという。両親は生存していたらしいが、戦後の動乱の中で散り散りになり、結局引き揚げ船に乗ることができたのは源太郎だけだったらしい。

日本の地を初めて踏んだ源太郎は、同世代の引き揚げ者と徒党を組んでそのまま、博多の街に生きたという。盗みも喧嘩も強請《ゆす》り・たかりも、なんでもやった。やらなければ少年らが生きてゆく術《すべ》はなかった時代だった。

源太郎は腕っぷしも強く、太っ腹で頭の回転もよかったようだ。

いわゆる愚連隊は、五条少年愚連隊として天神《てんじん》や吉塚《よしづか》の闇市でも一目置かれる存在だったらしい。竜神会の顧問筋、芦屋銀狐前会長の来栖《くるす》長兵衛《ちょうべえ》と源太郎は、この愚連隊の頃からの仲間だ。

やがて子供なりに博多界隈《かいわい》に確固たる居場所を築いてからは、源太郎は一時博多を長兵衛らに任せ、単身で大阪に潜り込んだ。

なぜ行くのか、なぜ大阪なのかと問われれば必ず、

——親がよ、大阪の出なんだわ。

と、源太郎はそれだけを言ったという。

戦後のどさくさ紛れではあったが、大阪でも源太郎はあっという間に頭角を現した。その大いなる助力であり、やがて関東を任せることになる沖田剛毅《おきたごうき》という狂犬のような男と知り合ったのは、この大阪の地でだった。

源太郎は五二年に調印された民間貿易協定のルートを辿り、特に五七年の広州《こうしゅう》交易会以降は中華人民共和国内に暗躍し、以《もっ》て戦後日本の裏社会に太い根を張り巡らせた。

中国語が話せる裏社会の人間はまだまだ少ない時代だった。満州生まれの源太郎にはそれが出来た。しかも、機転も利いた。

源太郎はいつしか、日中貿易のフィクサーとして、なくてはならない存在になっていた。そうなって初めて、源太郎は来栖長兵衛ら、五条愚連隊の主力を大阪に呼び集めた。

これが今や日本最大を誇る暴力集団として押しも押されもせぬ、竜神会の始まりだった。

行けや行けや、ドンドンやでぇとは国光もよく聞いた、源太郎の口癖のような言葉だった。

そんなだったから、竜神会立ち上げの頃はずいぶん、痛い目も見たという。〈正当で正統な〉ヤクザ連中からは目の敵《かたき》にされ、鉄砲玉に実際ハジかれたこともあったらしい。

――なあ、ボン。つまらん仕来たりや見栄や面子《メンツ》に拘《こだわ》ったらあかんでぇ。勿体《もったい》ないお化けもアカンわ。そいなもんに拘っとったら、足元すくわれるんがオチや。大事なんはな、ボン。情や。それもな、温かい情やないで。冷たい情や。なんでもかんでも割り切ってな、こう、なんでも捨てられる情、これが大事や。

国光はよく膝の上に乗せられては、昔話に交ぜ込んで、そんな教えを耳にタコができるほど叩き込まれた。

だから国光は素直に直截《ちょくせつ》に、伝統や格式を唾棄《だき》し、冷たい情に拘ってきた。古いもの、使えないものを容赦なく切り捨てるのは、国光の生き方だった。

兄もおそらく物心ついたころから同じように父の話を聞き、国光以上にこういったものすべてに興味すら持たなかったようだ。

昔から寒気がするほど、大いに常人と変わったところの多い兄だった。

国光は口には出さないが、この兄がどうにも苦手だった。

そんなことを父に洩《も》らしたこともあった。

するとゝ普段は聞くだけだった父が、一度だけ返答らしきものを聞かせてくれたことがあった。

――わてらぁ、阿呆《あほぼ》惚けの大陸マフィアやないで。やつらぁ、よく血の結束とか口にしよるけどな。馬鹿臭いわ。使えん奴は親兄弟でも使えんで。わてが惚け惚けんなったら、遠慮のう切りぃ。ボンにならら切られても文句言わんで。その代わり、ボンもな、頑張るんやで。兄ちゃんな。ありゃあ、下手したらわてよりも非情やからなぁ。

これは父の膝に乗せられた最後のとき、なぜか目を潤ませながら源太郎が溢《こぼ》した言葉で、今でも忘れ得ない言葉にして、深いところで違《たが》えることのない、国光の行動原理の元になっている教えだった。


この日、国光が呑む新地のクラブには客が少なかった。店だけでなく、到着までに車窓から見た通りにもだ。

木曜日だからか。

いや、国光が大阪にいた去年内はそうではなかった。特に不景気だという話も聞かない。

「最近の新地は、こないな感じなんか」

憂《う》げに聞けば、席に着いたホステスの大半が目を泳がせるか顔を伏せた。答えたのは昔馴染みの、薹《とう》の立ったチーママだけだった。

「そんなん、あんたらのお仲間が大勢おるからに決まってるやんか。もう月曜から府警さんが通りに仰山出て、目ぇ光らしてるもん。夜回りの生安だけやのうて、あれは組対やろなぁ。ガラが悪ぅて、商売の邪魔やわぁ」

「ああ。さよか」

言われれば納得ではあった。

本葬の月曜から一日置いた水曜とこの日、木曜は、府警黙認の〈五条源太郎を偲ぶ会〉が執り行われる日だった。どちらも晴天に恵まれ、汗ばむほどだった。

会は息子の贔屓目《ひいきめ》ではなく、さすがに竜神会を一代で築き上げた希代のヤクザ、平成最後の侠客《きょうかく》と謳われる五条源太郎に相応《ふさわ》しいものだった。引きも切らないとはまさにこのことで、国光は黒スーツで宗忠の隣りに立ち続け、入れ替わり立ち替わりにやってくる親分衆、客人衆に頭を下げ続ける二日間だった。

宗忠はといえば紋付羽織袴《はおりはかま》姿で、まさに主《あるじ》の風格だった。

竜神会は大阪北船場に本拠を構え、直系だけでも構成員五千、総構成員数になると軽く一万を超える巨大な団体だ。源太郎は急死に近かったが、全国から会長を偲んで集まった系列の親分衆や構成員は、三千ではきかなかった。

「さすがさすが、か。まあ、さすがなのはお父ちゃんやのうて、兄ちゃんやがな」

府警の黙認は警察庁との協議の結果ということになっているが、そんなものは表向きだ。兄宗忠は府警の深いところから間違いなく警察庁の深部にまで食い込んでいる。そこで話をつけた、というのが正解だろう。理由などはいくらでも付けられる。

光が強ければ闇も濃くなるのが道理だ。上手く立ち回って光の角度をずらせば、闇は光の後押しすら受けてどこまでも濃く伸びる、これも道理、いや、テクニックだ。きっと光は利用されていることすらわからず、ただ懸命に闇を照らす。いつか消せると信じて。

〈北風と太陽〉など、太陽が利口なのではない。北風が馬鹿すぎるだけだ。ちゃんちゃら可笑《おか》しい。

光を上手く使うさすがの闇、さすがの宗忠は、さすがついでに全国の系列に召集を掛けた。官憲の黙認を言質《げんち》に取った形だ。

これには府警も仰天しただろうが、後の祭りだった。

しかるに、宗忠が取った行動はそれだけではなかった。肝の太いところを見せつけるかのように、新潟の辰門会や京都の土岐組など、敵対組織にも案内状を出したのだ。

「なあ、国光。木を隠すならとか、言うやろ。どうせ府警も、記念写真を仰山欲しがっとる。くれてやる言う約束はしたが、タダ撮りはつまらんからなあ。撮りたいなら、勝手に山の中からどうぞってな、そのくらいの努力はしてもらわんとなあ」

〈五条源太郎を偲ぶ会〉が執り行われたのは、四条畷《しじょうなわて》市の飯盛山《いいもりやま》近くにある、五条宗忠名義の別荘だった。内外にそれと知られた、有名な別荘だ。広大に過ぎる庭を持ち、ゴルフのハーフコースも併設されていた。

要するに、造成途中で頓挫《とんざ》したゴルフコースを居抜きで買い取ったのだ。

〈香典無用。別れの心をこそ〉

そんな立て札が別荘の周囲に無数に立てられた。香炉もだ。

府警もマスコミも含め、鵜《う》の目鷹《たか》の目で別荘の周りを囲繞《いにょう》する人々にはそれで無言の焼香を強要し、ある意味の境界線、結界であったかもしれない。

用意周到、といえた。すべて宗忠の手配りだ。人情に関心も興味もなくとも、操ることはできるということの紛れもない証左《しょうさ》だった。

「ほうら。国光。簡単やろ。人を動かすんは、簡単なんや。同じ理屈でな、世の中動かすんも、別に大した苦労は要らんで」

たしかに、その眺めには国光も胸のすく思いだった。

(見ろや。警察の阿呆どもが)

この二日間で四条畷の宗忠の別荘を訪れた弔問客は、延べ五千人を超えた。

府警本部は組対を中心に百人態勢で臨んだが、結果としては交通課の応援も頼み、大半が突如として四条畷市内に起こった恐ろしいほどの渋滞を整理するのに忙しく立ち働くことになり、これもおそらく、五条宗忠という男の手に乗った格好で、労多くして益の少ない二日間を終えた。

二

国光が新地のクラブで呑めるのは、このおよそ五時間ほど前に、〈五条源太郎を偲ぶ会〉が終了したからだ。

兄・宗忠は連日でそのまま四条畷の別荘に残り、九州金獅子会《きんじしかい》など、遠方から弔問に訪れた二次・三次団体の親分衆の接待だった。逆に強引に引き残され、接待される側だったかもしれない。

前日は国光も残った。次から次に浴びせられるような、親分衆の持参の酒や昔話には閉口した。

他の親分衆、主に竜神会のお膝元や畿内一円からの連中は、同様にして顧問筋である芦屋銀狐の現会長・来栖健造《けんぞう》や、祇園狸《ぎおんだぬき》の会長代行・伊奈丸甚五《いなまるじんご》が仕切って新地の夜に繰り出していた。

クラブのチーママがぼやく「府警さんが大勢出て商売の邪魔」なのは間違いなくこのせいだった。

特に仕切る側の祇園狸は、前年、外国人が絡んだ事件で当時の会長、甚五の息子が喉《のど》を切られ肝臓を抜かれて死んでから、隠居だった甚五が復帰して代行を務めていた。伊奈丸甚五は来栖長兵衛同様、亡き五条源太郎とは兄弟盃《さかずき》の間柄だ。動けば大勢がついて回る。

この連日の新地はさすがに、素人《しろうと》が歩く街ではなかったろう。そんな一同から外れてこの夜、国光が勝手に呑めるのは、夕方になって宗忠からの鶴の一声があったからだ。

水曜の客がそのまま居残り、木曜の来客も併せて別荘はごった返すような状態ではあった。

「はっはっ。人を動かすんは簡単やが、動いた人間の始末までは気ぃ回らんかった。私の迂闊《うかつ》や。せやから、私が引き受けるとしよか。国光はもうええで。後は本部で引き受ける。私の方でやっとくわ」

ルールや儀式めいたものに、まったく関心も興味もない兄らしいと言えば兄らしいが、義理や人情で計れば少し寂しくもある。

自分も兄と同じ、死んだ五条源太郎の息子なのだ。

「まあ、兄ちゃんの性格はわからんでもない。——いや、まったくわからんけど」

口を衝《つ》く相反する呟きは、自身の心の逡巡そのものでもある。

連日、〈五条源太郎を偲ぶ会〉を訪れた客の前に兄弟で立った。

——あんなにお元気でしたのになあ。

——あれかねえ。沖田に嫁いだ娘さんも死んだやんか。伝説の男のあれかねえ。気が弱うなったかねえ。

など、悔やみの言葉が続いた。

——なあ専務よぉ。いかい、急だったんやないか。

——そや。入院から正味、二週間やろ。それもポックリって。

——準備もずいぶん万端やな。なんや、最初からわかってたみたいやんか。

人が多ければ、そんな都雀《みやこすずめ》らの邪推も聞こえた。

聞く耳は持たなかったが、声がそろえばいやでも聞こえる。

兄は、平然としたものだった。

国光は引きも切らない客にただ頭を下げ続けてやり過ごしたが、兄は笑って真正面から受け、

「遠路はるばる、ご苦労さんでしたな」

必要とあらば握手の手まで差し伸べた。

下げる頭も目を伏せる程度に軽く鷹揚で、それでいて十分だと思わせる風情《ふぜい》にも満ち、実に堂々としていた。さらには、

「これからぁ、私が前にも上にも立ちますわ。今まで以上に、よろしゅうな。そうそう。弟もこれから、私の代理として〈東京竜神会〉背負《しょ》います。こちらも、万端ご贔屓に」

などと言えば、対する親分衆の方が倍以上深く頭を下げた。

実際の襲名披露は四十九日が明けてからということになっているが、宗忠はすでに、トップの貫禄だった。そして、異を唱えることなく誰もが従うだろうと国光の目には映った。

そもそも国光自身が、

「帰ったら〈東京竜神会〉名乗りぃ。で、お前が東京代表や」

と兄に言われ、言われるだけでそのオーラに押され、

――東京代表ってなんや。代表だけでええやんか。

その一言さえ言えず、ただ唯々諾々《いいだくだく》と首肯することしか出来なかった。

要するに、自分などとは格が違うことを、国光は〈竜神会二代目〉の兄と並ぶことで、かえっていやと言うほど思い知らされた。

国光は五条の名を背負って初めて竜神会に居場所が見えるが、兄はただ、兄一人で竜神会を背負える。それは間違いのないことだった。

会が終了して後、国光は元がゴルフ場らしい大風呂で汗を流した。快晴も善し悪しで、立ちっ放しの国光は汗だくだった。

濡れて気持ちの悪い喪服からラフな格好に着替え、国光は昨日以上に人でごった返すホ

ールに出た。

昨日は二百人ほどだったが、この日は間違いなく倍以上いた。竜神会の息が掛かった店から女達を掻き集めたが、むさい男達ばかりが目立った。

今日はもういいと言われた以上、国光は兄に挨拶だけして、早々に立ち去るつもりだった。

最奥のテーブルで会長の座につき、宗忠は冷えたシャンパンを呑んでいた。わずかな息抜きか。

兄の近くには大阪№1を謳われる、ミナミのキャバ嬢しかいなかった。宗忠の、現在のお気に入りだ。

若狭と桂だけを連れて近づくと、宗忠の側《そば》からキャバ嬢が離れた。その辺の気配りの出来る女だった。

出来ない女は昨今の水商売に多い。これはキャバクラに限ったことではなく、ラウンジもクラブも関係ない。

「兄ちゃん。ほな帰らせてもらうわ」

「ん？　ああ、国光か。おう。ええで」

反応がいつもに比べて緩かった。さすがの宗忠も疲れたか、少し酔ったようだ。

「こっちにはまだ、おるんやろ」

「ああ。帰ってきたときぐらい、たまの家族サービスせなあかんしな」

「さよか。その辺の気配りは、私にはわからんけどな。近場に居《お》らんし」

宗忠はシャンパングラスを傾けた。

「ま、こっちは関係の再編やけど、関東は丸々業界再編や。あんじょう頼むで。東京までは手がまわらん。目ぇは届くけどな。せやから国光、期待しとるで。裏切らんといてや」

少しの笑顔で適当に頷いた。

出来るキャバ嬢程度には国光も場を読む。言質を取られるわけにはいかない。

宗忠の怖さは、父・源太郎の膝の上から知っている。

と、

「おお。そうや」

グラスを置いて宗忠が手を打った。

「国光にな。紹介しとこか」

そう言って国光の背後に視線を移した。

「お前、桂やったっけ」

言いながら、胸を大きく開くようにして右手を伸ばし、ホールの片隅を指し示す。

「あの柱んとこに、寄っ掛かってひとりで立っとんのがおるやろ。あれな、ちょっとここへ連れてき。私が呼んでる言うてな」

「へえ」

すぐに柱が動き、隅に向かった。一言二言で、やおら男が柱を離れた。

中肉中背だが、胸板の厚さだけはスーツの上からでもわかった。身体は鍛えているようだ。髪は撫で付けるようにして七三《しちさん》に固められ、浅黒い肌をしていた。

若作りと思えば四十代にも見えるが、老成と思えば二十代でも通じるか。

不思議な顔つきの男だった。

中でも特に印象を形作るのは、その目だった。

二重瞼《ふたえまぶた》で開きがやけに大きく、いや、それだけならどうと言うこともないか。

なにより、放つような光があり、その光が違った。

どこかで見たことがあるような目であり、光だった。

(そや)

すぐに思い至った。

それは、警視庁組対特捜の若造、東堂絆の目だった。

ただ、それ以上になにか、光に白々とした艶《つや》があった。それが男を二十代にも、四十代にも見せるのだろう。

「お呼びでしょうか」

男は寄ってきて、宗忠の脇《わき》に立った。

「うん。呼んだで。――国光。これがな、私が長いこと、都内に飼《こ》うてる男や」

「飼うてる?」

国光は眉をひそめた。

「なんや。知らんで」

「そらそうや。言うてないもんなあ。――おい」

挨拶しぃやと宗忠に促され、男は国光に向き直った。

「総本部長、いや、東京竜神会代表、ですね。初めまして。田中稔《たなかみのる》と申します」

落ち着いた関東言葉でそう言い、腰を深々と折る。

笑うとなかなか人懐っこい顔になる。目に宿る光まで柔らかくなる感じだ。

けれど――。

「田中なあ。別に面白うもない名前や」

気は、許せない。

国光はこの一瞬でそう判断した。

第一印象、触りとは大事なものだ。

これは竜神会の総本部長として、闇に蠢《うごめ》く者達をさんざっぱら見てきた結果として国光が得た、絶対の経験則だった。

「わからんでもないがなあ。国光、そないトゲトゲしとったらあかんで」

酔いもあってか、宗忠は国光の反応を楽しんでいるようだった。

「お前もひとりで関東は大変やろ。そろそろこいつも、闇のど真ん中に引っ張り出さなと思うてなあ。だから、仲良うしいや」

「えっ」

「は？」

これは国光、田中、ほぼ同時だった。

「はっはっ。なんや、鳩が二羽、豆鉄砲食らったみたいやで」

宗忠はさも面白そうに笑った。

「まずは、二人であんじょう締めぇや」

国光は息を呑んだ。これは兄に、これまでの色々な頓挫を、無能無策と暗に責められているのだろうか。

「兄ちゃん。あ、あの。それって」

汗が出た。

「ああ。国光。そない青い顔せんでもええ。違うで。今のとこな。けど、沖田の整理でお前もまだ手一杯やろし。だから取り敢えずはな、田中のやること、気にせんとき。これはな、だからスルーのための顔合わせ、いや、面通しや」

「面通し？　兄ちゃん、こいつのやることってなんや」

「まあ、ガキどもの躾とか、分別とか、そないなとこや」

ガキとは、半グレのことか。それ以外にはないだろう。

たしかに大阪は竜神会以下、〈大人〉が睨みを利かせているせいか、半グレらしい半グレはほとんどいない。いてもどこかの組の息が必ず掛かっている。

それが関東になると、半グレは暴対法以降、機を逃すことなく上手く立ち回ってえらく威勢がいい。下手なヤクザよりもだ。

関西の連中より狡賢《ずるがしこ》いとも、小知恵が働くとも言えるかもしれない。

警視庁と大阪府警の、そもそもの違いもある。

宗忠が、またシャンパンのグラスを手に取った。キャバ嬢がボトルを手に寄ってきた。

いい呼吸だ。

国光は田中に顔を向けた。

「おい。えらい流暢《りゅうちょう》な関東弁やが、東京人か」

「さて」

田中は肩を竦め、また笑った。

「流れ流れて腰が落ち着きません。どこの人間かはもう忘れてしまいました」

「向こうで何しとんのや」

「専務のご威光で、細々とした会社を」

「会社？　東京に竜神会のフロントがあったんか？　知らんぞ」

「おや、そうでしたか。私はてっきり」

「なんちゅう会社や」

「いや、東京代表。こんなところで名刺交換みたいな挨拶もなんでしょう。いずれ向こうで、私の方からきちんとしたご挨拶に伺いますので」

「ふん。さよか。そんならそれでええわ」

国光は話を切り上げようとした。

ホールの中が、先ほどよりもだいぶ騒がしくなっていた。酒宴に花が咲き始めたようだ。

「そうそう、国光。来週にでもな。東京戻る前にええ物《もん》見せたるわ」

宗忠がグラスを国光に掲げた。シャンパンの泡が弾《はじ》けて見えた。

「というてな、週明けはまだまだバタつくやろうし、うん、そやな、木曜や。木曜がええ。国光、木曜に、本部に顔出しぃ」

宗忠は次いで、田中にも顔を向けた。

「お前もな」

田中が小さく頭を下げた。

「専務。もしかして、例の物が完成したんですか？」

なぜか知っているような口振りが気に障った。いや、知らん知らんばかりを口にしていた自分に腹が立ったのか。

ああ、と頷いて宗忠がシャンパンを呑んだ。

「まだサンプルやけどな。火曜に届くわ」

「おめでとうございます」

田中が頭を下げ、ゆっくり上げる。笑顔は柔らかかったが、目の光はいくぶん強かった。

「専務。と、いうことは」

ああ、とまた宗忠が頷いた。

「もうすぐ、本式に始めるでぇ」

そこからはもうどうでもよかった。

キャバ嬢がそのまま宗忠に寄り添った。どうやら、ここから配慮しなければならないのは国光らのようだった。


「クッソ面白くもないわ」

そんな一連を思い出し、口元を歪《ゆが》めて国光はロックグラスをカランと鳴らした。

「お前らも、あの餓鬼《がき》のこと覚えとき」

若狭や桂が黙って頭を下げた。

「いずれ場合によっては、潰したるわ」

田中か、それとも――。

酔ってもさすがに、国光はそれ以上口にしなかった。

三

翌週の水曜日、絆は午前中から中野にいた。

サンモールからブロードウェイを抜け、早稲田《わせだ》通りを渡った斜向《はすむ》かいのビルだ。

〈自堕落屋《じだらくや》〉

絆の目的はその、けばけばしい装飾の細長い、鉛筆のような七階建てのビルだった。全部が個室のネットカフェだ。

この自堕落屋は料金は高いが、全室占有面積七平米確保の完全防音でかつ、ハイエンドマシンの複数台設置を謳い、コアユーザーの間では〈聖地〉として有名らしい。

絆が日曜に本部で浜田に告げた、〈行かなくてもなんとかなるような手〉とはこの自堕落屋の社長、奥村金弥《おくむらきんや》のことだった。

浜田と別れた直後に連絡は入れておいた。指定されたのがこの日だった。

奥村は元相棒の金田《かねだ》から絆が引き継いだ三人目のスジ、いわゆる捜査協力者だった。一人目は亡き父・片桐亮介で、二人目は鴨下玄太《かもしたげんた》というプラカード持ちだ。

奥村は特に、ハッキングに関して飛び抜けた能力を持ち、その昔、警視庁のハイテク犯罪対策総合センターに招聘されたこともある異才だった。実際に手伝いもしたらしい。

性格が災いして長続きはしなかったらしいが、金田とはそのとき出会ったようだ。

――あいつは人好きなんだろうねえ。じゃなかったら、一回五万円で引き受けてはくれないと思う。癖はだいぶ強いけどね、失《う》せ物や人捜しは、べらぼうに強いんだ。ハッカーとしてね。

そんな話を絆は金田に聞いた。

たしかに人嫌いなら、ハイテクセンターに協力などしないだろう。人好きは間違いない。

そして、直接に絆が奥村から言われた、

――人に物を頼みたいなら直接顔を見せろ。右から左に済まそうとする人間を俺は信用しない。

とは、〈話好きの寂しがりの強がり〉に近いと、絆は最近では思っていた。

もう顔馴染みになった事務方の女性に案内され、絆が向かったのは六階だった。

奥村の移動とともに不定期に社長室が動くのが、自堕落屋の恒例だ。一階から七階までの都合三十室中ただ一室、〈社長室〉のマグネットプレートが張られた部屋が奥村の居場所にして、そのときの社長室だった。それで、自堕落屋にいる限り、奥村金弥という男はデジタルの中のみの存在になるという。

事務方の女性がノックしたドアは、六階に四室あるうちの一番奥だった。

「来たか。入れ」

ドアを開けた瞬間に廊下まで響く声は奥村の特徴で、音量の調整が出来ていなかった。

電話でも同様だが、つまりは声がでかいのだ。

奥村は細身だが声がでかく癖毛の白髪で――、と、ここまでは来れば目にする。が、高い頬骨となお高く尖った鼻梁《びりょう》を持ち、二重のドングリ眼《まなこ》を持つとは、滅多にモニターに向けた顔を上げないので情報としては割りとレアだろう。

何度訪れても、二台以上のハイエンドマシンで一杯一杯の部屋はコックピット感が強かったが、この日の部屋は割合に広かった。

その代わり、マシンも四台置きだ。

ＶＩＰルームだろうか。

「じゃあ、お願いしましょうか。どうすればいいですか」

「こっちに来い。今動かせるのはこっちのモニターだけだからな。こっちの右で流す」

絆は呼ばれるままに、奥村のほぼ真後ろに立った。事務方の女性が運んでくれたホットコーヒーも立ったまま飲む。もう慣れたものだった。

奥村に頼んだものは当然、〈五条源太郎を偲ぶ会〉のために大阪に入り、集《つど》う面々についてだった。

――参加者の故人との関係とかまで引っ張ってもらえると有り難いですが、そんなリストを細かく作るほど間抜けでもないでしょう。せめて写真とかで、俺自身が行った気分にさせてもらえると有り難いんですが。動画なら、なお良しで。

対する奥村の答えは、間髪《かんはつ》容《い》れない、任せろ、だった。

奥村は、アンダーなネットの中に漂うデブリのような情報を集めると言った。参加者の誰かがスマホでもデジカメでも使い、データアップに回線を使えば、奥村なら引っ掛けることが出来るらしい。

なんでも――。

奥村には、自作にして自慢の情報解析収集ソフトがあった。つい先月末に一応の完成を見たばかりらしい。

――おっ。ちょうどいい。そういうイベントめいた事象はどう隠してもネット上では表になる。案件としても手頃だ。

と意気込んでこのソフト、名付けて〈トリモチ〉の使用を高らかに宣言した。

まあ、命名のセンスはさて置くとして、絆も知るような汎用の検索エンジンは、まったくの玩具《がんぐ》だというのが奥村の持論だった。

この辺の論には例の、仙台にいる陸自のオタクも深く同意したようで、そちらはそちらで自作のシステムソフトを構築中らしいが、これは絆とは今のところ直接には関係がない。

「ま、細かく言えば、向こうのと俺のとは根本的に別物だ。俺が最新の画像認証を加えたことでコアすぎるなどと言うが、検索条件に関してはあっちの方がはるかにオタクだ。それに、悔しいが向こうの方がスペックは上かな。なんでも仕事柄、ときに防衛省のホストを並列クラスタで使うと言っていた。まあ別段、許可は取っていないとも言っていたが」

「……」

特に感想はないが、法が絡む気がしないでもない。色々支障がありそうなので、ひとまずこれは聞かなかったことにしておく。

「それでも、俺のトリモチがクモノスに引けを取るわけではないぞ。ＡＩに仕込んだベースの手法と思考回路は俺そのものだ。それにな、こっちだって色々な所にバックドアは構築してある。並列で使おうと思えばいつでも使える。というか、たまに使う」

「ほほう。へえ。――うーん」

取り敢えず唸《うな》ったというか、唸るしかなかった。聞き流すべき箇所が満載だ。

取り敢えず絆が黙っていると、クモノスではないぞと奥村は付け加えた。

「あの、まずその、クモノスってなんですか」

「ん？　おお、そうだな。クモノスは、陸自のオタクのシステムの名だ。そんな命名の仕方まで真似てくるところがな、厚顔無恥にして恐るべしだ」

「ああ。そうですか」

なんにしても絆の範疇《はんちゅう》ではない。

「とにかく、汎用型検索エンジンはたいがいの事々に瞬時に答えを出すが、曖昧なこと、間違っていることも多い。答え自体が大量過ぎるのだ」

と奥村は不平を口にし、ここで初めてコーヒーに口を付けた。

「だからな、トリモチの起動にはそれらとは正反対ともいえる、ファジーを極限まで排除した多階層な条件付けを付与した」

もちろん、相対的にセキュリティも高度になり、厳格な条件付けがそのままガード・レベルを担保するという。

「うわ。なんか面倒臭そうですね」

よくはわからないが、難しいターゲットになればなるほど、無数に重なったレイヤのごとき条件付けをクリアしない限り、起動すら覚束《おぼつか》ないらしい。

「そんなことはない、とは言わないがな」

ただし結果、検索の触手自体が明確で厳格な意図を持って伸びる分、何処《どこ》までも深く潜ることが出来るのだ、と奥村はなぜかコーヒーカップを高く掲げた。

「こいつは凄いぞ。条件付けさえ間違わなければネットにつながっている限り、たとえ仮想通貨の取引所のぶ厚いセキュリティの裏からでも無傷で生還する、はずだ」

「え。それって、いいんですか」

「いいわけはない。何を言っている」

奥村は顔をわずかに動かした。気配以上に憮然《ぶぜん》とした表情が見えた。

「俺は可能性の話をしている。そう思って聞け」

「はあ」

「可能不可能で言ったら、突破は現実に可能、そういう話だ」

「ええと。すいません」

「まあ、わかればいい」

奥村はかすかに頷き、腕を組んだ。

「とにかくな、今回の依頼は一般の検索エンジンでも、それなりには拾えるキーワードだからな、階層なしの条件付けでも必要な物は拾えた。多過ぎるくらいだ」

「あ、そんなものですか？　難しいかと思ってましたが」

「おいこら。誰にものを言っている」

奥村は鼻を鳴らした。

「国内のダークサイトやウェブなど、俺に言わせれば一般公開に近い」

「へえ。凄いですね」

「まあ、それでもまだトリモチには改良の余地、進化のアイデアは多いが」

その代わり、条件が整わなければ常にＥＲＲＯＲが出るという。

「この辺は融通が利かないと言うより、こいつの謹厳実直なところだ。逆にそれが、ハッキングにおけるこちら側の高度なセーフティ・ガードになってはいる。ターゲットを狙《ねら》う以外の横道には絶対に逸《そ》れない。現実世界で喩《たと》えるなら、優秀な警察犬のようなものだ。そう、トリモチはいわば、デジタル・ハウンドドッグだな」

「はあ」

デジタルはまあ、苦手ではないが得意でもない。そろそろギブアップは近かった。

絆は何度か、合の手の代わりに咳払《せきばら》いを入れてみた。

「まあ、ほかにも念には念を入れて、五段階のリスク回避セキュリティをアタックタイムのスケジュール管理で回避するようこいつに教育は施しているが、アルゴリズムの構築自体に——あ、いや、わからんよな」

「はい」

「そうか。まだトリモチを理解するには半分も到達していないが、ひとまずこのくらいにしようか」

「助かります」

「本題に入る」

そう言ってようやく奥村がエンター・キーに手を伸ばしたのは、タップリ二十回ほどの咳払いの後だった。

四

奥村がキーボードのリターン・キーを叩くと、右側のモニター一杯にまず色鮮やかな画像が浮かび上がった。

紋付羽織袴の艶めく上等な黒絹に負けない、長身で姿勢のいい男がまずアップで映った。色素の薄い蟷螂《かまきり》。

絆の第一印象はそれだった。

細い顎《あご》、広く秀でた額、形としては微笑《ほほえ》みに崩れ、それでいて決して笑んでいないと確信させる目、同様の口元、全体として顔。

そう、男は、人がましさの一切を排除した顔をしていた。

他人を寄せ付けず、寄りつかない顔だ。

「東堂。これが二代目の、五条宗忠だ。拾い集めて角度とピントがいいのをつなぎ合わせて編集した。偲ぶ会の二日分で、動画も合わせてだいたい三十時間分ある」

「はあ。――えっ」

危ない。危うくデジタルの話だとして聞き逃すところだった。アナログの話だ。

「それって、どのくらい掛かったんですか」

「ん？　何がだ」

「時間です」

「おお。そうだな。──まあ、倍だな」

「……ははっ。倍ですか」

六十時間。五万円の労賃を時給にすると約八百三十三円だ。溜息《ためいき》も出ない。

「ということでな、さすがに俺は少し寝る。隣の部屋に移るから、後はひとりで適当にやってくれ。操作は簡単にしておいた。モニターの一番下にバーが出る」

奥村はそんな説明をしながら部屋から出て行った。

絆は入れ替わりに席につくと、早速確認を始めた。といって、さすがに三十時間も居座る気はない。で、奥村の労力を惜しげもなく潰すように早回しのラッシュで確認した。気になるところだけピックアップだ。

それでも、三十時間分はそれなりにあった。

昼前に来たはずだが、気が付けば夕方になっていた。

国内のダークサイトやウェブから多過ぎるくらいに拾ったと奥村が豪語するだけあって、画像に動画に実際、鮮明にして時間的な抜けもなく、資料として十分満足のいくものだった。

大きな声では言えないが、下世話を小さな声で呟くなら、

「これで五万は安い。儲け儲け」

ということになるだろう。

「何が儲けだ」

「いえ。別に。お目覚めですか」

入ってきた奥村が、熱いコーヒーのカップを置いた。

半日クーラーの中にいると、さすがにホットは有り難い。

「役に立ったか？」

「お陰様で。ただ――」

五条宗忠はある程度の仕草まで脳裏に焼き付けた。国光も、若狭と桂の芦屋銀狐コンビも確認した。

「何か、気になることがあったか？」

「ええ」

絆はマウスを操作した。

動画のほとんど最後の辺り。二日目の前段にも静止画の中に切れ切れにはあったようだが、それだけなら気にも留めなかったかもしれない。

「ここ。これです。この男」

国光と話す宗忠の動画だった。国光の背後には若狭が控えていた。

宗忠がグラスを手に取ると、派手なドレスの女性がフレームの中に現れて恐らくシャンパンを注いだ。

そのときだった。

国光の口が動くと、画像のピントが一瞬だが、宗忠の近くに立つ浅黒い肌の男に合った。眉を上げつつ、肩を竦めたところだった。その後、なん言《こと》かこの男と国光が会話を交わし、二人の映像はそこで終わった。

以降はホールで酒宴に臨む宗忠の姿に切り替わり、二人の姿はなかった。

モニター越しの、それもこの数瞬だけだったが、男の持つ雰囲気のようなものが絆には気になった。

髪を七三に固めた中肉中背。なんとも背格好は普通だが、年齢はさて、二十代か、いや、三十代、もしかしたら四十代前半もあるか。

瞬きの間にも、絆はまるで男の年齢がブレるような錯覚に捕らわれた。

その振幅を感じさせるのは、男の目つきだった。

なんというか、常人離れして観えた。

白目がおそらく、大きかった。それとも黒目が対比として小さかったか。

それで白目に、艶のような光があった。

絆が気になるということはすなわち、余人には尋常ではないということだ。

絆は動画を少し巻き戻し、男の登場で止めた。

「誰でしょうね」

奥村に振ってみた。

「さてな」

期待したが、答えはあっさりした拒絶だった。

「あれ？　調べようって気になりませんか」

「ならない」

「それは、無理ってことで？」

「無理ではないが、そうだな」

奥村は腕を組んだ。

「まず第一には、核がない」

「核？」

「キーだ。検索の核、条件。お前、自分で調べるとしても、この状態で何をする。それくらい考えろ」

「――おお」

絆はやおら立ち上がり、携帯を取り出してメールを起動した。

〈今、いいですか〉

内容は簡潔に、それだけだった。

すぐに電話があった。

――なんだ。

通話の相手は今、モニターの中に見たばかりの若狭だった。厳密に言えば、標準語の若狭だ。大阪弁でないときは五条国光の取り巻きではなく、バグズハートの情報屋、そういう扱いでいいだろう。

「手短に聞きます。会長を偲ぶ会の最後の方で、五条国光と話してた男、いますよね。変な雰囲気の」

鎌を掛ける感じで、敢えて全体の特徴を言わないでみた。

それでも、途端に若狭が気配ごと、黙った気がした。

「あれ。もしもし。わかりませんか？　髪を七三に固めた目つきの悪い男。動画、送りましょうか？」

――いや。いい。そんなのは、一人しかいないからな。

「誰です？」

――簡単に言うと思うか。

「すいません。おいくらでしょう」

――そうだな。

若狭は簡単に、ふた桁《けた》を口にした。

「え。名前、だけで」

――おそらく、あの男に関する情報が何もないのだろう。情報はな、こういう元になるものこそが一番高いんだ。

「そう、ですか」

自然に落ちる肩を意識しつつ、絆は強引に顔を上げた。

「けど、すぐに誰のことかわかったってことは、そちらにとっても重要な男、とか。少なくともチンピラじゃありませんよね」

強い呼気が受話器に当たった。

笑った、のかも知れない。

――悪くない勘だ、と白石さんだったら言うだろうな。

「褒められても。なら少し、まかりませんか」

――駄目だ、とこれも白石さんなら言うだろう。みみっちいぞ、ともな。

「みみっちい、ですか」

溜息、ひとつ。

「わかりました。前にも言いましたが、うちの部長からそのくらいの予算はもらってます」

これはバグズハートのときのバーター、貸しのようなものだ。

田中稔、とだけ口にし、若狭は通話を終えた。

「田中、稔か」

復唱してみた。特に何が起きるわけもない。どことといって、なんの変哲もない名前だ。

「名前だけか」

すでにキーボードの前に座っていた奥村が絆を見上げた。

「そうなりますね」

ふむ、と言って奥村はキーボードを叩いた。すぐに結果は出た。

「汎用の検索エンジンでも、こうだ」

「ありゃ」

全国に田中稔は、モニター上の数字だけでも千四百四十七人いるようだった。

電話帳調べでだけだぞ、と奥村は続けた。

「さらに年齢で絞り込んでもいいが、これが十分の一になるかどうか。それに、なったところでな」

「とは？」

「ある程度に減ると、そこから先は陽の光の下の人間の方がわかりづらい。隠そうとする人間はボロも出るし、なんというか、匂いも残る。叩けば埃《ほこり》、というやつだ。それが、堂々としている人間は何も出ない」

「へえ。そういうもんですか」

「まあ、そこからさらに調べられないことはない。ただし――」

「ただし、なんです？」

「そこから先はアノニマスレベルというか、ルール無用の世界になる。調べるとすれば、まずはマイ・ナンバーとかかな」

「ありゃ。法の外、ですか」

「政府や省庁のメインサーバの奥だ。そうなるな。だからな、俺はそこまでは踏み込まない。事象や暗号、最初から狙いがはっきりしているものを追うならどこまでも潜るが、こういう調べ物は分母が大きすぎる。そこに踏み込むのは、日本人全てを背負うのと同じだ。そんな身重なことを俺はしない。そんなのはな、神の重さだ。ああ、その辺が例の、陸自の馬鹿オタクと俺の違うところだ」

「なるほど」

「まあ、どうにもならないとは思うが、トリモチには一応入力しておこう。起動にはまだまだ条件付けが足りんがな」

「足りない？　どのくらいの数が？」

「わからん」

奥村は真顔で腕を組んだ。

「わからんって」

「竜神会の会長がだぞ、まともに関わっているかもしれないのだ。さっきの葬儀や偲ぶ会の画像などは、要は三流のマスコミでも狙う程度のネタだろう。だが、ここから先は違う。本物の闇の中に手を突っ込むのは怖いぞ。覚悟が必要だ。なので、トリモチのセキュリティはマックスから下げないというか、下げられない。つまり、ＥＲＲＯＲが出なくなるまで、相当数、としか言い様はない」

「相当数、ですか」

「名前、年齢、現住所、勤務先。今回で言えば竜神会との接点。この辺りは情報が多ければ多いほどいいと思ってもらおうか」

「はあ」

「情報が増えたら、まめに連絡を寄越すことだ。どこかでいつかつながる、かもしれない」

「かも、ですか」

「当然だ。有るモノは有り、無いモノは無い。有るモノにはつながり、無いモノには当然つながらない。どこまでいってもＥＲＲＯＲが出る。デジタルとは本来、わかりやすいのだ。気長に待つことだな」

言われればわかる。

が、同時に気になることもあった。どちらかと言えば絆にはこちらの方が切実だ。

「ああっと。その際はあれ、高くなりますかね。竜神会に関わってるのは間違いないんで」

「お前、さっきの電話ではないが、みみっちいな」

斜め下から奥村が呆《あき》れたように見上げた。

「変わらんよ。辰門会だろうと竜神会だろうと、たとえドナルド・トランプの醜聞だろうと、五万は五万だ」

奥村が頷いた。絆の頭は自然に垂れた。

「助かります」

金田のスジは、どこまでも良いスジで、絆を助けてくれる。

「五条宗忠とこの男の画像、携帯に転送しておく」

「ありがとうございます。じゃあ、俺はこれで」

「今日はもう上がりか」

「いえ。隊に戻ります」

溜息、ひとつ。

これは絆ではない。奥村だ。

「もう定時は過ぎているだろうに、仕事熱心なことだ。ワーカホリックだな。まあ、カネさんもそうだったが」

思わず苦笑が漏れた。

理解し理解され、覚え覚えられている。

「そう言うことです。仕込みがいが良いやら悪いやら」

「一緒に飯くらいどうだ。昼を抜いただろう」

「おっ」

思わず絆は揉《も》み手の姿勢になった。

痩せても枯れても奥村はビル持ちの社長だ。中野という土地の響きも、昔ながらの名店の匂いがする。

「いいですね。どこです？」

「ん？　おかしなことを言う。ここに決まっているだろう。今日は、部屋が広いからな」

「結構です」

一礼し、絆は自堕落屋ビルを後にした。

五

大阪の竜神会本部は、北船場の道修町通《どしょうまちどおり》にあった。近くには広く神農《しんのう》さんとして知られる少彦名《すくなひこな》神社があり、月行事や祭りのときには大いに賑わう。

本部は一棟丸々のビルで、鉄筋コンクリート造りの六階建てだ。築四十年は船場でも相当古い部類に入る〈ボロい〉ビルだが、なかなか建て替えの手は付けられない。竜神会本部ビルは、敷地面積だけでも三百坪はあった。それなりのビルだ。

言い方はおかしいが、竜神会本部は極道華やかなりし頃に、亡き五条源太郎が近隣の土地までを地上げで掻き集め、初めて建てたビルだった。暴対法直後には府警や街作り委員会との景観協議もあったようで、一階から三階をテナントとして貸し出すことで移転を免れた経緯があるらしい。

以来、竜神会本部ビルは竜神会の金字塔、日本の極道のランドマークとして、古さを晒しながら大阪北船場の道修町通に存在した。

木曜日になった。

国光は兄に誘われた通りに本部ビルを訪れた。

桂が運転する車が駐車場に滑り込んだのは、夕方の七時頃だった。

ちょうど、六月の夕陽が西の端に沈む頃だ。残照がやけに朱《あか》かった。

「待っとり」

そんな言葉を残し、国光は車を降りた。

四階までエレベーターで上がり、そこからは大部屋や、本部の役付き連中に与えられた部屋を巡りつつ階段を使って六階に上がった。

会長以下、重役の部屋はすべて六階だった。長い廊下の最奥、今までは左側が宗忠の部屋だったが、この週に入って真正面に引っ越したとは聞いた。

最奥真正面は当然トップの部屋、会長室だった。

当たり前のように何度も出入りしたことのある部屋だが、源太郎が健在な頃からどこか余所余所《よそよそ》しい部屋だった。感覚は他人の部屋に近い。

ただし、これは国光自身の思いの問題だったろう。

六階まで上がった最奥の部屋の主になるなど、五条の家に生まれてからこの方、一度も思ったことはなかった。

分厚いチーク材一枚彫りの扉に、ノックを二度。

重い響きは中にと言うより、廊下にこそ反響を残した。昔からそんな感じで、それが会長室の扉、というものだった。

返事が中から聞こえたことは、今までも一度もない。

数秒待ってから、国光は両開きの扉を押し開けた。

かすかな軋《きし》みが聞こえた。

「ああ。来たかい」

広い部屋の奥の右手、道修町通に面した窓を背にして、宗忠は執務デスクの向こうにいた。

ぶ厚い防弾ガラスと飛散防止フィルムの外に、通りに明滅するサインの光が漂う波のようだった。

一歩足を踏み入れ、国光はふと足を止めた。

ステージのように段になった部屋の奥には、今までは愚連隊だった頃の源太郎が好んだという象徴旗が掲げられ、どこぞから〈カタ〉として取り上げたらしい国宝級の鎧《よろい》が飾られていたはずだが、それが見当たらなかった。きれいさっぱり取り下げられていた。

代わりに、一点の油絵が掛けられていた。壁紙も絵画に合わせて張り替えられたようで、真新しい。

絵は宗忠が最も好み、専務室にも飾っていたシャガールの〈家族の顕現〉だった。シャガール自身が拘って手を入れ続け、別作品も存在するという一枚で、国光には知りようもないが、どこかの過程での習作以上の現物らしい。

そんなシャガールの存在感もあって、模様替えされた会長室はまるで他のビルの部屋のようだった。

「どないした？　入り」

「え？　あっ、と」

国光は我に返り、中に入った。

広い空間の左側に整然と連結で並べられた革張りのソファと大理石の応接テーブルも目にしたことのない物だった。新調したのだろう。

高いソファの背でちょうど隠れた位置から立ち上がる男がいた。

慇懃《いんぎん》に腰を折る。

「お先に、お邪魔しております」

田中だった。

片手を上げるだけにとどめ、兄に一番近い辺りに座った。クッションの具合は、最上だった。

田中も座り直した。肩を縮め小さくなっている。行儀はいいと言うことか。

「兄ちゃん、下から回ってきたけど、なんや。要石《かなめいし》みたいな爺さん達やうるさ型の連中、みぃんなおらんかったな。お父ちゃん死んで気ぃ弱うなったんか」

「ん？　ああ、せやないで。私が首切ったんや」

「――えっ」

一瞬、国光は宗忠の言葉がわからなかった。理解、という意味でだ。

宗忠が机の向こうで立ち、応接の方に歩み寄った。

「断捨離や。私の最近のモットー、断捨離。お父ちゃん、もうおらんからな。いつまでも昔に縋《すが》って無駄飯食らうだけの連中は、これからに邪魔やし。若かろうと爺さんだろうと関係ないが、まあ、今回はたまたま爺さんに多かったっちゅう話や」

「い、いや、けど兄ちゃん」

悪いとは言わない。だが、まだ先代の葬儀が終わったばかりだ。

情を切り、しがらみを断ち、それで禍根《かこん》は残らないのだろうか。

早過ぎはしないか。

口で言うほど簡単とは思えない。

だが、宗忠はソファの後ろから国光の肩を叩いた。

「お前が気にせんでもええ。気にすな。これは、これからを背負う私の責任で、私の権限や。それでええんや。――それより国光。今日の要件や」

宗忠はもう一度肩を叩き、そのまま左手に消えた。

そちらは洒落《しゃれ》っ気の強かった父・源太郎自慢の、だだっ広いウォークイン・クローゼットになっている。重要書類の金庫も兼ね、今では指紋だけでなく虹彩《こうさい》認証も必要で、衣類は紋付羽織袴とモーニングくらいしかもう入ってはいないはずだった。

「田中。ええ物ってなんや」

待つ間の空隙《くうげき》を言葉で埋めてみた。

「いえ、それはさすがに私の口からは」

田中は手をバタバタと左右に振り、わずかにソファから身を起こした。

「どうぞ会長ご自身直々に」

小面憎《こづらにく》い答えだった。

「ふん。もう会長と呼ぶんか。おべっかやな」

「そうかもしれません。でも、そう呼ばなかった連中がバッサリ切られた、とお考えになった方が、無難な気も致しますが」

「それこそ、ゴリゴリのおべっかやないんか？」

クローゼットから音がした。

すぐに宗忠が姿を現した。

手になにやら黒い小箱のような物を、二個持っていた。

それですか、と田中はそんなことを言った。声に少し喜色、興奮のようなものが聞こえた。

そうやと答え、宗忠は国光と田中の間に座った。小箱を大理石の上に置き、二人の前にそれぞれ滑らせる。

薬か何かのパッケージのようだった。ビニールが掛かっていた。未使用だ。

「一個ずつ、やるわ」

国光は注意深く手に取った。

田中も仕草は同じようなものだった。

パッケージは重ねたような上質の黒一色だったが、光の加減で表面に何かの形が浮かんだ。型押しのようだ。

「イー、エックス、イー、か？」

ＥＸＥ。

飾り文字のようだったが、そう読めた。

「兄ちゃん。なんや？」

素朴な疑問が口を衝いた。

「エグゼや」

「エグゼ？」

「そう。ティアドロップ・ＥＸＥ《エグゼ》。究極やで」

宗忠が、自慢げに笑った。

足元から回るような、眩暈《めまい》に似た感覚があった。

国光には一瞬、自分がどこにいて、誰と話しているのかがわからなかった。

六

「なっ」

国光はそれこそ、声にならないほど仰天した。

ティアドロップは当然知っている。

少し前まで、沖田組からルートごと剝ぎ取ろうと国光自身が画策してもいた。

だが、そんな関東のことに兄が関わっていたとは、まったく知らなかった。

しかも、口振りからして関わっているのは直接の製造過程からのようだった。

辿ればティアドロップは、海を渡って大陸につながる。

出所は中国だ。

そもそも竜神会は満州生まれの父・源太郎の時代から、中国の闇社会にはたしかに太いパイプがある。国光もシンジケートに何人かの知己もルートもある。

だが日本から先、西崎次郎から先の仕組みなど、実働部隊の長として関東に下った国光でも知らない。

そんな不平とも取れる言葉も国光の口を衝いて出た。

「うん。知っとるで。手ぇも口も出さへんけど、金とヒントはあっちこっちにジャブジャブ撒いたからな」

受けて宗忠は、平然としたものだった。

「だいたい二十年近く前に陳芳《ちんほう》にな、沖田の跡継ぎに腹違いがおること、西崎って言うたっけ。あれを教えたの、私やし」

国光は固まった。

唖然《あぜん》とし、愕然《がくぜん》ともした。

癪《しゃく》に障ることに、視界の中にいる田中は二人の会話などどこ吹く風で、エグゼのパッケージを矯《た》めつ眇《すが》めつしていた。

「国光、幹部っちゅうのはな、あくせくするような話をしたらあかんのや。こう、どーんと構えてな。危ない橋ぃ渡るのは無しや。そんなのは、シノギに奔走《ほんそう》する下々の連中がすることや」

「そ、そりゃわからんでもないで。兄ちゃん、そりゃあ、俺もわからないでもない。けど、俺は兄ちゃんの前に立ってな――」

国光、私らはな、と宗忠は穏やかに言い、その穏やかさで国光の口は封じられた。

「幹部の中でも、特に私ら五条はな、上納が安定しとればそれでええんや。その上納を安定させるために、文句言うだけやなく、大所高所でものを考えるんが仕事や。適材適所っちゅうやつやな。あれ、餅《もち》は餅屋、やったかな」

ちょうど、扉がノックされた。若い衆がコーヒーを運んできたようだ。

それ、仕舞いと宗忠が促した。

国光も田中も、同じようなタイミングで上着のポケットに落とした。

コーヒーを飲みながら、それからは売り方の話になった。

「オピオイド系やからな、デソモルヒネの一種や。けど、純粋な薬効以外の一切は排除したんや。苦労したけどな、だから体組成にはまったく障らんで。その辺は、あっちのお国で臨床済みやし。ふっふっ。人間を生きたまま腐らす、クロコダイルなんぞとは大違いや。もっとも、値段の方も比べ物にならんけどな」

デソモルヒネは当初モルヒネの数倍の鎮静作用を持つ鎮痛剤として開発されたが、ヘロインに似た快感、充足感が得られ、加えて強烈な依存性があった。

要するに合成麻薬、危険ドラッグだ。市販の鎮痛薬を母材に、素人でも似た物は容易に合成できた。似た物止まりには違いないが、わずか数百円で製造できる方法もインターネットで世界中に広まった。

その最劣悪版が、ガソリンまで混ぜて粗製するロシアのデソモルヒネ、〈クロコダイル〉だった。

命名は、皮膚を糜爛《びらん》させ鰐《わに》の皮のようにするからと言うが、人体そのものを腐乱させるのがクロコダイルだ。

下腹部に注射器で打った十代の少女は、子宮を腐らせた。それでもクスリの持つ強依存性に依《よ》り、止《や》められなかった。そんな実例もある。

常習者の余命はわずか二年から三年だとも言われ、まさに〈人喰い薬物〉としても、クロコダイルの名はこの粗悪合成モルヒネに相応しかった。

だからこそ、その真反対に位置するようなティアドロップ・EXEは——。

「文字通り、デソモルヒネはモルヒネや。痛いのや苦しいのがイヤな患者や、そないな患者の見苦しいのんが嫌いな医者には、重宝やろなあ」

「患者や医者？　けど兄ちゃん。そないな物使《つこ》うたら」

国光の言葉に宗忠は深く頷いた。

「そや。還《かえ》らんで。死ぬわ」

国光は唾を呑んだ。

つまりは、安楽死。

死の道具。

それから三十分、宗忠の独演会を国光は聞いた。

販売のルートは、たしかにもう宗忠の中でイメージされているようだった。

しかも、なんとも遠大な計画だった。そして遠大な分、利益還元率も成功の確率も高かった。

なら、少なくとも東日本は東京の自分が——。

と国光が漠然と考えたとき、いきなり爆弾が落ちた。

「数がそろったら、持ち込みからなんからぜぇんぶ、どっちかに任せてもええで」

「えっ」

頓狂《とんきょう》な声を上げたのは国光だけだった。

「へえ」

田中はただ、かすかに口角を上げた。

「切磋琢磨《せっさたくま》っちゅうやっちゃな。人間、いくつんなっても、向上心を忘れたらいかんわ」

とは、競えということだ、田中と。

国光と田中、勝った方がエグゼを任され、東日本の覇権を握る。

「兄ちゃん。俺まで天秤皿《てんびんざら》の上かい。そりゃ殺生やで」

「殺生なことあるかい。これはビジネスの話や。ビジネスはシビアやで」

「けど」

「けども言うな。わかっとる。お前は私の大事な弟や。安心しい。そこで終わりなんてことにはならんわ」

宗忠は手を振るように動かし、楽しげだった。

「そんときゃ、大阪に戻ってくればええだけの話やないか」

「――戻れるんかい」

「ま、場所があれば、やけどな」

兄は優しげに笑った。

「場所くらいは、自分でちゃぁんと作らんとな。国光」

優しげに見え隠れするものが、これ以上聞くことを拒んでいるようだった。

宗忠は足を組み、

「そっちは、いつ東京に戻るんや」

声だけ田中に投げた。

「はい。この足で」

「さよか」

「で、国光はいつや」

返す刀、と言うやつか。

「えっ」

答えは一瞬遅れた。

「あっと。そう、今週はこっちに居るつもりやから、来週には」

何か、すでにレース序盤から出遅れた気がした。

ただ、国光には大阪で、本当に外せない用事があった。

そのせいで、俺もこれからすぐ取って返す、とはどうしても言えない。

「なんや。家族サービスか」

「ん？　ああ。そうや。そう。家族や。サービス」

「ふうん。家族サービスなら仕方ないが」

宗忠の国光を見る目の光が、心なし冷ややかな気もした。

「ほうか。まあ、キタの寿々奈《すずな》、言うたか？　あれが家族かどうか、私にはようわからんけどな。あんまり入れ込んだらあかんで。ほどほどにな」

「なっ」

それきり、言葉は出なかった。

知られている。

どこまでも。

――わかるでぇ。私は、お前のことはなんでもわかるんや。

東京で聞いた電話の、宗忠の言葉が耳内で反響する。

反響して何度も繰り返す。

「では、新幹線の時間があります。私はこれで」

田中が立ち上がった。一礼で部屋を出て行こうとする。

遅れてはならじとばかりに国光も立った。後先が関係するような事態ではなかったが、これは反射的だった。

いや、もうこれ以上、寿々奈のことを弄《いじ》られるのを避けたかった、のかもしれない。

田中の前に出ようとすると、

「ああ。田中ぁ、ちょっと来《き》ぃ」

と、背に宗忠の声がした。

「はい？」

田中が立ち止まって振り返った。

気になるが、気にならない素振りで国光は会長室の外に出た。

そのままエレベーターに乗り、一階まで直通で降りる。

出ると余計に、無性に気になった。

待機の車のエンジンが掛かった。この日の運転手は桂だった。助手席に乗るのは、同じ芦屋銀狐の若狭だ。

「ちょい待ち。ストップや」

動き出した車を、国光はひと路地曲がったところで停めた。

「何か？」

聞いてきたのは桂だったが、話は若狭に振った。

「降り。仕事や」

「は？」

「あの若造。その足で東京に戻るそうや。お前、尾行得意やったやろ。徹底的にな、張りや。二十四時間や」

「了解です」

若狭は即答で助手席を降りた。

車はすぐに動き出す。

帰りの、その道々、

「エグゼ。安楽死か」

呟き、ハタと恐ろしいことに気が付いた。

あれ、お父ちゃんも——。

「まさかな」

車窓に、新地の煌《きら》びやかな灯《あか》りが瞬き始めていた。

「兄ちゃん。まさかな」

もう一度呟き、それだけでもう、国光はこのことを考えるのをやめた。

第三章

一

週を越え、六月も下旬に入った。

「へっ。なんだってんだ！」

山崎大元は、事務所のソファにふんぞり返って吼《ほ》えた。

エムズの事務所は表参道の交差点近くにある。南向きで陽当たりがいいのが特徴だが、その分賃料は高い。

エムズは登記簿上、メインはイベントプロデュースも手掛ける芸能事務所だが、実際のところはひと山ナンボのAV女優を抱えるだけの複数事務所というやつだ。素人に毛の生えたような女優ばかりで、出入りが激しく山崎らの仕事はもっぱら表参道でのスカウトだった。

だから前社長の戸島の頃から、事務所は場所の良いところに無理をして借り、今でもその無理はし続けている。

「ケッ。クッソ面白くもねえ」

燦《さん》とした陽を浴びながらおよそ相応しくない毒を吐き、山崎は足を振り上げた。

「ウラァッ」

靴の踵《かかと》から応接テーブルに思いっきり落とすが、薄い合板はあまり響かず、底の浅い音しかしない。かえって耳障りで、苛《いら》つきを増長するだけだった。

それにしても、どうでもいい。山崎の毒もテーブルへの一撃も、聞き咎《とが》める者は事務所に誰もいなかった。

前日、山崎は保釈で渋谷署から出てきた。

道玄坂裏の賭博は現行犯で、たしかに笑うほどの、ぐうの音も出ないほどの現行犯だった。

だから、東堂が現れた時点からすでに、一切の抵抗をしなかった。後を考えたからだ。

小知恵は昔から働く。

その小知恵のおかげで、保釈はずいぶん早かった。

一緒に捕まったマネー・デリバリーの田浦は対照的に、山崎が釘《くぎ》を刺したにも拘わらず逮捕された当初に相当ゴネたようだ。その上、微罪だが前科もあった。

態度と前科の積み増しで拘留延長もされたことから、確実に山崎よりも保釈は一週間以上遅くなるだろう。

山崎は田浦より一足先に、二週間ほどで外には出たが、だからといって別に良いことが待っているわけでもなかった。

帰ってみた事務所も暗かった。

雰囲気の話ではない。電気さえついていないという暗さだ。

水曜平日の昼下がりだったにも拘わらず、事務所には誰もいなかった。外出中というわけではない。そんなことは業務中はあり得ないと、仮にも社長である山崎にはわかっていた。

「どいつもこいつもよ」

誰もいない事務所でグラスに注いだウイスキーをストレートでやって、すでに一時間は過ぎていた。

誰が来ることもなく電話の一本も掛かってはこず、天井を見詰める山崎の目だけが次第に回り始めていた。

束の間の夢だったが、一瞬は業界でも指折りの事務所になった。

デーモンの八坂《やさか》がティアドロップに関わって廃人同然となり、その八坂が立ち上げたJET企画の女優が一斉に移籍してきたときだ。

いきなりピン女優が何人も所属となり、事務所の勢いは最高潮だった。電話もひっきりなしに鳴っていた。

元からいた狂走連合上がりの社員全員が、我が世の春を実感した。そのまま終わることなく、永遠に続くことを夢見た。

それを——。

「やっぱりよ。馬鹿ぁ、馬鹿だぜ」

八坂の破滅から戸島は何も学ばなかった。ティアドロップのオークションに熱を上げ街《まち》金《きん》から九億も引っ張った。会社だけではなく、勝手に全社員の名前まで使ってだ。山崎も当然入っていた。

あの馬鹿のしでかしたこの一事が、重くのし掛かってエムズの未来を閉ざした。

元金＋高利の返済で手持ちの事業資金は吹っ飛び、足りずに手持ちの女優の移籍金も注ぎ込んでようやく完済出来た。その代わり給料など支払えるわけもなく、会社はほとんど空中分解だった。

山崎が社長としてエムズを続けたのは、他に行く当てがなかったこともあるが、存続さえすれば戸島の馬鹿よりはマシなことが出来るとする自負もあったからだ。

ただ現実は、それほど甘くなかった。

金も信用も、一切がエムズにはなかった。

山﨑も、自分にまったく人望がないことを思い知らされた。そんな結果だった。

せめて金が欲しかった。喉から手が出るほど金が欲しかった。チマチマやっていても上がり目はない。地道にやろうとすれば、まず表参道の事務所から出なければならない。

それはそれでまた、笑い者になるだけだったろう。

一発逆転を狙い、田浦達を引き込んで大きく張ってみた。最初は上手くいった。

上手くいったから、調子に乗ったかもしれない。後悔は先に立たずだ。そのくらいの言葉は知っている。

オセロのようなものだ。上手く盤面を染めつつあった表の色は、東堂絆と言う颶風《ぐふう》を食らって全部ひっくり返った。

落ち目もいい所だ。

「クッソ面白くもねえ」

もう一度呟いた。

グラスが空だった。

ウイスキーを、面倒になってボトルから呑んだ。喉から胃に落ちる液体に、熱さは感じなかった。もうずいぶん呑んでいた。

事務所の電話が鳴ったのは、そんなときだった。

放っておいたが、鳴りやまなかった。

「ちっ。面倒だぜ」
起き上がって手近な電話に向かった。
ダブりにダブって三、四台が重なって見えた。
酔っていると、自覚した。
適当な受話器をつかんで出た。
「ああ？」
目一杯に不機嫌な声を出してみた。威嚇《いかく》と取られても結構だった。
しかし、相手は笑った。しかもそれだけではなかった。
——なんだ。久し振りだってのに、ずいぶん機嫌悪そうじゃねえか。
電話の向こうで、声はやけに馴《な》れ馴《な》れしかった。
切ってもよかったが、切れなかった。
遠い記憶とでも言おうか。
どこかでたしかに、聞いたことがあるような気がした。
「誰だ。手前ぇ」
探りながら聞いてみた。
——誰だって。わかんねえのかよ。おい、ビビリ。
ビビリ、ビビリ。

呼び覚まされる記憶が脳裏で、一人の男の像を結んだ。

細い目で一重で変な凄みがあり、頭に血が上ると手が付けられず、女癖が悪く山﨑自身の女も孕まされた。

狂走連合、七代目総長。

「ま、まさか。七代っ。おい、あ、赤城か。赤城一誠かよっ」

山﨑は叫んだ。

青臭かったが、青臭かったとしても自分達が無敵だと思っていた頃の、赤城はまさに象徴だった。

そうだよ、と赤城は山﨑の興奮とは正反対に冷静だった。

「い、今までどこにいたんだ。いや、今、どこにいんだよっ」

「上海とか厦門《アモイ》、香港《ホンコン》とかよ。そっから日本を行ったり来たりだ。へっへっ。けっこう忙しく飛び回ってんだぜぇ」

そんな会話から続けて、なん言かのやり取りがあった。

山﨑は終始興奮気味で、受ける赤城は冷静だった。

分かって掛けてきた方と、驚かされた側の差だっただろうか。

そうだとしてもそれ以上に、山﨑は浮わついた。落ち目と闇と、先の人生に絶望を感じてしまったばかりだったからか。

赤城の声を聞いただけで、道が開けた気がした。赤城からの電話は、それだけで光だった。

実際、何気ない会話の最後に赤城は、

――そう。仕事があんだ。やってみろよ。いい仕事だぜぇ。

と、そんな誘いを掛けてきた。

「仕事？　なんだよ。俺ぁ今ちょっと色々あってよ」

それでも上手すぎる話、眩《まぶ》しすぎる光には自制が掛かる。久し振り過ぎる相手には虚勢も張る。

――へっ。おい、ビビリ。惚《とぼ》けたこと言ってんじゃねぇや。

赤城は鼻で笑った。

――くすぶり始めてんだろ。俺ぁ、知ってるぜ。昨日お前ぇが保釈だったこともよ。取り巻きも社員も、みぃんなお前ぇの傍《そば》からトンズラしちまったこともよ。

「えっ。あっ」

すべてお見通し、ということか。

それで掛けてきた、と言うことだろう。

――なあ、悪いこたぁ言わねえ。この電話切ったらよ、今から言うとこに電話しろや。いい仕事くれるぜえ。実はよ、俺も一丁嚙んでる仕事でよ。

「仕事、って。なんの仕事だよ」

——まずは電話だ。んで、実際に近づきゃわかる。向こうはお前ぇのことなんざ丸わかりだ。戸島のことも、デーモンの八坂のことなんかもよ。

「なんだよそれ。気持ち悪ぃな」

——お前ぇも名前聞きゃわかるよ。

「わかるって、誰だよ。俺が知ってるってことか？」

——そうだ。

田中稔、と赤城は言った。

「ああ？　なんだい。誰だそれ」

山崎に聞き覚えはなかった。田中は何人か知っているが、稔はいない。いや、いないはずと言うか、〈みのる〉と呼んだ覚えのある田中はいない。

赤城は鼻で笑った。

——そうだった。ビビリなだけじゃなく、頭ぁ悪かったんだっけな。

少しムカついた。

「おい。赤城、手前ぇ。ふざけてんのか」

声を少し落とすと、さらに低いところから響くような声が返ってきた。

——ビビリの馬鹿相手にふざけて、俺になんの得があるってんだ。

それはかつての、狂走連合七代目総長の声だった。

——すぐに電話しろ。あっと、いや、忙しい人だからな。最初はメールがいいか。ツイッターだ。後でアカウント教えらあ。そしたら、すぐ連絡しろ。すぐだ。絶対だぞ。いいな。

そう言って赤城の電話は切れた。

山崎は受話器を握ったまま、暫時茫《ぼう》っと立った。

自分の呼気に、吐き気がするほど強くアルコールが臭った。

二

金曜だった。

この日、田中は正規の時間に出社して自分の会社にいた。

正確に言えば自分で作った会社ではないが、設立当初から田中が代表取締役社長を務めている。

田中の会社は、〈TS興商株式会社〉と言った。主な業務は水商売に関わる店舗の運営と開発と、それに伴う空間デザインだ。空間デザインは自社店舗だけでなく水商売に限ったことでもなく、クライアントは飲食全般に及んでいた。

業績は、青息吐息が長い内外装・リフォーム業界の中では、堅調に推移していると言っていいだろう。少なくとも通期で赤字になったことはない。

TS興商は他に海外、主に中国からの雑貨の輸入とツーリスト事業も手掛けているが、こちらは取り扱い高も利益も微々たるもので、言えばこれからの事業だった。

社員数は総勢で三十名を超えたが、約半数は店舗に常駐の責任者だ。残りはほとんどが空間デザインの設計・施工のデザイナーや営業、そして現場管理者だった。海外事業については専従社員は一人だけで、繁忙の度合いに応じてその都度、田中と何人かが手伝うといった体制にしている。

そんなTS興商の本社は、設立当初から杉並区の善福寺川《ぜんぷくじがわ》緑地近くにあった。電車の駅で言えば東京メトロ丸ノ内線の南阿佐ケ谷《みなみあさがや》になるが、徒歩というのはあまり現実的ではない。

つまり車がないと不便な場所、ではあったが、会社の所在地として敢えて選んだともいえる。

本社に出勤するのは社長である田中以下、常に数名だ。わざわざ都心の一等地に事務所を構える意義を田中は感じなかった。

その代わり少し離れれば、敷地面積はさほどではないが四階建てRC造りの、小洒落た自社ビルを持つことができた。

会社経営は、見栄を張ってもいいことなど何一つない。足元を見られるか、そのものを掬《すく》われるかのどちらかだ。

少なくともこの一点に関しては、この会社を実質的に作った男と田中は同じ意見だった。

迫水保《さこみずたもつ》。

それが、田中の会社を作った男の名前だった。希代の犯罪医師、西崎次郎の右腕であり、その西崎の関わったMG興商の社長にして、西崎を裏切って殺された男だ。

そんな迫水が西崎に倣《なら》って表に出ることなく、西崎のすべてを奪う明確な意思をもって作ったのが、MG興商そのままのTS興商だった。変更も面倒なのでそのままにしているが、社名のTSは、TAMOTSU・SAKOMIZUのTSらしい。

だから、TS興商の業務内容はほぼほぼMG興商の丸移しだ。金主も西崎に倣って、天涯孤独の痴呆気味の老人を選んで近づき、名義だけ借りる形を取った。

違うところがあるとすれば、MG興商は店舗運営の大半が半グレ上がりで、店を起点に外の仲間に展開する非合法の商売があったが、TS興商にそれはない。

田中はそもそも、沖田組のフロントである新宿の金松《かねまつ》リースに勤務していた。別のフロントに勤めていた迫水とはその頃からの知り合いだった。

馬が合ったか、その後、MG興商設立時に迫水に引っ張られた。

MG興商では、ガラスのパーテーションで仕切ったライトスペース、右オフィスが非合法に関わる連中で、レフトスペース、左オフィスが空間デザインなど、真っ当な商売の職場だったが、ＴＳ興商ではビル建設時から、右も左も上も下もなかった。社員全員がきちんとした面接での入社組だ。

迫水はもしかしたら自身、〈表〉の人間になりたかったのかもしれない。

その他、ＭＧ興商とＴＳ興商が業務的に違うところがあるとすればツーリスト事業だが、これは後になって田中が足したものだ。

「それにしても」

一人呟き、四階ワンフロアの社長室から通りを見下ろした。表の道路沿いは、天井から床までの全面がガラス窓になっていた。

眼下には片側二車線の道路が走り、左手は十字路の手前で道路を挟み、左右ともに天神橋公園の緑が連なっている。

夏間近の陽射しに樹木の影が濃く見えた。

「ティアドロップ・ＥＸＥね」

執務机の上には、件の黒い小箱があった。

「医者のルートですか。ふふっ。やっぱり、敵わない。少しばかり、脱帽ですかね」

前週の、竜神会本部で聞いた宗忠の言葉を思い出した。

――けど兄ちゃん。何をどう言い繕っても、デソは合成麻薬。危険ドラッグや。そないなもん、どうやって医者に売り込むんや。相手は素人やで。

国光、いや、東京代表は食い下がった。

心配いらんと会長は返した。

「医者のネットワークは、もう作ってあるで」

二十年近く前の初期設定では、どこかの医科大学にインターンとして陳芳が潜り込む、とまずはそこまでだった。高崎《たかさき》のN医科歯科大学にしたのは、沖田の庶子がそこに入学を決めたからだ。

西崎のことは世間に公表された通りだが、潜った陳芳は西崎だけでなく、時間を掛けて〈学友〉を手の内に収めていったという。

――二十年やで。時間も金も掛かったが、首もよう回らんほど雁字搦《がんじがら》めや。学会のトップや医師会の理事長は三十代ではな、まだなかなかおらんが、総合病院の跡継ぎ、医局長くらいに上り詰めたんは仰山おる。まあ、お山の大将より、実働のトップの方が、はるかに現実的やし。

ということらしい。

――売価は一本一千万や。それでもだいたい十人分にはなるで。患者一人から百万ずつ貰《もろ》うてトントン。欲掻いて一千万なら一億や。悪い買い物やない。こっちは医者百人、百本で十億。十本ずつなら百億や。

どや、面白い絵が描けたやろ、と会長は笑った。

――今は高齢化社会、老人余りの時代や。医者、患者、エグゼが浸透してからは、買い手は他にもおる。家族や。早う逝ってくれれば助かる。胸の中を覗《のぞ》けば、ほとんどがそう思っとるんやないか？　医者も患者も、家族も揃《そろ》っとる。売り時やで、今がな。

細工は流々にして、どうやら準備もまもなく万端になるようだった。

ティアドロップのブルーからレッドまでの流通も、ずいぶんとエグゼの助けになったという。

中国の精製工場ラインはやはり、ティアを仕掛けるまでは意識も技術も低かったようだ。実際、初期のティアドロップにはずいぶん不純物も混ざっていたらしい。しかし、それを見様見真似でも品質の高い品物に仕上げたのは、中国ならではだろう。エグゼの研究開発における臨床を支える、〈潤沢な実験材料〉を無造作に無尽蔵に手に入れられるのもまた、向こうならではだ。

かくて、ティアドロップ・ＥＸＥは完成を見た。

田中は五条宗忠と言う男をかなり昔から知っていた。それこそ金松リースに入社する前からだ。けれど、高崎での医者のルートなど、まったく知らなかった。

知らせないということは、それだけで余裕があるというか、格が違うということだ。

だから会長には敵わないとなり、少しだけ脱帽となった。

少しだけで止まったのは、かすかなプライド、矜持《きょうじ》の燃《も》え滓《かす》のなせる業か。

「それにしても」

田中はもう一度呟いた。

「面白い商品には間違いないし。くれるというならもらいましょうか。根こそぎで。私以外には渡さないし、実際、私以外に取り扱いなど出来ないでしょうし」

そのためには東京代表、いや、五条国光に先んじなければならない。

前週、去り際に一人、会長に呼ばれたことに、実は田中にとっての意味は何もなかった。

ただ、

――お前は、前からずっとエグゼのこと知ってたやろ。このままやと、お前にアドバンテージが多過ぎるわ。だからな。

とは、国光の方にはあったようだ。

――あの子は、ちょっと甘ちゃんやからな。こんなポーズ、素振りが大事なんや。嫉妬《しっと》や猜疑心があの子の武器や。それが大事なんや。けどな、さっきも言ったが、これは弟贔屓やないで。これでお前と国光、イーブンや。

会長は、さも楽し気に笑った。

続けて、

――じゃ、関東で上手くやりぃや。私はまた、西の睨みと見物や。

あのとき、会長とはこういう遣り取りだった。

半グレを上手くまとめて、金を増やす。

もともと半グレの躾、調教は会長から下された厳命だが、それだけではなく上納も付ければ、国光より頭一つくらいは前に出るだろう。

田中にとっては単純に、今動かしている裏の商売を手広く仕掛ければいいだけの話だった。

たしかに、いずれティアドロップ・EXEが仕上がるのはわかっていた。どちらかに任せるというのは意外が過ぎたが、完成した暁《あかつき》には流通に嚙ませてもらおうとは思っていた。

そのためのまとまった資金を作る手法が、田中にとってはTS興商で小さく始めたツーリスト事業だった。

商売は目立たない方が儲かるし、長続きする。これが鉄則だ。

田中にとっての反面教師は何人もいた。まずは西崎だ。

彼はティアドロップに関して野放図にやり過ぎた。売り物が危険ドラッグだということ、犯罪だということをもっと弁《わきま》えなければならなかった。慎重の上にも慎重を重ねる必要があった。

いや、西崎というか、西崎の手から沖田組に移ってからが特にどうしようもなかった。笑うほどに派手だった。

それで警察に目をつけられた。特にあの、組対特捜の東堂絆だ。

彼《か》の折、田中は迫水の陰から、一部始終を眺めていた。

あれはいけない。

あれはひとりで、森羅万象に立ち向かえる男だ。

化け物を相手にするなら、自分も化け物であるしかない。けれど自分は、化け物などでは有り得ない。

平々した、どこにでもいる凡人だ。

ならどうするか――。

簡単なことだ。

(透明人間だな)

見えなければいいのだ。

前面に出ない。

どこにもいない。

対東堂に限らず、田中はそれだけは肝に銘じて生きてきた。

だから田中にとっては、簡単なことなのだ。

それは田中の生き方であり、人生そのものだった。

三

そこまで思考を巡らせ、田中は腕時計を見た。いい頃合いだった。

この日は午後に、こちらから回る予定の約束が二件入っていた。

五十日《ごとおび》直前の金曜日だ。道はどこも混むだろう。早め早めの動きが必要だ。

田中は卓上のインターホンを押した。二階の経理総務に掛けた。

「出掛けます」

「あ、了解です」

わざわざ二階に寄らず、エレベーターで一階に直通で降りる。出掛ける時の恒例だ。

一階は施工資材の倉庫と、田中専用の駐車場になっていた。昔は倉庫ではなく経理総務だったが、いつの間にか資材が増えて手狭になり、経理総務が追い出される形で二階に上がった。

手狭だから、社員の自家用だけでなく社用車のスペースもない。それらは会社から百メートルほどの裏手にあるコインパーキングに月極で契約していた。

たまにある来客はもうわかったもので、車の場合は左手の、天神橋公園の駐車場に停めたりする。田中のいる四階からならその出入り口付近、ＪＴのスモーキングスタンドが置かれた喫煙エリアくらいは確認できた。

田中は愛用している軽自動車に乗り込み、エンジンを掛けた。

都内で動くにはなんとも、軽自動車が便利だった。バイクは好きで拘りがあったが、車には余り興味はなかった。

余暇としてのバイクが自然を感じながら走る分、特に仕事上で使う車は、雨風がシャット出来て燃費が良く、小回りが利けばそれで良かった。


その後、田中が一人で向かったのは平和島《へいわじま》の辺りだった。

第一京浜の東側に道を一本折れた場所が目的地だ。

〈料亭　かねくら〉

関東に下ってきた五条国光が、現在もときに根城にしている場所だった。元々は旧沖田組の若頭《わかがしら》、不動《ふどう》組の黒川《くろかわ》の息が掛かった店だったが、沖田組消滅の今、済《な》し崩《くず》し的に国光が接収した。

〈かねくら〉はもうじき創業百五十年を迎える老舗《しにせ》料亭だ。初代が店を構えたのは明治八年（一八七五年）、六郷川《ろくごうがわ》に橋が掛かった翌年らしい。

そんな来歴を田中は知っていた。迫水に連れられ、田中も昔、一度だけ訪れたことがあったからだ。

迫水は、西崎と沖田丈一《じょういち》の会食の末席に入っていた。田中はと言えば別室で、たしか不動組の島木《しまき》とかいう若頭と若い衆に囲まれ、食ったも呑んだもなかったように思う。だから、ナビなど使わなくとも道は分かっていた。ただ、渋滞は予想通りだった。約束に少し遅れた。

国光は、池に築山《つきやま》も見事な、かねくらの日本式庭園に立っていた。

「遅かったやないか。東京は時間に厳しいとこのはずやが」

「すいません。渋滞が読めないのもまた、東京でして」

国光のすぐ近くには、野点《のだ》ての形に整えられた緋毛氈《ひもうせん》が敷かれていた。陽射しを遮る大振りな野立て傘も差し掛けられている。

風情がある、と庭園を借景とした茶席の仕掛けだけを見ればそうだが、控えるように芦屋銀狐の桂、名前は知らないが岸和田《きしわだ》四方会《しほうかい》の男、その他にもダークスーツにサングラスの取り巻きが何人かいた。

国光は緋毛氈に腰を下ろし、足を組んだ。

「口だけかと思うたが、本当に来よるとはな。義理堅いやないか。ええ根性や。それだけは褒めたるわ」

国光は、陽光を撥《は》ねる眼鏡で下から見上げた。

着座を勧められることはなかった。早々に退散するに如《し》くはない。

口に出したことさえ済ませたら、早々に退散するに如《し》くはない。運河に近く潮風の匂いはしたが、それより芝生からの太陽の反射がきつかった。

「当たり前じゃないですか。東京代表にお約束したことですから」

「別に、他愛《たわい》もない口約束やろ。そないなもんに縛られるんは阿呆や。身体がいくつあっても足りんで」

「と仰《おっしゃ》られても。困りましたね」

田中は肩を竦めて見せた。

「このスタイルで長く、東京で忙しくさせてもらってますから」

「変えられんと」

「そう、ご解釈いただければ」

「ふん。ああ言えばこう言いくさる奴やな。立て板に水の標準語っちゅうのは、ほんまに嫌みなもんや。石川《いしかわ》の人間のクセに、よう使うわ」

「えっ」

いけないと思いつつ、かすかに眉が動いてしまった。そんな感覚はあった。冷たい蛇の視線で国光が見ていた。反応を見ているようだ。

「おっと。そんなことまでご存じですか。さすがにお早い」

「はっ。そないゴリゴリに胡麻擂《ごます》っても何も出ぇへんで。こないな物は上っ面や。住民票をざらっと眺めただけ。お前の本性も本質も、なぁんも見えんわ」

田中は内心で感嘆した。舐めてはいけないことを肝に銘じる。

若い衆が盆に茶を載せて持ってきた。本式の抹茶碗だった。二個載っていた。

おそらく、かねくらの亭主が点てたものだろう。以前訪れたときも、たしか持て成し碗として最初に出た。

一個を国光が手に取った。別に勧める言葉はなかったが、若い衆は盆を田中の前に持ってきた。

いただきますと、田中は茶碗をもらって口をつけた。上質な抹茶の香りが、鼻から抜けて喉に落ちた。

国光の視線から逃れるように、ひと渡り庭園を見回した。

たしか、枯山水、とかいう様式だったろうか。

「いい所ですね。黒川組の、組長の関わりだとか」

「ほう。そっちこそ下らんことをよう調べとるやないか」

「いえいえ。こちらこそ上っ面だけですよ。お恥ずかしい限りですが」

「さよか。まあ、上っ面比べなら、住民票のほかに登記簿も眺めたがな。会社、杉並やったな」

もう驚きはしないが、なかなかどうして、本当に動きが早い。国光がどうというより、さすがに関西から乗り込んできた取り巻き連中のフットワークは軽そうだ。

ここは舐められないように、田中もジャブくらいは打っておく気になった。

「ええ。近々、東京代表が入られる予定の新事務所。上野毛《かみのげ》の辺りでしたか。私の会社からは、環八《かんぱち》を使えばほぼ一本ですね」

抹茶碗の向こうで国光の動きが一瞬だけ止まった。

一矢《いっし》報いた、と言うやつか。

取り巻き達の雰囲気も、ザワリと動いたようだ。

「ほう。さすがにそれは、上っ面よりは深いやないか。誰から聞いた」

「会長から」

そう、このひと言が言いたかった。わざとらしくなく、聞かれたからこそ放つ、会長との関係の誇示。

これこそ軽いジャブだ。

「兄ちゃんか」

国光は抹茶碗を毛氈に置き、つまらなそうに鼻を鳴らした。

「おい、田中。お前、そもそも兄ちゃんとはどんな関係や」

そのとき、どこかに他出していたものか、芦屋銀狐の片割れ、若狭が遅れて庭に出てきた。そのまま国光の背後に立つと、無言で岸和田の男が数歩下がった。

取り巻きの序列を垣間見《かいまみ》る。それだけでも、まあ足を運んだ余禄になるとしよう。

「私、実は迫水保の舎弟でして」

「ああ？　迫水？」

「MG興商の社長です。私はその人間でした。私のTS興商も作ったのは迫水です。死にましたが」

「なんや、それ」

本当にピンときていないようだ。

さすがに迫水は竜神会にとっては遠い、小者か。

「犯罪医師、西崎次郎の関係です。沖田丈一の腹違いの」

「――ああ。沖田の。それでティアも」

ようやく国光は手を叩いた。

「そうか。お前、沖田組の関係の者か。どうりで、俺は知らんでも兄ちゃんが知っとるわけや。親父と兄ちゃんはゴルフやらなんやらで、足繁《あししげ》くこっちに来とったからな」

どうやら、それで大枠の納得もしたようだ。

顔出し、顔見せ、顔合わせはもうこの辺でいいだろう。

田中も茶碗を置き、胸ポケットから名刺を取り出した。

国光は受け取りはしたが、扱いはぞんざいだった。

特に興味もなさげに、一瞥《いちべつ》だけでポケットに仕舞う。

「こんな表の仕事はええわ。――なあ、田中ぁ」

緋毛氈から身を傾け、身を乗り出す。

「裏ぁ、何やっとんねん」

国光が出た分だけ、田中は引いた。

「何と仰られても、MG興商をそっくりそのまま移したような会社ですので。表も裏も。ああ、いえ。裏も、とは言っても、当然ティアの扱いはありません。一切合切《いっさいがっさい》は沖田組に持っていかれましたので。その辺の関係は、西崎の情報として東京代表もご存じかと思いますが」

「――まあ、そやな」

「私のTSは、そんなMGの残り滓と思って頂ければいいでしょうか。水商売くらいです。少々法に触れるくらいの」

「なんや、そんな商売で俺と張ろうってか」

「商売ではなく、私が会長に言われたのはガキどもの躾ですから」

「さよか。ならそっちはええとして、商売の方はこっちのシノギとまんま被《かぶ》るんやな」

「まあ、そうとも言えます。けれど、そんなに手広くはありませんから」

田中は上着の内ポケットから一本のＵＳＢと分厚い封筒を出した。

緋毛氈に封筒を置き、ＵＳＢを添える。

国光の目が、少々光った。

「なんや」

「うちの系列の店と、少々法の外でやらせてる店のリストです。よろしく」

「だから、これはなんやと聞いとるんや」

示すのは封筒だった。

「上納とお考えいただければ。まずはお支払いします。当初はもう、持ちつ持たれつでしょうから」

持ちつ持たれつか、と呟きながら国光は封筒を手に取った。

田中がかねくらでしなければならないことは、これでオールクリアだった。

まだ次の約束がある。

田中は無言で頭を下げ、国光の前から退散した。

四

次いで田中が向かったのは、表参道だった。エムズのオフィスだ。

〈赤城一誠に言われた者です。山崎大元と言いますが〉

一昨日《おととい》の夕方、ツイッターの別アカウントにそんなツイートがあった。

複数アカウントのひとつだ。いわゆる裏アカで、関東の半グレをグループごとに分類するために使っている。いずれは東日本で括《くく》り、関東はひとまとめにできればとも思っているが、今はまだその過程だ。先は長い。

〈はい。聞いてますよ〉

実際には聞いている、どころではない。

田中は関東、特に都内で薄暗い仕事に手を出す半グレのたいがいは、それこそ丸裸に出来るほど知っている。

──おい、田中。しっかり押さえとけよ。リストアップは、お前ぇの仕事だ。

と、最初は迫水の指示だった。ティアドロップの売人から組織、他には当時〈首都圏サークル連絡会議〉、通称サ連に任せていた太い客筋までを、迫水はいずれは掠《かす》め取るつもりだったようだ。

ただ現実としては、ティアドロップのすべては沖田組に渡り、サ連は東堂絆の手によって潰された。客筋の方も警視庁公安部や刑事部捜査二課の知るところとなった。

だから、田中が作成を任されたリストなどゴミも同然ではあったが、知識として使える部分はわずかに残った。

中でもエムズなどは、戸島が社長の頃から金の流れもある程度は把握していた。

エムズの金庫番は、たまたま昔、田中と関係があった女だった。

世界も世間も、思うより狭いものだ。

ただその女も、戸島が死んで山﨑が後を引き継いだ今年の正月にはエムズを辞めた。辞めたのは、天変地異を前にしてネズミが逃げ出すのと同じ理屈だった。

最後に捨てるように見せてもらったエムズの財務諸表は、笑いも出ないほどに壊滅的だった。

以降、カジノやらなにやら、どうやって凌《しの》いできたかも知っていた。

基本的に、エムズなどはもう死に体の会社だった。

〈金曜午後、表参道に行く用事があります。そちらに寄らせていただくことは可能ですか。場所は赤城君から聞いています〉

そんな言葉を投げておいた。山﨑が、断れるはずも理由もないのはわかっていた。

現行犯逮捕で弁護士を雇い、保釈中。

金も仕事も、もう山﨑には何も残ってはいない。

山﨑は死に体の会社の、もはやほぼ死体の社長だった。

そんな男に、こちらの会社に顔を出させることはない。ＴＳ興商は、どこにでもある程度には真っ当な会社だ。巻き込むことはしない。

それで、金曜の午後にアポを取った。時間は特に細かくは決めなかった。先にかねくらに顔を出すことが決まっていたからだ。

要するに、エムズに回るのは、平和島に回るついでだった。

それでも、予想する以上にこの日はどこも道が混んでいた。上半期の道路保全予算、そんな工事の締めも重なったかもしれない。

表参道に回ったのは、陽が傾き始める頃だった。

山﨑は一人、事務所の中にいた。

南向きで陽当たりがいいのが特徴なだけに、夕方の陽が背中から差すと、寂れた事務所は場末感が際立った。

「お邪魔します」

田中が入ると、山﨑は椅子から立ち上がって目を細めた。

初めて田中と出会った人間は、たいがいが似たような反応をする。聞けば、なんとなく目が怖いとも、威圧感が凄いとも言われる。

本人としては地味に生きてきたつもりで、恐くも威圧感もないと思っているのだが。

「あの、あんたぁ」

山﨑も間違いなく警戒していた。

名刺は出さず会釈程度に腰を折り、

「田中です。田中稔。初めまして」

と、応接セットの脇に立ち、山崎に向かって握手の手を差し伸べた。

「――ああ。そうかい。あんたが」

「この度は、ご興味を示して頂けたとか。有り難うございます」

寄ってきた山崎の手を握る。汗ばんでいた。

そう言えば、エアコンの音がしなかった。事務所内が少し蒸し暑かった。

「申し訳ありません。どこも道が混んでまして」

田中は勝手にソファに腰を下ろした。山崎は特に咎めもしなかった。自分も座った。

「いい場所にオフィスをお持ちですね」

「それほどでもねえよ」

「私は滅多にこんな都心まで出ないものですから、時間を読み切れませんでした。お待たせしたようで」

「別に」

それからなん言かの世間話で、田中は冷静に山崎の反応を見た。

山崎は、本当に田中のことがわからないようだった。

が、田中は少なくとも山崎とこれまでに二度、顔を合わせたことを覚えていた。

ＭＧ興商立ち上げの前後に、田中はどちらも迫水の舎弟としてで、山崎は戸島の後ろに引っ付いていた。

「さて、本題に入りましょうか」

田中は膝を叩いた。

「仕事、どうします？　やりますか？」

単刀直入にそれだけを聞いた。

「なんだよ、それ。なんもわからねえぜ。内容を教えてもらわなきゃ、答えられるわけねえじゃねえか」

「それは、ダメです。赤城君に聞きませんでしたか？」

田中は視線は外さず、ただ首を横に振った。

「こういう仕事は、アイデアなんですよ。いいですか。思いついた者の勝ち。始めた者の勝ち。言葉にすることは、宝の山を渡すのと同じことなんです。だから、最初から意欲のない人には話せない。それに、私は赤城君から聞いてますよ。選べる立場ですか？」

「あ？」

「燻《くすぶ》ってると聞いていますが」

「あ、いや」

山崎は口籠《くちごも》った。単純な男だ。街金の返済のことがなくとも、山崎が社長ではエムズにそもそもの先行きはなかったに違いない。

「山崎君。惚けなくてもいいですよ。わかってますから。先日保釈で出てきたのも。金回りが悪いのも。ここの関係者も、ほとんどが離れてしまったのも」

田中はソファから身を乗り出した。

「この先どうやって生きていくつもりですか？　もう、残された道は少ないですよ。道玄坂で借りてたビルもこの事務所も、賃料だけでも馬鹿にならないでしょう？　天国と地獄。デッド・オア・アライブ」

山崎は目を泳がせた。

田中は腕時計に目を落とした。

「私はビジネスで来たのであって、君を救いに来たわけではありません。――もう一度だけ聞きます。やりますか、やりませんか」

山崎の喉が鳴った。

少しだけの間があった。

「や、やる」

がっくりと肩を落とし、山崎は下を向いた。

「よろしい。では簡単にビジネスの話をしましょうか。なに、簡単な仕事です」

田中は、ソファでゆったりと足を組んだ。

中国からの短期ビザの旅行者に免税店で商品を買わせ、その日のうちに転売する。

そんな話を山﨑にした。

外国人旅行者向けの〈消費税免税制度〉。

この制度をフルに活用させてもらうのだ。現状、この転売を取り締まる法律はない。

このビジネスで重要なのは、短期ビザの旅行者で、しかも半年以内にこの免税制度を使ったことのない客をどこでどれだけ確保するかだが、竜神会にも自身にも中国、主に上海になら太いパイプがあった。それで中国人旅行者を仕込むのであり、ＴＳ興商としてツーリスト事業を手掛けるのは、主にはこのためだった。

まずは簡単な説明だけだが、それなりに時間は掛かった。

「そうかい。それで赤城が嚙んでるって。なるほど。向こうの送り出しが、あいつってわけだ」

いつの間にか山﨑の顔が上がっていた。聞けば単純に儲かるとは、どんな馬鹿でもわかるはずだった。

田中は話を終えると同時に立ち上がった。

「じゃ、出ましょうか」

「え、出るって、どこへ」

「君の仲間の所にです。何人かをご紹介下さい。仕事を始めるに当たって、まずはまとまった人数が必要ですから。近々出てくる田浦君は決まりとして、そうですね。例えば、デーモンの浅岡君《あさおか》とか」

「浅岡って。知ってんのかい？」

「ええ。赤城君に聞きました」

浅岡は八坂がやっていたAV事務所、JET企画の元スカウトマンだ。狂走連合では山﨑とは仲が良かったはずだ。

「じゃあ、矢木《やぎ》とかもいいのか。ああ、矢木ってのは」

「わかってます。元社員ですね」

矢木は元エムズの社員で、狂走連合時代から戸島の腰巾着《こしぎんちゃく》だった男だ。戸島が死んで退社したらしいが、山﨑とは同期で馬が合ったようだ。

「おっ。矢木も知ってんのかい。じゃあ、熊切《くまぎり》なんかはどうだい？」

共通の人間の話になって親近感が湧いたものか、山﨑はだいぶ砕けてきた。

「熊切君も名前だけは赤城君に聞きましたが、盃持ちですよね。さっきも言いましたが、これはアイデア商売です。組関係なんかに繫がると根こそぎ持っていかれるかもしれません。わかりますよね」

「ああ。そうだな」

「今回は、山﨑君の仲間内で固めましょう」

「けど仲間ったって、俺にゃあ会社か走り屋、つまりよ、ぶっちゃけて言やあ、半グレ連中しかいねえが」

「いいじゃないですか。そういう人達は結束が固そうだ」

田中は強く頷いて見せた。

「そちらの前社長じゃありませんが、仕事が回り始めたら倍々で数を増やしていきます。そうなったら、そのグループを束ねてもらえませんか。君と田浦君で」

「束ねる？」

「狂走連合は十代で終わったんでしたっけ。いいじゃないですか。貴方《あなた》が復活の、十一代目総長で」

「――十一代。俺が」

山﨑はまんざらでもなさそうだった。かえって目に、熱を伴った光が揺れた。

さて、とソファから立ち、田中は事務所の外に向かった。

山﨑が泳ぐようについてきた。

「この何日かは、大いに動いてもらいましょうか。さっきも言いましたが、今ならあなたは公判を控えて保釈中で、かえってフリーだ。警察でさえ、灯台もと暗しって、ははっ。これは用法が違いますかね。とにかく、あなたは身軽ですから」

「わかった」

「ただし、いいですか。くれぐれも慎重に。警察に目をつけられていいことは何もありません。特に、あの組対特捜の若いのには」

「えっ。あんた、奴も知ってるんかい」

「ええ。とある筋では、有名ですから」

事務所の外に出る。

鍵を掛けセキュリティを起動し、山﨑は先に一階に降りた田中を階段の上から見下ろした。

「田中さん。あんた、前にも会ったことなかったかい」

「えっ。――さぁ、どうだったでしょう」

田中は先に立って、表参道の交差点に出た。

五

七月七日の夜だった。九時を回った頃だ。

若狭はひとり、湯島から池之端《いけのはた》への道を辿っていた。

七夕《たなばた》、しかも雲の陰ひとつない晴夜だったが、若狭にはあまり関係も興味もなかった。

この夜、若狭は東堂に会うべく、湯島の旧片桐探偵事務所を訪れた。

が、ビルは何かの工事をしているようで全体に工事用の足場が掛かり、一階部分は出入り口以外は工事用フェンスで囲われ、その上は全体的に防塵《ぼうじん》シートが張られていた。

現場標識の建設業の許可票を見ると元請けはＫＯＢＩＸ建設で、どうやらエレベーターの新設と外壁の改修工事をしているようだった。

前回訪れたときには、まだ始まっていなかった工事だ。

そのときは盗聴器のひとつも仕掛けようと、若狭は東堂の留守を狙って五階の事務所に侵入を試みた。

結果としては、四階をうろついていた東堂の優秀な番犬、ゴルダ・アルテルマンという中東の外国人に見事に撃退され、若狭は五階に上がることすら叶《かな》わなかった。

この夜はと言えば、目的は東堂だったが、不在なら不在でも、四階に入ったはずのゴルダがいるならそちらで待ってもいいかと思って来た。今ではその中東の外国人とは、バグズハートを通じた畑仲間でもある。

だが、取り敢えずシートの隙間から見上げる目視だけでも、この場所にいる意味がない事はわかった。四階にも五階にも、明かりが灯《とも》っていなかった。

「なんだよ。四階の外国人も帰ってねえのかよ」

仕方なく、若狭は東堂の携帯に電話を掛けた。すぐにつながった。

どこにいると聞いたら、来福楼《らいふくろう》だという。要するに、いつもの店というやつだ。

親父の片桐の代から行きつけで、東堂の相棒、金田洋二《ようじ》警視の殉職現場でもある。

若狭も場所は知っていた。それですぐに池之端に向かった。

「いらっしゃいませぇ」

チャイナドレスのホール係も忙《せわ》しげに立ち働く賑やかな店の、ほぼ厨房《ちゅうぼう》と言っていいような隅の方に東堂はいた。ビールサーバのすぐ近くだ。入れ替わり立ち替わりにホール係がやってきてビールを注ぐ。

「早かったですね」

東堂の前には半分ほどになった生ビールのジョッキと、湯気の立つ空心菜炒《くうしんさいいた》めがあった。

「勝手知ったるだ。お前の関わりとしてな。もっとも、知るだけで入ったことはないが」

東堂はおもむろに立ち、勝手に新しいジョッキを出してサーバに置いた。

常連客の振る舞いだが、居場所は店のどん詰まりだ。上客ではないとわかるところが笑えもする。

泡まみれの下手すぎるジョッキを、東堂は若狭の近くに置いた。

席に着くなり、若狭は泡以外を一気に空けて辺りを見回した。

「ここがお前らの御用達《ごようたし》か。ああ、このテーブルという意味じゃないぞ」

「ええと。お前らって、誰から誰まででしょう」

「お前から組対の部長までだ」

「あらら。部長まで来てると。さすがに、把握してますね」

「そりゃそうだ。まあ、店主の馬達夫《またつお》にすれば主客は部長だけで、以下のお前らは木っ端《こっぱ》だろうが」

東堂は憮然とした顔だった。若狭は少し、胸の空《す》く気がした。

「それで？」

東堂が自分のジョッキに口を付けた。

若狭は小皿と箸を取った。

空心菜炒めは店のグレードに関係なく、熱さが肝心な食い物だ。

口中に押し込む。冷める寸前だったが、まだ美味かった。

「話を持ってきた」

東堂はよく光る目で若狭を見据えた。

「情報ってことですか」

「そんないいものじゃない。だが、まあ遠くはないな」

「遠くはないってことは、まさか金が掛かるとか。八掛けくらいで」

「——お前、小者感が凄いぞ」

「実際小者です。いや、小市民ですか。ささやかな俸給で生きてますから」

「ふん。まあ、いい。そうだな」

若狭は椅子に背を預け、大きく軋ませた。

「ここの飯代、そのくらいでいい。そのくらいの話だ」

「飯代？　注文かな？」

ちょうど、店主の馬達夫が通り掛かった。揉み手の小脇に手挟《たばさ》んでいた革張りのメニューを差し出す。

「おっと。いいタイミングだ」

「これが仕事だからね」

「ちょっと待った」

若狭がメニューを開こうとすると、東堂の手が伸びてメニューを奪い取った。

「俺が選びます」

冷ややかな目は、間違いなく若狭だけではないだろう。

「お前、徹頭徹尾の小者だな」

「そうだね。徹頭徹尾だね」

「なんか間違ってる気もしますが、お好きにどうぞ」

ざらっとした一瞥だけで、東堂は豪華なメニューを閉じた。

見なければわからないような品を頼む気はまあ、さらさらないようだった。

焼き餃子《ギョーザ》、春巻、五目湯麺《タンメン》を各二セット。

ビールがなければまるで昼飯だ。

「毎度毎度の料理を、毎度有りぃ」

真《ま》っ平《たい》らな口調で言って店主が去る。

東堂はもう一杯のビールは、自らの手で許可してくれた。

「そう言えば、この前聞いた田中ってのは、何者です?」

それとなく東堂は聞いてきた。

この何気なさが曲者だが、プラスワンのビール代くらいは話してもいいか。

「よくは知らん。わかるのは、田中がもともとこっちで仕事をしていて、そこに会長の息が掛かっているってことくらいか」

嘘ではないが、今はここまで。ジョッキ一杯ではここまで。

情報は生き物だ。

場を得れば泳ぎ、塡《は》まれば萎《しぼ》む。

実際には田中を、若狭は国光に命じられて一週間通しで張った。その後も三日に一遍は張り込んでいる。前夜も張り込んだ。

この日は、そういう意味では仕事明けだった。

会社の所在地、内容から業績。歩いても帰れる自宅マンションの場所、そこでの暮らし、近所との関係からゴミの収集日。

どうやら独身で、結婚歴も子供も無し。趣味はバイクのカスタムとツーリング。会社と自宅のどちらからもほぼ等距離の場所にバイクのためのガレージがあり、そこが趣味のベース。

そんな田中の日常を、すべてを丸裸にしたつもりだった。

二週間ほど前には表参道のエムズに顔を出して社長の山崎とつるみ、何人かの半グレとも合流した。

その後別れて、会社に戻ってから深夜にレンタルガレージに向かい、バイクのエンジンに火を入れ――。

などの結果があり、様々なことがあって、若狭が顔を出したということだ。

これらのことをすべて、若狭は国光に報告した。

この場合、内に口を開くのは報告で、外に漏らせば情報ということになる。

国光は、ふん、と鼻で笑ってつまらなそうだった。

「なんや。どんなインテリかと思たが、ずいぶんこっち側の人間やないか。そんならそれで、やり様はいくらでもあるわ」

あの組対のクソガキ、使うても面白《おもろ》いか。

そんな親玉の呟きに従い、若狭は来た。

国光には後出しで了解を取るつもりだった。

白石のバグズハートがまだ生きていて、東堂との仲介に使ったと説明すれば、まず問題はないだろう。

バグズハートはそういう商売だと、国光の方がわかっているはずだ。

「こっちで仕事って、何をしてるんです？」

運ばれてきた春巻を口にし、東堂はビールを呑んだ。

「さてな」

「それって知らないってことですか？　それとも、言えないってこと」

「言ったぞ。会長の息が掛かっていると」

「ああ。それ以上は情報料が掛かるってことですか」

「その答えにすら、金が掛かるな。俺が何かを知っているかどうかから始まる一問一答になる。それでも聞きたいか？　ここのランチのような夕飯代の比じゃないが」

「結構です」

頼んだ料理のすべてが運ばれてきて、暫時食うことに集中した。繰り返すが、中華は油と熱さが命だ。

来福楼はなるほど、流行るのがわかる店だった。

適当に食ったところで、若狭は箸を置いた。

「さて。食わせて貰った分の話はしようか」

昨日、田浦が保釈だったな、と、若狭はナプキンを口元に使いながら言った。

「あれ。それだけですか？」

「ランチならこれで十分だろう。じゃあな」

若狭は席を立った。

「ちょっと待った」

「なんだ」

東堂は、目の光をいや増しつつテーブルに頬杖をついた。

口元にわずかな緩みが見えた。

笑ったか。食えない男だ。

いや、ランチ程度しか食わせてくれない男だ。

「俺を動かそうとしてません？　そう、この間の今日だ。田中絡みですかね。若狭さんが動いて、いや、動かされている。会長絡みの田中のことで。それって宗忠と国光、案外竜神会も五条兄弟も、言うほど一枚岩じゃなかったりして」

若狭は笑った。

「刑事の勘、か」

「さて。飯代にオマケが欲しくて、足掻《あが》いてるだけかも」

「セコさは立派に刑事だな。だがまあ――」

若狭はテーブル上に手を伸ばした。

「いい勘だ、と白石さんが生きていれば、言ったかもしれない」

伝票ホルダーを手に取る。

東堂の目は取り敢えず、伝票の行方に釘付けのようだった。

「先々週な、陽秀明が上海に渡った」

東堂の顔が上がった。

「へえ。じゃあ」

「そう。林芳も渡った。後を追ってな。ただ、今週になってから定時連絡がないらしい。

バグズの久保寺が言っていた」

「それは、――気になりますか」

「そうだな。気にはなるが、情報として俺には遠い。だからこれは、その先払いだ」

若狭は、伝票ホルダーをこれ見よがしに掲げた。

「これでも、白石さんならどうしたか、とは常に心掛けている。久保寺にだけバグズの関係を背負わせるつもりは、毛頭ないんでな」

レジに向けて歩き出す。

「あざっす」

小気味のいい東堂の声が、まるで厨房に掛けるオーダーのように響いた。

六

若狭が帰った後、店主の馬達夫は恵比寿顔《えびすがお》で寄ってきた。

「彼、初めてのお客さんでしょ？　これからも連れてきて下さいよ。これ、お礼にサービス」

と言ってテーブルに置いて行ったのは、蒸し立ての小籠包《ショウロンポウ》三種だった。

ゆっくりと堪能し、ついでに生ビールを自腹で二杯。

若狭に遅れること三十分ほどで、絆は席を立った。爪楊枝《つまようじ》を咥《くわ》え、伝票を手にする。

そのままレジに向かえば、各テーブルには空きがずいぶんと増えていた。それでも賑わいの度合いが変わらないのは、酒量が進んだ酔客が増えたからだろう。

馬達夫が立つレジ後ろの壁を見ると、掛け時計はもう十時半を指していた。

「ご馳走《ちそう》様」

「あっと。なんか今夜の東堂さんには、そう言われるとしっくりきますね」

「なに言ってんの。まあ料理の分は払ってないけどさ。それにしたって、別に馬さんに奢《おご》ってもらったわけじゃないよ。――あ、小籠包は別か」

「でしょ」

「ご馳走様」

「ははっ。毎度ありぃ」

そんなやり取りで生ビール二杯分の料金を支払い、外に出たところで絆は足を止めた。

夜気の中に一瞬だけだが、刺すような気配を感じたからだ。

かすかな風を心地よいものに感じながら、空を見上げた。月がほぼ南中していた。

「やれやれ。七夕の夜だってのに」

星々の瞬きが綺麗《きれい》だった。

「じゃあ、ひとつ。俺も星に願いを込めて」

頭を掻いて振り返る。

いつもの姿勢、つまり揉み手の馬がレジから出て立っていた。

「馬さん。やっぱりボスに連絡してるんだよね」

ボスとは、ノガミのチャイニーズ・マフィアの首魁《しゅかい》、魏老五のことだ。

池之端界隈の店々に、

――片桐の息子が湯島に住み着いたようだから、顔を出したら事務所に連絡を。

と、魏老五の名で通達がなされているのは絆も知るところだった。

そんな連絡の有り無しを絆は口にしたのだ。

すると、

「当然です」

　達夫はかえって堂々と胸を張るようだった。同胞という以上に、そういえば達夫の父・栄七《えいしち》は魏老五の叔父《おじ》で、かつて魏老五は栄七の店を身体を張って守ろうとしたという。そんな間柄らしい。

　遠い昔、絆の父・片桐と魏老五が初めて絡んだ一件だ。

「嘘も隠しもないのが、父から教わった商売のコツですから」

　これは前にも聞いた。いい心掛けだと思う。

「OK。俺も前に許可したし、ただまあ、バーターじゃないけど、ちょっと手伝ってくれないかな」

「えっ」

　一声を残すだけで、達夫の腰があからさまに引けた。

「ここで生きていけなくなる話はゴメンですけど」

「大丈夫、大丈夫。かえって儲け話だと思うけど」

「おっとっと」

　少し重心が前に来る。

　けれど詳細を説明すると、引けはしなかったが、重心がそれ以上前に来ることはなかった。

「それって、儲け話ですか？　なんかみみっちい気がしますけど」

仕方がないので、伝家の宝刀を抜く。

「来週、部長を連れてこよう」

馬が思いっ切り前のめりになった。

「了解です。いつもお世話になってますから、そのくらいお安い御用です」

なるほど、中国四千年の英知ではないが、いや、中華料理屋三十年の商魂は、英知より逞《たくま》しい。

「じゃあ、よろしくね」

もう一度念を押し、絆は来福楼を離れた。湯島の片桐事務所への帰路を辿る。

十メートル、二十メートル。

辺りに目を配り、深く胆に落とす息を三つばかり。

絆の目に白々とした光が灯った。十三夜《じゅうさんや》の月を映したような、冴《さ》えた光だ。

それで絆は、正伝一刀流のいずれ第二十代正統に相応しい、一孤の剣士だった。

背後からついてくる気配が一つ、春日《かすが》通りの遠く近くに二つ。

すべて、絆には手に取るように〈観〉えていた。

さて、何があるか。何もないか。

どうでもいい。

常在戦場。

剣士の心の下拵えは、すでに出来上がっていた。

湯島坂上から変形十字路を入る。そこから街灯は極端に少なくなるが、絆にはどういうこともなかった。十三夜の月影があれば十分だった。

片桐探偵事務所が入る雑居ビルが、月の光に影を落とした。

ビルの周囲には工事用のコーンが並び、何ケ所かでＬＥＤの工事灯が点滅していた。

たしか建築の確認申請が下りたとかで、この日の日中からエレベーター部の基礎の根切りが始まっているはずだった。

絆はゆっくりとビルに近づいた。

来福楼からしばらく観えていた気配はどこかに消えていた。

その代わり――。

フェンスに切られた出入り口から中に入ろうとすると、いきなりビルとフェンスの間、わずか三、四十センチの隙間からナイフが突き出された。右側からだった。

殺気は、月光よりはっきりと観えていた。

ついでに言えば、左側もだ。

突き出されるナイフは胸の高さだった。

爪先を締めるだけで移動にほんの少しの溜めを作る。

それでナイフの刃は、ただ絆の前の大気を引っ掻いたに過ぎなかった。

止まらず伸びてくる腕が間抜けだ。

捻りを加えていたようで、肘が上になった。

思い切り上から叩き、絆は背後に飛んだ。

逆に曲がった奇妙な腕の始末も、左から同じように突き出されてくるナイフもあったが、まずはそれどころではなかった。

背後に飛び、斜め後方の路上にさらに飛んだ。

それで四メートルは離れた格好だった。

襲撃の計画は、練られていたようだ。

出入り口直上の足場に殺気があった。二階部分だけでなく三階にもだ。

防塵シートに明らかに不自然な切れ目があった。

月影だけでも絆なら見えた。

そこから漂い流れるような殺気も観えた。

だから右側の腕を叩いただけで、退いたのだ。

案の定、黒い影がわずかに左右に広がるようにして、音もなくシートの切れ目から降ってきた。

降ってきても――。

頭上背後から襲う予定だったに違いない。

それが、正面前方からただ地上に降りただけになったのだ。

遣り場を失って持て余すような殺気が、闇の中で逡巡していた。

無様でしかなかった。

絆は腕を組み、出入り口の前に降り立った二人を見やった。

若い二人だった。伯父《おじ》である陽秀明を頼って日本に来た、桂林《けいりん》からの兄弟らしい。兄の名は李玉平《りぎょくへい》、弟はたしか志強《しきょう》だ。来福楼の個室で凄まれて後、林芳に聞いてそれくらいは知っていた。

チンピラだ、と林芳は言っていた。

背後で出入り口を塞《ふさ》ぐように倒れ、右肘を押さえて呻《うめ》く男は、見たこともなかった。左から顔を出す男もだ。

所詮、チンピラの所業に加担する連中などはチンピラのチンピラ、雑魚《ざこ》だ。

桂林の二人に、ふたたびうねるような殺気があった。

兄・玉平が手にする得物はバタフライナイフだったが、弟・志強の手にあるのは長さ一メートルほどの単管パイプだった。

おそらく工事用足場の予備だろう。

なので、そちらから対処することにした。

単管は空振りでも何かを叩けば夜に響く。近所迷惑だ。

それに、工事の備品は無傷で返してもらわなければならない。

「空からって、場末のサーカスかよ」

それだけで志強に殺気が膨れ上がった。

「舐めんじゃねぇよっ」

単管を振りかぶって一歩出る直前、絆は風を巻いて早、単管の軌道に踏み込んでいた。

絆の動きは誰にも見えなかったに違いない。

当然、単管の動きは止まりようもない。

頭上から回して振り下ろす志強の手元を取り、絆はそのまま外に捻った。

合気の呼吸は相手の力をそのまま返す。

宙に飛んで単管を手放し、志強はそのままアスファルトに激突した。

自分の身に何が起こったのかもわからなかったはずだ。受け身も取れない衝撃には声もなかった。

これでまず工事の備品は無事、絆の手に戻った。

しかも、それだけに留まらない。

絆は単管に剣をイメージし、構えたところから切っ先を脇に引いた。

素手の武術に比し、剣道三倍段と言われる。達人のレベルでもそうなのだ。

絆とチンピラでは、推《お》して知るべしというものだろう。

剣を手にした絆は、特に化け物だ。

引いたところから踏み込んで回す唸りの軌道は、玉平の手からバタフライナイフを弾き飛ばした。

「え、あっ」

言える言葉はそれだけだったろう。

水平から天に回った唸りは、単管であろうと閃《ひらめ》きに月影を映す。

落ちる雷光は玉平の首筋を打ち、そのままの流れで、這い出してきた残る雑魚の肩口を拾うように叩いた。鯑《ひび》は間違いのないところだ。

玉平は悶絶《もんぜつ》し、雑魚はもう一人の雑魚と絡むようにして悶《もだ》えた。

絆は単管パイプを立て掛け、地べたで呻く志強の方に寄った。

「動けるか。いいや、動けなくてもいい。話せるか」

「な、なんだ」

「電話しろ。魏老五に。ここに来いって」

無理だ、と喘《あえ》ぐように志強は言った。

「ノ、ノガミにいない。シャ、上海」

「へえ。そりゃあ都合が、いいやら悪いやら。じゃあ、事務所の偉いさんにケツ拭いてもらおうか。――と言いつつ」

腕を組み、思案しながら辺りを見回した。

「さて。四人もどうするか」

繋いでぞろぞろと、仲町通りを運ぶのもどうか。

と、低いエグゾーストノートが近くに聞こえ、さして間も置かず、ライトがビルの外壁を照らした。

月の光にも輝くような車体だった。

さすがに色まで目視ではわからないが、ディープ・シー・ブルーのＢＭＷ　Ｍ６で間違いない。

「おっと。神か仏か。――悪魔か」

呟くと、ビルの真横でＭ６が停まった。

右側の助手席からまず、品のいい老婆が降り立った。

「あらあら。こんばんは」

ついで運転席から降りるのは背の高い、いかにもいい男のシルエットだ。

「へえ。七夕の夜に、楽しそうなことしているね」

助手席と運転席から降りてきたのはビルのオーナー、つまり絆の家主と、家主の孫だった。

七

「工事が始まっただろ。見たことがないからって、婆ちゃんが興味津々なんだ。それで今晩からしばらく、こっちで寝泊まりするんだってさ」

家主、芦名春子《あしなはるこ》の孫、警視庁公安部公安総務課庶務係分室長にして理事官、小日向純也《こひなたじゅんや》警視正はそう言って笑った。

いい男は月の光だけでもいい男だ。いや、かえって映える。

「なるほど。まあ、ちょうどよかったです。助かりました」

雑魚二人と李玉平を足場に〈固定〉し、絆は弟の志強だけを連れて魏老五の事務所に向かった。

残る三人の後始末は、小日向理事官に任せた。

「一人はなにかと不便じゃないかい？　僕も行こうかな」

と、若いキャリアの理事官は一緒に来たがったが、丁重に断った。

その前に家主の春子がチャイニーズ・マフィアというか裏社会の人間に興味津々で、危なっかしかった。

雑魚と玉平を縛り付ける際など、

「あ。あれがいいわ」

M6のトランクからいそいそとザイルを取り出し、自分で縛ろうなどとした。隙あらば近づいて観察しようとする気配が満々だった。

まるで幼稚園児の動物園見学、のようなものか。

「理事官。いいんですか」

「ううん。さすがに、良くはないねえ」

ということで、後始末というより、純也の役割は春子の監視と、何かあろうとは思われないが、この後の交渉次第で三人を引き取りに来るグループの連中からの警護、――いや、こちらも監視か。晴子には、下手をすれば自ら寄って行って、名刺でも配り始めるかもしれない危惧《きぐ》が大いにあった。

「一時間以内には片づけます」

「うん。そうしてくれるかな。いつもなら婆ちゃん、そのくらいが就寝時間だからね。もう歳だし、あまりペースを狂わせたくないからね」

「了解です」

家主の体調も考慮しつつということで、絆の足は速いものになった。

同道の志強は首を痛めたようでしきりに気にしてフラフラしていたが、自業自得というものだ。気にせず後ろから小突くようにして急《せ》き立てた。

仲町通りの喧騒《けんそう》と客引き連中を避け、天神下から春日通りに入って８８ビルの角を曲がる。

そこから仲町通り方面へ向かえば、途中に派手なスタンド看板が邪魔なほどに立ち並ぶ道幅三メートルもない路地があった。

その一番奥の門口《かどぐち》に建つビルが、絆の目的地だった。最上階の七階が魏老五グループの事務所になっている。

勝手知ったるビルだから勝手に上がった。

七回のエレベーターホールは毎度ながら薄暗い。窓がなく、左右に長い廊下の真正面が、一面の黒壁になっているからだ。

その壁を切るようにただ一ケ所の、スチール製の扉がなんとも異様だった。

チャイニーズ・マフィアの事務所だ。一見《いちげん》の営業、間違って上がってくる素人は、まずエレベーターからホールに降りることはないだろう。

扉の両脇に置かれた篝火《かがりび》のオブジェが、光を揺らして異界感をさらに助長した。

絆は無言で、志強の背を押した。

よろけるようにして突き当たった壁のインターホンを志強が押す。

「お、俺。志強っす」

なんだ、顔が近ぇよ、と冗談ともつかない軽口がスピーカーから聞こえた。

ちなみにここのインターホンは、カメラアイとフルカラーのモニター付きだ。

すぐに扉が開いた。

絆は志強を露払いにし、押して入った。

「あっ。て、手前ぇ。東堂っ」

絆の名も顔も、ここでは通っている。

なんといっても絆はこの場所で大立ち回りを演じ、ボス・魏老五の額に一生消えない真《ま》一文字《いちもんじ》の傷をつけた男だ。

東堂家伝来の藤四郎吉光《とうしろうよしみつ》の脇差《わきざし》を閃かせ、

「皮一枚もらった。毎日鏡を見るたび、自分の愚行を呪え」

そんな言葉を投げたものだ。

以来魏老五は、トレードマークだったオールバックの髪を下ろすことになった。

一人の濁声でほぼ全員が一斉に色めき立った。

広い部屋に渦を巻くような怒気、殺気の中を絆は平然と進んだ。以前なら撥ね返した。

今は受け流す。

内心、自分自身で笑えた。

果たして悲しみは身にまとえているか。ただの鈍麻、老成ではないのか。

(鈍いからな。俺は)

だから単身、チャイニーズ・マフィアの事務所にも踏み込めるというものだ。

いつ来ても馴染めない広い室内は、昔はフィリピンパブだったはずだ。そんな配置のソファがいくつも配されていた。

正面奥に一段高いステージがあった。かつてはたしかにステージだったのだろうが、今では両袖に龍虎が彫られた偉そうな黒檀《こくたん》のデスクがど真ん中に置かれてフロアを睥睨《へいげい》するようだった。

魏老五の席だが、空席だった。李志強の言う通りなら、今頃は上海にいるのだろう。グループNo.2の陽秀明も上海だ。

絆はいったん奥まで進み、左右を眺めて身体を右手側に開いた。

ソファで足を組み、目を細めて絆を見上げる年配の男がいた。見知った顔だった。グループ内序列が、今いる中では一番高い男だ。

「爺叔《イエシュウ》の息子。何しに来た」

男はNo.5の蔡宇《さいう》だった。

爺叔とは、幇《ホウ》の結束外にいる友人に対する最上級の敬称であり、この場合は絆の父、片桐亮介のことだ。魏老五はグループの全員にこの呼称を強いた。

若かりし頃の魏老五と片桐は馬栄七の来福楼を巡り、そんな関係だった。

「襲われた」

「なんだ？」
蔡宇は細い目をさらに細めた。表情その他を読まれないようにという防御だろうが、絆には通じない。
怒りも驚愕も、とにかく全身から染み出るものは感覚として観えていた。
「ボスがいないと、若いのを制御できないのか。あるいは、舐められているのか」
蔡宇が立ち、辺りを見渡した。
〔おい〕
尖った声はフロア中央に悄然《しょうぜん》と立つ、李志強に向かった。中国語が飛び交う。
〔本当なのか〕
〔あ、いえ。その〕
〔本当なのか〕
絆も中国語は、簡単な会話ならかろうじてわかる。
それにしても、繰り返される蔡宇の声はコピーのようだった。
〔ちょっとからかってやろうかって兄ちゃんと。――はい〕
〔玉平もか〕
蔡宇は深い息をついた。
〔これは、言わないわけにはいかない。お前らのミスは、陽さんのミスだ〕

そのまま蔡宇は顔を絆に向けた。

「逮捕にしないで連れてきた以上、なに？　欲しい物、あるか。いや、何がしたいか」

さすがにグループの№5だ。絆の目的を正しく読んでいる。

「金か？　いくらね」

「おいおい。冗談は襲撃くらいにしてほしいな。マフィアから金をもらうほど落魄《おちぶ》れちゃいない」

「なら、なに？」

「降参ね」

蔡宇は両手を広げた。

林芳、と絆は口にした。

「林芳？」

蔡宇の目がまた細められた。防御ではあろうが、元々この男の癖なのかもしれない。

「なに？　林芳がなに？」

「連絡がつかないそうだ」

「誰が？」

「来福楼の馬さんだ。さっき言われた。ツケだってよ」

「ツケ？　ああ。未払い」

「そう。結構溜まってるらしい。二十万以上あるみたいだな。なのに払わないで上海に行っちまった。追っ掛けたけどつかまらない。警察ならなんとかしてくれるかってね。そんなことを頼まれた直後に――」

絆は肩越しに志強を見た。兄貴分らに取り囲まれて、小さくなっていた。

「ちょうどいい鴨《かも》がナイフ翳《かざ》してきたもんでね」

「――鴨、ね」

蔡宇はまた溜息をついた。

「話は分かった。でも、話だけ。向こうのことは、私にもわからない」

「おっと。わからない、は止めてもらおう」

絆は声を落とし、右手に立てた人差し指をゆっくり蔡宇の鼻先に突きつけた。

「お前ら風に言えば、落とし前ってやつだ。いいか。簡単に突っ撥ねると、義理を欠くぞ。魏老五の顔に、泥を塗る」

絆の場合、気魂を集中させればたかだかの指先も剣尖《けんせん》も同じだ。常人なら肌が粟立つ感じさえするだろう。

現に、蔡宇はかすかに呻いた。呻くだけで耐えただけでも大したものと言えた。

「じ、時間、欲しいね。確認する」

「ＯＫ」

あっさりと引き、絆は自分の携帯番号を教えた。

この段階で、芦名春子のタイムリミットまで三十分を切っていたからだ。急がなければならない。

足場に縛った三人の引き取りを蔡宇に任せ、時間の念を押し、絆はその場で背を返した。

「爺叔の息子」

蔡宇に呼び止められた。

「なんだ」

注意深く振り返った。

「公僕、薄給。何もなしで、こんな危ない橋を渡るか」

「――えっ」

絆の目が思わず泳いだ。

この辺が先ほど、馬達夫と口裏を合わせたみみっちい儲け話の、さらにみみっちい余禄だ。

魏老五に林芳の行方を絆が尋ねても、バグズハートを含んだ人間関係を怪しまれない、嘘のツケ。

所在確認はさておき、林芳が当分と言うか、もしかしたらもう二度と日本には帰らないかもしれないことを絆は知っている。

その場合、嘘のツケが魏老五の手で支払われたりしたら丸々それは馬の儲けで、何回かの夕飯をロハで食わせてもらっても罰は当たらない。そんな辺りまでの話は、達夫とした。

「あるのか。支払いのパーセンテージが」

「さあ。なんのことかな」

冷ややかな蔡宇に出来るだけ温かな微笑みを送り、絆はその場を後にした。

エレベーターホールで、急に若狭から聞いた話を思い出す。

「あ、忘れてた」

メールを起動し、自堕落屋の奥村に送信する。

〈田中、昔から東京で仕事。宗忠の息が掛かってる。フロントかも。国光と敵対の雰囲気もあるようで、内紛の火種か〉

一階に降りて外に出るとすぐ、奥村から返信があった。

〈何処のゴシップ雑誌の見出しだ。職場の住所が東京、とだけは入力しておく〉

絆は頭を掻いた。

「まっ。そうだよね」

苦笑いで携帯を仕舞い、まだまだ賑やかな仲町通りの雑踏に紛れた。

第四章

一

七月ど真ん中の、金曜日の夜だった。

この夜、山﨑は六本木《ろっぽんぎ》のキャバクラで呑んでいた。ロアビルの近くだ。

昔は足繁く来た。所属女優のスカウトと称し、経費がバンバン使えた頃だ。

それがここ半年以上は、キャバクラどころか六本木もご無沙汰《ぶさた》だった。経費どころか、遊興費に回せる現金自体がなかったからだ。

それが一気の浮上だった。一番でかいＶＩＰルームだ。

保釈で出てきた田浦がまずご満悦だった。義弟の今泉も楽し気だ。

他にはデーモンにいた浅岡や元エムズの社員だった矢木など、田中と最初に会った日から仲間に取り込んだ連中がいた。その三日後に引き込んだ、棚井《たない》と黒田《くろだ》もいる。

棚井も黒田も狂走連合繋がりの後輩で、九代目の下、副総長と特攻隊長だった二人だ。喧嘩上等で頭は悪いが、その分、最初から割り切って〈考える〉ことを放棄した連中で、ことさらに命じたことには忠実だった。番犬としても、仕事の実行部隊としても申し分ない。

今VIP席のテーブルには、高いシャンパンが何本も並べられていた。

昔、羽振りがよかった頃を思い出して山崎が頼んだ。

「一杯いいですかなんて聞くなよ。面倒臭え。一人一本だ」

嬌声《きょうせい》が耳に心地よかった。

よ、十一代、などと言う声も掛かった。おそらく棚井だ。出会った頃から調子のいい奴だった。だが――。

それも悪くない。

「ほうれ。これ、やるわ」

浅岡が隣に座る、恐ろしく胸元を強調したキャバ嬢の、その柔らかな谷間に丸めた札束を差し込んだ。十万はあるだろう。

「ありがと」

キャバ嬢は潰れるくらいに十万ごと胸を抱き込み、浅岡に押し付けるようにして寄り掛かった。

「じゃあ、俺もよ」

今泉も隣のキャバ嬢のミニスカートをたくし上げ、太腿の奥に筒にした札束を押し込んだ。

「取っとけよ」

「きゃあ。いいの？」

女はくすぐったげに腰を捩《よじ》りながら、太腿に挟んだ札は落とさなかった。

「金ならあんだ。久し振りによ」

「おい。颯太。ほどほどにしとけよ」

「へへっ。兄貴、皆まで言うな。わかってるよ」

「本当かよ」

言いながらも、山﨑にしてからが隣りのキャバ嬢の腰に腕を回し、口に注がれるままにシャンパンを呑んでいた。

久し振りにいい女、いい酒と戯れる時間だった。

天国と地獄。デッド・オア・アライブ。

田中の口車に、躊躇《ためら》いはあったが飛び乗って正解だった。

半信半疑で始めた仕事は本当に簡単で、すぐ金を生む魔法の仕事だった。

欲を言えば一回の儲けがひと桁足りない気がするが。

田中に言わせると、

――一回が微々たるものだからこそ、ヤクザには盲点だし、手が出しづらいんです。それに仕入れのルート、つまり向こうでどうやって客を確保するかのルートの構築は、ゼロレベルからでは大変を通り越して、ほぼ不可能かもしれませんし。

たしかにその通りなのは、仕事に入ってすぐにわかった。

それに〈チリツモ〉というやつで、欲は回数で埋めることはできた。確立されたルートは逆に言えば、恒常的だ。しかも法律的にも、リスクは極端に少ないという。

だから、総合的には笑いが止まらない仕事だった。もはやファンタジーだ。

仕事があるとまず赤城から連絡があり、田中の個人用だというアドレスからメールが送られてきた。

田中から送られてくるのは、〈ストレンジャー〉と勝手に命名した、観光ビザで日本にやってくる個人ツアーの詳細な名簿だった。

田中はそんな〈ストレンジャー〉の旅行サービスを手掛けるためにツーリスト事業を登録しているらしい。

初めて田中に会ってすぐ、まず手始めと言うことで自分と浅岡と矢木の三人が、それぞれ千五百万円を現ナマで手渡された。同時に中国からの個人旅行者を宛《あて》がわれ、高級時計店に行かされた。中国語はまったく分からなかったが、〈ストレンジャー〉には手順が中国語で書かれたメモを渡せばよかった。もちろんそれも、田中が用意したものだ。〈ストレンジャー〉は決められた時計を店員に渡し、パスポートに〈免税物品購入記録票〉を貼らせる。

〈ストレンジャー〉の役目はそれだけだ。金は〈付き人〉として張り付くツアーコンダクター、〈ツアコン〉の山﨑達が支払った。

同様のことを何軒かで繰り返し、最終的には御徒町《おかちまち》や神田《かんだ》、新橋《しんばし》の業者に〈ストレンジャー〉が購入した物品はすべて売った。千五百万円に対する免税金額は百二十万になったが、業者への転売金額は税込みの千五百六十万だ。

業者は定価より六十万安く仕入れられたことになり、山﨑らは六十万円の儲けとなる。

この儲けを、田中と〈ツアコン〉で折半にした。三十万ずつだ。

同じ〈ツアー〉を一週間のうちに四回やった。午前と午後の二回の日もあった。

山﨑は現金で百二十万を得た。浅岡も矢木もだ。遅れて合流した田浦もすぐに百万を超えた。

〈ツアー〉参加の〈ストレンジャー〉の中に一人、日本語が話せる女がいた。話好きで、聞けば旅行自体がタダだから来たという。

その費用はおそらく、田中持ちなのだろうが、この一週間で田中が得た利ザヤは三百六十万となる。訪日させた〈ストレンジャー〉の費用を考えてもお釣りがくるということだろう。

なるほど、世の中には頭のいい奴がいて、上手いことを考えるものだと感心もした。

その〈頭のいい奴〉田中とは、普段は電話で話はしない。瞬間の受け答えを要する会話は、顔が見えない状態は駄目だという。これは商売上の決め事と言うかモットーと言うか、ポリシーのようなものらしい。

忙しいのもあるのだろうが、そもそも田中は絶対にその場では電話に出ない。留守電に用件を吹き込んでおくと、後で掛かってくる。

多少苛つくが、まあいい。そんなことはどうでもいい。

だから疑問は鷹揚に考え、最初に使ったツイッターに上げる。おそらく裏アカだろうが、下手をすると電話の返信待ちよりツイッターの方が早かったりする。

だったらすぐ出ろよ、と思わないでもないがまあ、そんなこともどうでもいい。

赤城と田中の指示通りに動いたら、本当に金が懐に落ちた。

それがすべてで、それだけが大事だった。

今では初期メンバー以外に、グループは二十人を超えた。そうなると実際の〈ツアコン〉は他のメンバーに任せた。棚井や黒田などがそうだ。

特に山崎と田浦はまとめ役、胴元の立場だった。

この夜のＶＩＰルームもそんな感じだ。棚井や黒田も、胡麻をこれでもかというほどに揺《す》る。

　昔はそんなことは分からなかった、今ならわかる。それだけ苦労をしたというか、少しは大人になったということか。煽《おだ》てられ持ち上げられても、天には昇らない。

　それが証拠に、グループのメンバーにするかどうかは揺ったゴマの量ではなく、半グレとしての〈格〉で決めた。

　基本、関東の半グレをまとめるといっても、そもそも主だったグループだけなら二十もない。適当に集散を繰り返す木っ端のようなグループまで入れても、三十を超える程度だろう。

　メンバー候補はその内、それぞれのトップで約五十、幹部を数えれば二百人くらいか。

　最初は気が遠くなるような数だと思ったが、なんのことはない。半数以上は金の匂いに釣られたか、向こうから寄って来た。

　そういう連中は、後は簡単だった。

　メンバーにしたらアドレスを確認し、田中に流すだけでよかった。それで、名簿や指示書が送られてくるのを待つだけだ。

　売掛け買掛けの出納《すいとう》は田浦と矢木に任せた。メンバーとは時には、マネー・デリバリーで田浦が口座屋から買い取っていた飛ばしの通帳を使って遣り取りするが、基本は現金だ。田浦も矢木も商業出身だから都合がいい。

まあ、それぞれのメンバーにはまず田中からの一千万以上を預けることになるが、それを動かせばすぐに超える儲けが手に入る元手だ。持ち逃げの心配もない。

というか、持ち逃げする奴は馬鹿だ。

山﨑のグラスが空だった。

「やめられないな」

田浦がシャンパンのボトルを持ち上げた。

「ああ。赤城様々、田中様々だ」

と、山﨑の電話が振動した。

「お、噂をすればだ」

赤城からだった。

――上手くやってるみてぇだな。

「ああ。けど、まだまだこれからだぜ」

――上等だ。イケイケでよ、ドンドンだ。

向こうも酒が入っているようだった。機嫌がよさそうだ。

――じゃあ、関東の半グレ束ねんなぁ、早ぇな。

やがて話題は移った。こっちが本命か。

「いや。それがよ」

――なんでぇ。

「何人かがよ。取り付く島もねえってやつだ。浅岡から繋げようって豪爆坊の初代なんかも、オリンピック絡みで羽振りがいいらしくてよ」

山﨑はそれから何人かを羅列した。皆、ある程度成功した連中だった。狂走連合も八代目総長の子安《こやす》などには、親父の跡を継いだ土建屋に仲間も巻き込んで本人はそれで満足らしく、聞かなかったことにすっから、二度と連絡してくんじゃねえよと凄まれた。

友情とは言わないまでも、連帯感や仲間意識はあると思ったが。

――ふん。んなもなぁ、あるわけもねえし、んな連中はわけもねえ。

蹴散らしちまやぁいいんだ、と赤城は鼻で笑った。

――豪爆坊の初代、ああ、門野《かどの》かよ。別の意味で懐かしいぜ。お互い、喧嘩上等だったからよ。ああ、ま、いいや。おい、ビビリ。今お前ぇが言った連中、まとめてあとで住所とか入れとけ。

「お、おい。赤城」

――任せろ。こっちゃぁ海の向こうでよ、生き馬の目ぇどころか、臓物まで引っ張り出すような仕事してんだ。舐められてられっかよ。

山﨑は息を詰めた。

イケイケな口振りは相変わらずだが、内容は山﨑には想像もつかない世界のことのようだった。若い頃とは桁違いだ。

もしかすると豪爆坊の初代・門野速人《はやと》や八代目の子安などより、赤城が一番、別の意味で変わったかもしれない。

──そうだ。なあ、ビビリ。

山崎が黙っていると、赤城が先に言葉を継いだ。

──浮かれんのもいいが、しばらくは大人しくしといた方がいいかもな。

「えっ」

──近々、警察が行くかもしれねえ。

「お、おい。赤城。何する気だ」

──へっへっ。何するってお前ぇ、俺ぁ、なんでもするさ。けど、お前ぇ知らねえ方が身のためだ。なんたって、ビビリなんだからよ。

底知れぬ暗い声だったが、楽しげでもあった。それもまた、山崎が誰からも聞いたことのない〈種類〉の声だった。

──なぁに。心配は要らねえよ。普通にしてりゃあいいんだ。お前ぇらは普通が一番。適当が一番。そういうこった。

音として聞こえてはいたが、山崎の耳に、なぜか赤城の声は遠かった。

二

　翌週、水曜の昼過ぎになって、絆は渋谷署に顔を出した。前夜のうちに、渋谷署組織犯罪対策課の下田巡査部長から連絡は受けていた。

　下田は道玄坂裏カジノの摘発の際も互いに協力した。そんな間柄だが、もともと下田は絆が渋谷署に配属になったときの相棒だ。

　今年で五十四歳になる古株のデカ長で、配属当初から絆のことを認めてくれた男だった。

——ちょいちょい、報告があるぞ。明日、来られるかい。

　それで顔を出すことにしたのだが、

「ああ。やっとですかね。ちょっと首が長くなっちまいましたよ」

　署の大部屋にいた下田は、絆が顔を出すと大きく伸びをした。下田はガラガラとした大きな声が特徴でもある。

「じゃあ、主任。ちょっと付き合ってもらえますかね」

　下田は大仰に煙草《たばこ》を咥えるポーズをとった。

　そうして外に出る。

　下田は去年、ティアドロップに絡んで魏老五の甥っ子、魏洪盛《こうせい》が殺された事件の折りには、三週間も吸ってねえ、最長不倒だと豪語していたが、そう言えばキルワーカー事件の頃にはもう涼しい顔で吸っていた。

まあ、宣言した禁煙などそんなものか、と思わないでもない。

下田と向かったのは、いつもの喫茶店だった。ヒカリエにほど近い雑居ビルの一階だ。外光はあまり入らないが、結構広い。

ビルのオーナーがマスターを務める喫茶店はほとんど趣味の店で、客は常に数えるほどしかいない。が、そのくらいがマスターにはちょうどいいらしく、絆や下田のような、機密とは言わないまでも物騒な情報交換をする場には最適だった。

なんと言っても、趣味のブレンドコーヒーが四百円(税込み)で飲める。

「へへっ。連日、大人気だな、おい」

下田は席に着くなり、そう言って笑った。口調がいきなり変わるのがオンとオフと言うか、〈会議室と現場〉の切替えだという。

歳が遥《はる》かに若い警部補と、五十四歳の巡査部長。

ケジメがつけられねえ奴は、ろくな者じゃねえ、と、そういうことらしい。

「まあ、こういう大人気も困りものですけどね」

「そう言うな。お前が認められてるって証拠だ。それに、付き合いってなあこういうとこでも広がっていくもんだ。腐らねえで、励みにしろや」

「限度ってものがありますけど。帰れないんで」

「そんな人がましい限度なんざ超えるのが、異例特例ってもんだろうぜ。俺らにゃわからねえがな」

「簡単に言いますね」

「簡単にこなすだろうが。お前はよ」

ちょうどマスターがコーヒーを運んできた。香りに気分も和む。

前夜、絆は新宿署の生安が仕切る、歌舞伎町《かぶきちょう》裏から区役所通り近辺の一斉摘発に駆り出された。下田から連絡を受けたのは、人員の配置についてレクチャーを受けているときだった。

この夜の摘発は六軒の店舗だが、実際の狙いはそのすべてを束ねる運営会社だった。無許可営業の風営法違反に児童福祉法違反、売春防止法違反、おまけに脱税と来ればもう、文句なしの真っ黒だ。

絆が待機するのは店舗ではなく、この運営会社の直近だった。新宿署の組対のメンバーと一緒だ。絆が所属していた頃からの古参も、異動の新参も混在していた。ただし、新参の中には他署で見知った者もいた。三田署の大川の部下だった男などがそうだった。

狙いの運営会社が旧沖田組、現東京竜神会のフロント企業だという目星がついていた。それで、合わせ技でガサ入れを掛けることになったのだ。

六軒の店舗が摘発になったら、間を置かず踏み込む先鋒《せんぽう》が絆だった。

少し強引ではあったが、七軒目の店舗として家宅捜索令状は先に押さえてあった。

成功裏には終わったが、この摘発は全体として明け方四時まで掛かった。

想定内と言えば想定内だが、東堂がいるといないとでは二時間は違うと誰かが進言したようだ。本当だなぁ東堂、と摘発の班長には変な労《ねぎら》われ方をした。

これもひとつの垣根を越えた付き合いの始まりかと思えば、下田の言う広がりにも頷ける部分はある。たしかに、至る所に芽はあるものだ。

その後新宿署に入り、絆は五時半に仮眠室のパイプベッドに潜り込んだ。どこの仮眠室でも平気ですぐに寝られるのは密《ひそ》かに特技だと自負しているが、誰にも自慢できないところがミソだ。

十一時に起き出し、それから渋谷に回ると昼過ぎだった。

前夜のうちから指定した時間ではあった。

とは、摘発が至極順調に終了したということの証《あかし》でもあり、指定出来るということ自体が悲しいかな、下田が言う通りの、

――簡単にこなすだろうが。お前はよ。

という言葉に繋がったりする。

「それで、早速だがな」

コーヒーをひと口飲み、下田はテーブルに肘をついた。少し前屈《まえかが》みになる。客は他に誰もいないが、用心というか、職務上の癖のようなものだろう。

「言われてた表参道の、例のエムズだがよ。先週の水曜から丸一週間な、若いのを張らせてみた」

絆は田浦の保釈に絡め、下田にエムズのことを頼んでいた。この日はその報告だった。七夕にわざわざ若狭が告げてきた件だ。

さて来福楼での夕飯代は、高いやら、安いやら。

そんなことを考えたら腹の虫が鳴った。

ランチらしきサンドイッチを頼んだ。俺も、と下田も追随した。

マスターが面倒臭そうな顔をしたが、二人で無視した。

「それで、どうでした？」

「特に収穫はねえよ」

「あら」

「連日、高級クラブで酒呑んで贅沢三昧《ぜいたくざんまい》みてえだな。えらい羽振りだってよ」

「へえ。連日ですか」

「ああ。どのポケットから出る金だかってな。張らせたうちの若いのでさえ訝《いぶか》しんでた。そういう面じゃあ、まあ、たしかに怪しいが、何もしてねえんだ。逆に、事務所に寝泊まりしてるくらいだが」

下田はまたコーヒーを飲んだ。回答としての歯切れは悪かった。呼吸は読めた。

渋谷署勤務時代はコンビだった。長い付き合いになる。

「別件で、なにか」

サンドイッチらしき物が運ばれた。まずは食った。

「ほうだ。ほれでよ」

下田がサンドイッチを平らげ、手を叩いた。

「気になることがあってよ。それで呼んだんだ。三田の大川係長から聞いたんだが」

〈パルマ〉だ、と下田は声を潜めた。

「パルマですか」

当然、絆にも聞き覚えはある。

約三ケ月前、三田署の大川に駆り出されて手伝った摘発が、芝浦《しばうら》三丁目にあるテナントビルのパルマという会員制高級クラブでの大麻の売買だった。店長以下を、逃す寸前のところで絆が挙げた。

摘発としては成功だったが、裏で関わっていたはずの旧沖田組二次団体・大山《おおやま》組までは届かなかった。そんなことを覚えている。

「そう。そのパルマの社長ってのが、ビルそのもののオーナーでな。他にも何棟かビル持っててよ。そもそもボンボンだってぇ話だが。これがデーモンに繋がっちまうんだ。あの、八坂のよ」

「デーモン。じゃあ、半グレ上がりですか」

「そうなんだが、それだけじゃねえ。そのボンボン社長、平松《ひらまつ》がよ」

下田の声がさらに一段落ちた。

「三田署の刑事課の話じゃ、昨日、社長室で死んだらしい」

「えっ」

絆は、口に運びかけたカップを一瞬止めた。

さすがに、展開として意表は突かれた感じだった。

「殺しですか？」

下田は頷いた。

「刃物で頸動脈ザックリだってよ。部屋中血だらけで、相当惨《むご》い有様だったらしいぜ」

「そうですか。パルマの社長が、デーモン。半グレ」

コーヒーに口を付けた。だいぶ冷めていた。

「今、防犯カメラやその他、徹底的に当たってるってぇが、なかなかかんばしい成果はねえようだな。だいたい繁盛するテナントビルってなぁ、人の出入りが多過ぎるしよ。社長はボンボンのくせにってぇか、ボンボンらしいってぇか、ドケチでよ、事務所フロアったって金庫は別らしくて何もねえ。人がいるのは社長室くれえらしいが、だからセキュリティの契約外だったってよ」

「でもシモさん。それだけなら刑事課のヤマだ。大川係長が言って来たってことは、それだけじゃないんでしょ？」

「当たり」

そう言って下田もコーヒーを飲んだ。

「土曜にな、呑んでんだわ。山﨑達と。内容まではわからねえが、最後にゃあ喧嘩別れだったみてえだな。路上に唾吐く感じでよ。ふざけろってなもんだったらしい」

「へえ」

なるほど。

若狭がわざわざ売りに来たのは、もしかしたらこれかもしれない。

「エムズの山﨑とか田浦と、関係あるんですかね」

「わからねえ。ただ、どっちもアリバイってことじゃ、しっかりある。うちの部下が張ってた」

「ありゃ」

大喜利のお題ではないが、近くなったり遠くなったりだ。

こういう場合は――。

絆は席を立った。

「じゃあ、まあいつも通りの当たって砕けろで、直当《じかあ》たりしてみますか」

「お、このまま行くかい。それなら俺も付き合うが」

「いえ、ちょっと用意もあるんで。明日辺り。今日は別の仕掛けを」

「そうかい」

下田は伝票に手を伸ばした。

「ここは奢っとくよ。渋谷ぁ俺の管轄だからな」

「遠慮しませんよ。いずれ高い物につくかもしれませんから」

「違えねえ」

絆は頭だけ下げ、先に外に出た。

そのまま歩きながら電話を掛ける。

留守電だったが、端《はな》からわかっていることだった。

「ええと。鴨下さん。東堂です。最近は、どちらにいらっしゃいますか」

相手は金田洋二から引き継いだ捜査協力者の二人目、プラカード持ちの鴨下玄太だった。

三

翌木曜日の午後になって、絆は表参道の交差点に立った。

真夏の陽射しが直上から、熱の塊で押してくるようだった。熱くて重い陽射しだ。

そういえば、朝の天気予報で梅雨《つゆ》が明けたとか言っていた気がした。どうにも空梅雨のようだった。反動がなければいいが。

手庇《てびさし》で蒼天に強い光を睨み、絆は交差点からすぐにある細長いビルの二階に上がった。

アポイントも取らなければ、ドアの前に立ったところでノックもしない。

在・不在などは絆の〈観〉には一発だ。どちらかと言えば、鍵でも掛けて居留守を決め込むようならドアを蹴破ると、そんな気概こそが大事だったりする。

実際、内部には人の気配があった。一人分だ。山﨑で間違いないだろうが、田浦だとしても構わない。どちらでもいい。

ドアには鍵が掛かっていたが、それも構わない。どちらでもいい。

一歩下がって蹴った。思いっきりだ。

やけにでかい音が響きはしたが、開いたのは鍵が掛かっていなかったからだということにする。そうでなければ老朽化だ。セキュリティの強化でも提案して煙に巻こうか。

響きの余韻《よいん》に混ぜ込むように、入ります、と呟きで一応は断ってから室内に足を踏み入れる。

「ああ?」

応接のソファからむっくりと起き上がる男がいた。

山﨑だった。どことなく青い顔をしているが、事務所に入った瞬間から分かった。

どこか饐《す》えた臭いがしていた。強いアルコールの臭いだ。

青い顔は間違いなく二日酔いだろう。あるいは、まだ酔っているかだ。

「ちっ。組対かよ」

寝癖の頭に手をやり、山﨑は乱暴に掻き回した。

体調はまあ、良くは見えないがそんなことは絆には関係ない。

いや、その方がむしろ好都合だし、狙いでもある。

虚《うつ》ろな心底や構える前の心を捉《とら》えるには、不躾を承知の唐突か、無礼を承知の挑発が一番だ。

「おかしいな。鍵は掛けたはずだったがな」

山﨑はぶっきら棒に言って煙草を咥えた。

「さあな。開いてた。酔っぱらってたんだろうが、不用心だな」

絆は真っ直ぐ応接の場所に進んだ。

シャツの前ボタンをひとつ寛《くつろ》げ、山﨑が黙って見ていた。

前に立っても言葉はなかった。

絆は構わず、勝手に座った。

山﨑が冷ややかに眺め、前屈みになって煙草の煙を吹き掛けた。

微動だにせず、絆は大きく足を組んだ。

「来客だぞ。茶ぐらい出せないもんかね」

「ふん。勝手に入ってきやがったくせに、客だもねえもんだ」

「一応、断ったぞ。聞いた聞かないはそっちの勝手だ」

絆は言いながら室内を見渡した。

エアコンは稼働しているが、空気はだいぶ澱《よど》んでいるように観えた。例えば柔剣道場なら間違いなく、夢に向かう清廉な気というものがある。活気がある場所ならどこでも、大なり小なりあるはずのものだ。

少なくとも前年、金田と訪れ、戸島が社長だった頃は間違いなく何人かの社員に観えた。

それが、今のエムズの事務所内にはまったく観えなかった。あるのはただ、濁ったドブ色の、澱むような気ばかりだ。悲喜こもごもとした、元社員達の感情の残滓すらない。

すべてがドブ色の気と、アルコールの臭いに冒されているようだった。

元凶は山﨑だ。

ドブ色の気は煙草の煙同様、山﨑の全身から立ち上り、揺らめいた。

「せっかくいい場所にあるのにな。腐った事務所だ」

「けっ」

山﨑は唾を吐くように言葉を捨てた。

「どの口が言いやがる。何が腐ってんだか知らねえが、そんな事務所にしたなぁ、どこのどいつだっけかな」

「さあな。少なくとも俺じゃない。要はやる気と商才の問題だろ。もちろん、真っ当な商売のな」

「言ってろ。とにかく、エムズは手前ぇのお陰でこのザマだ。忘れたんなら覚えとけ。もう、なんにもねえよ」

「へえ。その割りには、浴びるほど酒は呑めるんだな」

「ああ？」

「金だよ。こんな状態で、どこにそんな金があるんだか」

目を細め、山﨑は煙草を大きく吸った。

この辺は鬩《せめ》ぎ合《あ》いだ。

山﨑が笑った。

「さあな。金ってなあ、回るもんだろ、天下をよ」

紫煙を吐き出す。

避けるように立ち、絆は窓に寄った。上からと言うより、地面からの照り返しで眩しかった。

立ち揺らめくような山﨑の気に、変化は観えなかった。絆に対する侮蔑、嫌悪、そんなところが強いだけだ。緊張も動揺も見事なほどにない。

「天下じゃなくて、なんかやってたんじゃないのか。パルマの社長辺りと」

次のカードを切ってみた。

山﨑が、ゆっくりと顔を絆に向けた。

「なんだって？」

眉間に皺を寄せるのは、眩しいからか。

「それで、揉めたかなんかした、とか」

絆は黙って、暫時山﨑の反応を見た。

「ふん。馬鹿じゃねえのか。黙ってても金が転がり込んでくるビル持ちと揉めてるほど、俺ぁ暇じゃねえよ」

煙草の、吸い掛けの残りの時間。

ドブ色の気はのたりと、ただ煙草の煙と一緒に立ち揺らめくだけだった。

（あらら）

どうやら、エムズを急襲したのは無駄足のようだった。

半分は――。

「お邪魔様」

「んだよ。手前ぇ、東堂っ」

背に苛ついた声が掛かるが、気にせず絆は外に出た。

反応がない以上、腐った事務所に用はない。かえって気分が悪くなる。

だが――。

（無関係でも、何かはあるよな）

なぜか金があり、酒を浴びるほど呑め、目の奥にはおそらく、ギラギラとした生気が観えた。その反応すら薄かったのはひとえに、酷《ひど》い二日酔いのせいだろう。質問に対する反応も、同様にして薄いものか。無駄足と言うより、タイミングが悪かったということかもしれない。

「でも、まあ」

五十メートルほど離れ、絆はエムズの窓を見上げた。

おもむろにポケットから何かを取り出した。

イヤホン型の、盗聴器のレシーバーだった。

前日、下田に用意と言ったのはこのことであり、エムズで収穫なしが半分なのも、これがあるからだ。

エムズの事務所に入ってすぐ、山﨑が起き上がる寸前に送信機を近くの椅子に仕込んだ。百メートルは届かないが、その代わり内蔵リチウム電池で十日は保つという代物《しろもの》だ。

感度をたしかめた後は、また下田に頼んで部下を張り込みに回してもらうか。

そんなことを考えつつ、レシーバーを耳に捻《ね》じ込む。

いきなりどこかに電話を掛ける、山﨑の声が聞こえてきた。

「おっ」

感度は良好だし、いきなりビンゴかと思わず声が出た。

信号待ちのカップルが何事かと振り返る。

が――。

絆はと言えば、それどころではなかった。

――おう。鈴木か。俺だ。久し振りだな。ん、ああ、まあ、余計な話はいいや。それよかお前ぇ、なんとかバスターって仕事してたよな。盗聴器とか隠しカメラとか見つけるヤツ。えっ。おう、なんかよ。赤城の野郎が、警察が来たらすぐ調べろってよ。連中は信用できねえからってな。

「ぐわっ」

絆は思わずその場で仰《の》け反《ぞ》った。

信号が変わり、カップルが逃げるように渡って行った。

引き続き絆は、それどころではなかった。

躊躇《ちゅうちょ》することなく取って返し、エムズの事務所のドアを開けた。

「なんだぁ、手前ぇ。まだなんか用かよ」

受話器を持ったまま、山﨑が怪訝《けげん》な顔をした。

「いや。まあ、ちょっと忘れ物」

硬く笑い、絆は椅子の間から盗聴器を取り出した。

山﨑の顔が大きく歪んだ。

「へっ。そんなとこに忘れ物もねえもんだ」

斬り込むなら今だった。

「なあ、赤城って誰だ。まさか、一誠か」

「なっ」

山﨑の顔に朱が上った。立ち上る気も乱れて途切れる。わかりやすい男だ。

「知るかよっ」

「言ってただろ」

「盗聴器だろ。違法だろうが。何を堂々と質問してんだよ」

「あ。やっぱり言ってたんだ」

山﨑は奥歯を噛んだ。そんな音がした。

「だったらなんだってんだっ。へっ。手前ぇもよ、いい気になってんじゃねぇや。赤城に噛み付かれるぜぇ」

「ん？　俺もって、他にもいるってことか？」

「それこそ知るか。言っとくが、俺ぁ奴とは会っちゃいねぇよ。今ぁ便利な世の中でよ。どっからでも繋がれるんだ。それこそ、地球の真裏からでもよ。探したきゃあ」

「お邪魔様」

「んだよ。手前ぇ、さっきからよぉっ」

背にさらに苛ついた声が掛かるが、まったく気にせず絆は外に出た。

盗聴器も、実用品ともなるとそれなりに値は張る。ただ取られるのは薄給には痛い。

(回収できただけ良しとするか。それに)

新たなつながりが確認できた。

挑発にいきなり乗ってきた。

赤城とは、おそらく絆の記憶にも名前だけはある男だ。

赤城一誠。狂走連合第七代目総長。

なんのつながり、いや、何をする。何を企む。

「おっと。いけない。トリモチ、トリモチ」

出てすぐ奥村にメールを打った。

次いで、渋谷署の下田に電話を掛けた。何がどう出るかはわからないが、情報は共有すべきだ。労力の分散とも言う。

赤城の名を出した。

「で、いい気になってると、俺も嚙み付かれるとか言われました」

下田も組対には絆より長い。この名も当然知っているはずだが、

──なんだぁ。赤城だぁっ。

と、反応は妙に大きかった。

「なんです？」

──この間は言わなかったが、その名前はパルマの従業員から出てた。赤城から連絡があったとか、今度来るとか、面倒臭えとかなんとかって平松が言ってたってよ。聞いたのも元狂走連合の下っ端だった奴で、それで覚えてたらしい。

「なるほど」

手段や所在はどうあれ、とにかく、平松と山﨑と、赤城もつながった。

下田は大きく息をつき、黙った。けれど沈黙は長くはなかった。

下田は、判断と決断を躊躇するような男ではない。叩き上げの、現場の刑事だ。

──東堂、半グレがここまでつながった以上、この先は殺人事件の捜査の色が強えや。エ

ムズの張り込みも、こっからはうちの若松《わかまつ》に引き継ぐ。若松は下田と警察学校の同期で、現渋谷署捜査課強行犯係の係長、若松道雄《みちお》のことだ。

——それで大川の方と連携させる。いいか。

「了解です。手は多い方がいいんで、どんどんどうぞ」

——へへっ。お前ならそう言うよな。ま、俺も出来ることはやっとくけどな。

じゃあよ、と言って下田は電話を切った。

そのまま画面を見れば、メールの着信が入っていた。

奥村の返信かと思ってみれば、昨日連絡を入れておいた鴨下からだった。

〈今は所沢《ところざわ》だね。だんだん都心に向かうけど、明後日には、昼から五反田《ごたんだ》に出るよ〉

絆は天を振り仰いだ。

「うーん。一日の空白か」

夏の陽は西に傾き始めたが、ワーカホリックにはなんの意味もない。

それどころか、時間は惜しい。無駄には出来ない。

働かざる者、食うべからずだ。

絆は電話を掛けた。

——へい。大利根《おおとね》組。

いつも通り電話には、代貸格にして電話番の、野原《のはら》が出た。

四

この日、絆が成田に到着したのは夕方六時を回った頃だった。まだまだ夏の陽は元気で、外は暑かった。

いつものように、月極駐輪場に停めてあるロードレーサにまたがった。

絆の実家があるのは成田市押畑という古い地区で、近くを小橋川《こばしがわ》という細い川が流れ、遥か印旛沼《いんばぬま》に注ぐ長閑《のどか》な場所だった。

十五分後、絆は竹垣が組まれた我が家の玄関口にロードレーサを滑り込ませた。

絆の実家は木造平屋建ての古民家だった。奥の垣根から小橋川沿いに建つ道場から、元気のいい掛け声、また掛け声が響いてきた。

時間的に、少年組の稽古の時間だった。その後、七時を回ると中学生以上老婆までの一般組に移る。

木曜だから問題はないと思ったが、道場には間違いなく常人とは一線を画す、でかい巌《いわお》のような気の塊が観えた。

絆の祖父にして、今剣聖と謳われる東堂典明で間違いなかった。

木曜だからと一瞬だけでも考えたのは、典明の趣味がキャバクラ通いだからだ。直近では金・土が稽古は連休となっているようだが、これはひとえに、典明が何曜出勤のどの娘を気に入るかによる。

稽古日がコロコロ変わるのも弟子にとってはいい迷惑だが、なんといっても正伝一刀流は発生を江戸初期の剣豪、小野次郎右衛門忠明《おのじろうえもんただあき》まで遡《さかのぼ》る古い剣術だ。小さな流派だが、だからこそ地元限定で成田には親から爺さんから、それこそ先祖代々正伝一刀流の弟子という旧家も多い。

そんな弟子達に支えられて、典明のキャバクラ通いは成り立っている。

絆が玄関から入ろうとすると、背後に小気味のいいクラクションが聞こえた。

隣りの渡邊《わたなべ》家の駐車場に軽自動車が入ってきた。誰の運転かは逆光だがわかっていた。見えなくとも、いや、観なくともわかる。

「久し振りね」

降りてきたのは幼馴染みにして元カノの、千佳《ちか》だった。半袖のシャツブラウスにモスグリーンのパンツ姿だった。

「そうだっけ？」

「そうよ。少なくとも、こっちではね。ゴールデンウィークに会ったのは、湯島の片桐さんの事務所だったし」

「ん？　おお」

絆は大げさに手を打った。

「そっちは、今帰り？」

「うん」

千佳は成田空港で、日系航空会社のグランドスタッフをしている。細身で愛らしい顔立ちの千佳には、軽快な服装はよく似合った。

「今日はお母さんが典爺《てんじい》のメインだから。私は後で顔出すわね。じゃ」

千佳は指先に掛けた軽のキーを振り、自宅の玄関の戸を開けた。

典爺とは典明のことで、千佳は亡き自身の祖父と区別する意味で昔から典明をそう呼んだ。そうして母の真理子《まりこ》と二人で、一人暮らしの典明の食事番をしてくれている。

あえかな川風に、一瞬だが千佳の前髪が浮き上がった。

キルワーカー事件の折り、千佳は額から生え際にかけてを事件に絡んで犯人に切られた。

医師に拠《よ》れば、うっすらとした傷が残るという。

その傷が、見えた気がした。実際には、観えただけだろう。さすがに十メートルは離れていた。

観えたのは心の傷か。

絆は千佳が事件以降、セミロングの前髪を上げてまとめるのを見たことがなかった。

いずれ時が癒《いや》すか、あるいは――。

（いやいや。未熟未熟）

悲しみをまとって、風雨に立ちはだかり、人を支える。それは絆の、刑事としてという
より剣士として、人としての成長いかんなのだろう。

まだまだ道半ばにして、先は遠い。

絆は苦笑しつつ、玄関を開けた。

すでに味噌の香ばしい匂いが漂っていた。

東堂家は玄関を上がってすぐ左手が台所になっている。

絆は掛け暖簾《のれん》を潜《くぐ》った。

「おばさん。ただいま」

「えっ。あら。お帰りなさい」

コンロの前に、エプロン姿の真理子が立っていた。小鍋が火に掛けられている。味噌汁
のようだったが、

「あれ。小さいね」

と思わず聞いてしまった。どう見ても一人分しかなかったからだ。

「ゴルさんは食べないの？」

真理子はお玉を持ったまま、首を傾げた。

「食べないって言うか、いないわよ」

「えっ。いないって、湯島に帰ったの？」

「湯島って言うか、ロシアだって」

真理子は昔から割り合い、こういう木霊《こだま》のようなものの言い方をする。

「ロシアって。――あれ？」

東堂家のコンロに掛かった味噌汁の小鍋から、発想がロシアには、なかなか飛ばない。

「なにそれ？」

「私も詳しくは知らないから。でももう、三週間はいないわね。詳しいことは典爺さんに聞いてちょうだいな」

「わかった」

しばらく湯島では顔も見なかったが、ゴルダは成田にも仕事を持つ人間だ。気にしてはいなかったが、それにしてもロシアとは。

暖簾を下げ、絆は奥の自室に向かおうとした。

「ああ。絆君」

真理子に呼び止められた。

「はい」

「ご飯、いるんでしょ」

「お願いします」

「了解」

自室で刺子《さしこ》の稽古着に着替え、絆は道場に向かった。一礼して入る。

ちょうど、少年組と一般組が入れ替わったところだった。主に老婆が目立った。それも、生きのいい老婆達だ。腰は曲がっても、薙刀《なぎなた》を手に道場に立つ姿は清廉潔白の剣気に満ちて、まるで乙女《おとめ》のようだ。

左手の見所《けんぞ》に、典明はいた。よく陽に焼けた鷹のような顔立ちは、真っ白な総髪がよく似合った。

巨大な塊のような気は、甚平《じんべい》を着て腕を組み、胡坐《あぐら》を掻いて偉そうにしていたが、

「おう。帰ったか」

と、絆が近付くと腕を解いて頰を緩めた。

そうしていると好々爺《こうこうや》だが、その昔は幼い孫の絆にも容赦のない剣鬼、いや、鬼そのものだった。

「爺ちゃん。千佳のお袋さんに聞いたけど、なに？　ゴルさん、ロシアだって」

典明からの返答がなかった。見れば、肩を小刻みに震わせていた。笑っているようだ。

「どしたの？」

「どしたのって、お前。塩だよ塩。例の、ゴルが売ろうとしてたやつ」

「塩って、ああ」

香料の香りたっぷりの岩塩を加工したバスソルト、と言う触れ込みだった。たしか世界販売に先駆け、日本でラベンダーに香り付けしたものを販売するとか言っていた。

「あれがな。凄いんだな。ある意味、凄すぎてな」

「――わからないけど」

「だろうな」

牛乳瓶一本ほどの小洒落た瓶をひと振り。それで十分という話が、結局ひと瓶丸々振ってもラベンダーの、ラの香りくらいはしたらしいが、ベンダーはどこかへ行ったようだ。最終的には風呂が塩の飽和溶液になり、それでもラベン、止まりだったという。

たしか、ひと瓶一万円以上はする値付けの高級品だったはずだ。

「三十七本だってよ」

「うわ。三十七万」

「下世話だな。それより、風呂の塩分だよ。お試しだって言われて入ったのが」

典明は一人の老婆を指差した。薙刀を杖《つえ》にして立つ婆さんだった。みっちゃんだ。絆は物心ついた頃から知り、当然向こうは絆が生まれたときから知っている。

「なんだえ。大師匠」

指差されてみっちゃんは見所を向いた。

「なあ。おみっちゃん。ゴルの塩の風呂、入ったよな」

典明が問えば、いきなりみっちゃんが首を横に振り、後退《あとじさ》りを始めた。

「あれは駄目だえ。綺麗になるとか寿命が延びるとか言うとったが、あれはもう、本当に痛いでや。ただ痛いだけだでや」

綺麗も寿命も、なんというか、女はいくつになっても魔物だ。

「そうだよな。おみっちゃん。そりゃあ、そうだ」

典明の肩がさらに大きく動いた。

「ってことだ。それで青い顔して、まあ実際青い顔だったかどうかは浅黒いからわからないが、生産拠点のロシアにすっ飛んでったな。ラインを見直すとかなんとか言ってたが」

楽し気だ。

よくは分からないが、結構なトラブルなのだろう。

と──。

「ええ。ご免よお」

表方向から庭に濁声《だみごえ》が響き、さして間を置かず現れる一団があった。

凄みのある面魂の綿貫蘇鉄《わたぬきそてつ》率いる、大利根組の面々だ。

この日は蘇鉄のほかに、今年四十一歳になる代貸格の野原、親同士が親戚で利根川を挟み、佐原《さはら》と潮来《いたこ》でともにヤクザだという二十六歳の立石《たていし》と二十九歳の川崎《かわさき》のコンビ、それに、三年前に子分になった加藤《かとう》という若い衆の四人が参加だった。

来られる者だけが来る。それが絆と大利根組の面々の師弟関係だ。

「あ、来よった」

そのとき、おみっちゃんの腰がすっと伸びた。

「コラ、蘇鉄！」

「うわ。おみっちゃん、いんのかよ」

「いて悪いか。稽古じゃ」

「止めようぜ。俺ぁ薙刀得意じゃねえし」

「問答無用じゃ」

おみっちゃんは道場の縁側から庭に飛び降り、薙刀を構えた。

「あれは？　なんかのトラブル？」

絆は典明に問い掛けた。

「塩の続きだな」

典明は即答した。

「ほら。国際都市成田だからな、外国人さんには優しくしましょうって市役所の奴らが昔から言うだろ。婆さん連中は律儀だからな。かくて怒りは、蘇鉄に向く、と。ゴルを連れてきたの、あいつだからな」

「――ああ」

納得できた。

庭ではおみっちゃんが蘇鉄を追い回し、なぜか次々と婆さん連中が加わった鬼ごっこのような稽古が、この後実に小一時間は続いた。

五

「だぁぁぁっ。酷《ひで》ぇ目にあったぁぁっ」

届けば叩かれるという鬼ごっこで消耗し尽くした蘇鉄は、一般組が引き揚げた道場の隅で大の字になった。

その間に、絆は野原達に狂走連合の赤城一誠や、それとなくパルマの社長だった元デーモンの平松について尋ねた。

特に野原はその昔狂走連合にいて、六代目の戸島などを顎で使っていたという経歴があった。

「七代目ですか」

さすがに接点はないということだったが、聞いときますと請け負ってはもらった。野原はそっちの関係に顔が、絶対的に広いらしい。

パルマの社長に関しては、川崎が元デーモンに知り合いが何人かいるということで頼むことにした。

――ボンボンのくせに口だけで金は出さねえってのは聞いたことがありますが。後々まで付き合ってたのがいるかどうか。ま、聞いてみますわ。

　この夜はまず、そこまでだった。

「さて、そろそろいいかな」

絆は道場の様子を眺めた。

最後の一人が防具を担いで出て行くところだった。

東堂家の道場主は当然未だ典明であり、道場は典明の弟子たちの稽古の場だ。絆と絆の弟子は言わば、立場としては間借りとなる。つまり、ここからが絆と大利根組の稽古時間だった。

典明は早、真理子にご飯ですよと呼ばれていそいそと食卓につき、テレビでも見ているだろう。

絆は蘇鉄に近づき、膝をついた。

「親分。来た以上、束脩《そくしゅう》は納めてもらうからね」

鬼、と蘇鉄の口が動いたかどうか。

束脩とは師への謝金のことを指す。要するに月謝だ。

刑事の捜査には経費に認めてもらえない持ち出し金がなにかと多い。絆が自分のスジに支払う情報料などがそうだ。　刑事の中には、ひと月で百万以上も持ち出し、街金で首が回らなくなったのもいる。

少なくとも絆は、そうならないよう束脩を受け取る。

刑事とヤクザの関係を思えばあまり大っぴらには出来ないが、少なくとも典明への幼《おさな》気《げ》な少年達、先の短い薙刀連中からの束脩がすべてキャバクラ代に消えることを思えば、余るほどに健全な気がした。

「じゃあ稽古を始めようか」

大利根組一人一回の束脩は五千円だから、締めて二万五千円となる。二万五千円分、これから働く。いや、蘇鉄が伸びているから五千円は余禄だ。

そんな計算をしながら絆は道場の中央に進み出た。

中央に出て両手を大きく回す。

目を閉じ鼻から息を吸い、手の動きに併せて全身に巡らせるイメージだ。

循環の果てに細く長く口から吐き、それで剣士の心の下拵えは出来上がりだった。

右半身に体を開き、軽く腰を落とし、両手を垂らして目を開けた。

床板がわずかに輝いて観えた。五感を超えた感覚が覚醒してゆく。

道場の空気が、己を芯《しん》にしてゆっくりと渦を巻くような感じがあった。

場の支配は今や東堂絆、ただ一身にある。

――ほいじゃ。

――行きますかね。

絆の身支度を受け、大利根組の四人もそれぞれに道場に散った。

正伝一刀流も通常の稽古では竹刀《しない》を使うが、絆と大利根組だけは別だ。成田山内の揉め事一切を扱うヤクザとして、身に納めるべきは〈護身力〉ではなく、〈抑止力〉だからだ。

野原は無言でその場に立ったのみで佇《たたず》み、立石と川崎は絆から左右一間半に分かれた。

加藤が真正面二間ほどで右腕を回す。

闘志としては、この加藤が一番満々に観えた。

いい意味で若く、悪くは、まだまだ他の三人に比べて未熟、とも言えた。

道場一杯に広がってゆく絆の剣界の中でしかし、四人はそれぞれにそれぞれの剣気を練った。

純度の高い、いい気だった。

絆は体勢そのままに半歩、前に動いた。

なんと言えばいいか。道場の芯自体を半歩ずらす、そんな感覚だ。

対峙する面々にとっては、気持ちの良くない空気感ではあったろう。

絆にとっては様子見、誘いでもある。

「おりゃっ」

圧迫されるように、正面の加藤がまず若さを見せた。

それでも、正面に入ると見せて最後には絆の背になる側に低く身体を振り出したのはいい。重心も崩れることなく、突き出そうとする拳《こぶし》は正確に狙いに届くだろう。

ただし、それが絆でなければ、だ。

動き出しから拳の握りまで、常に絆に集中する加藤の剣気の有り様は観えていた。握った拳がまさに繰り出されようとする瞬間、左足を大きく下げて後ろ手に拳を握り込んだ。見なくとも拳の位置は、そこに剣気の集中が観えていた。

握ってさらに左足を引きながら捻れば、さして力も要らず加藤の身体は宙に浮かび、横転で道場板に音を立てた。

「ぐえっ」

声を絆は右耳で聞いた。

加藤が床板に激突する刹那《せつな》に、絆は早くも加藤を見切っていた。

横たわる身体の上を飛び、最前とは正反対の左半身で、ほぼそれまで加藤がいた場所に位取《くらいど》る。

加藤の向こうで、立石と川崎のそれぞれに蹴り込んだ足が虚《むな》しく空回りしたところだった。

若い加藤の動き出しに遅れることわずかに、申し合わせることもなく同時に絆に迫ったのだ。

この辺はやはり、幼い頃から行き来のある親戚と言うか、血脈のなせる技か。

絆は大きく息を吸い、丹田に落とした。

「おおっ」

半息ほどの気合をつけてやる。それでも絆の気合だ。道場板も震える。

二番目に若い立石が呼ばれるように加藤を飛び越えた。

しかし、読んでいた動きを最後まで待つつもりはない。

立石が飛んだ瞬間、絆は立石の届かない位置から逆に飛んでいた。狙いは川崎の方だった。

立石が動いたことにより、合わせていたはずの川崎の気が散漫した。それは明らかな隙だった。

いきなり眼前に絆が現れた感は当然あっただろう。川崎は虚に落ち、身体を固めた。

掌底《しょうてい》で胸を突けば、息を詰めて川崎はその場に膝から落ちた。

「未熟」

ひと言で捨て、絆は振り返りもせず右手を開いて伸ばした。

鈍い衝撃があった。

加藤をまたぐ形で繰り出した立石の拳だった。

「短気は損気、だね」

加藤のときと同じように捻る。

「よっ」

立石は拳を引くことをせず、かえって拳に身体を寄せた。肘を畳むのはいい。関節のガードになる。

それにしてもやはり、相手が絆でなければ、だ。

つかんだ拳を離すことなく、絆は前に出てきた身体が落ち着く前に、立石の拳をさらに前に引いた。自身は摺《す》り足に左反転して前を開ける。

「おわっ」

前にのめって止まらない立石の身体が泳ぐが、左右にあまりぶれないのは体幹をしっかり鍛えているからだろう。日頃の錬磨の賜物だ。

絆は、目の前をがら空きで通過してゆく立石の首筋を無拍子の手刀で叩いた。急所のひとつでもある。気魂を乗せれば、軽くとも一瞬のブラックアウトは可能だ。

そして、一瞬でも意識が途切れれば全身が無防備となり、脇腹に当て込む簡単な掌底でも衝撃は三倍増だ。

「ぐえっ」

立石は横倒しになって床板を転がった。

（さて）

ひと息だけ吐き、絆は真後ろを振り返った。

野原はさすがにもう、正伝一刀流の門人になり真面目《まじめ》に研鑽《けんさん》を積んで二十年以上が経《た》つ。

稽古は決して、裏切らないのだ。野原の業前は間違いなく、大利根組の中では親分である蘇鉄に次いで高い。

野原は絆の一挙手一投足を正確に捉え、必ず絆の背後に回っていた。

（へえ）

そこで野原は、面白いことをしていた。

張り巡らすようだった自分の剣気を少しずつ凝縮し、身体に薄皮一枚で張り付けるように収斂《しゅうれん》させ始めている。

見様見真似でも、それは蘇鉄が考案した〈空蟬《うつせみ》〉の入りを踏襲しているようだった。

見て覚える。

それは弟子の正しい在り方だが、わからなければ見ても覚え得ない。その領域に自分が達していなければならない。

絆の感嘆はそこにあった。

編んだのは六十有余年の研鑽の果てに自在を得た蘇鉄だが、見て理解したとして誰もが実践出来るものではない。

野原がそれを遣える、遣おうとすることが称賛に値するのだ。

それで、絆は先に動いてやった。どう遣うかを見たかった。

「おうさっ」

前襟を取るべく、絆は真っ直ぐ右手を稽古着に伸ばした。

「せっ」

拍子を外して左足を摺り出し、野原が左半身になる。

絆の右手は空間に流れた。

野原が伸びた絆の肘に下から拳を突き上げてきた。

重心を前に掛けながら左手を差し込んで拳を受けた。

そのまま捻ろうとすると、それよりなお早く野原が自分から捻って絆の呪縛を外した。

そのままの位置で一回転し、床板を踏み鳴らしつつ肩から突っ込んでくる。

その背中側に音もなく、妙技と言っていい足捌《あしさば》きで移動した絆は、無防備な後頭部を手刀で叩こうとした。

そのときだった。

おそらく野原は、空蟬を遣った。

剣気を扱い、時間に隙間を作る。それが空蟬だった。

練り上げた剣気のすべてを、言わば寸瞬の未来に投げる。剣気の人型とでも言えばいいか。幻には違いないが、以て刹那、対峙する相手の時間軸を揺らす。それで相手は、こちらが二重にも三重写しにもなったように錯覚する。そういう技なのだ。

絆も道場で蘇鉄の空蟬を観た。一度でも見れば感応し、応用する。それが〈自得〉という剣士としての極みであり、一流を立ち上げる者だけが踏み込むことを許された領域だった。

絆は今では、蘇鉄より遥かに一瞬を長く、鮮明にして峻烈《しゅんれつ》に、自在に遣い熟せた。

その絆からすれば、野原の空蟬はなんの威力も示さないものだった。かすかに、ほんのかすかに全身が震えたようにしか観えなかった。

それでも、たしかに空蟬だった。妙技の欠片《かけら》だった。

その心意気や、良し。

「見事」

ひと声掛け、絆は無防備に〈等しい〉野原の首筋を手刀で打った。

「っのあっ」

勢い余って足を縺《もつ》れさせ、野原はもんどりうって板壁に激突した。そのまま動かない。

絆にはわかっていた。当初、蘇鉄も一度の空蟬に全身全霊を挙げてヘロヘロだった。

野原も、この夜は以降、稽古にならないだろう。

絆はもう、野原には構わなかった。

振り返る。

純粋な戦う意思が、三様の位置取りで待ち構えていた。

「さて、続けようか」

おうさ、と揃った侠達《おとこ》の声は、いつ聞いても気持ちのいいものだった。

六

土曜日、絆は午後一時を回ってから五反田に向かった。

人通りは多いが、比べれば平日ほどではない。新宿や渋谷と言った大きなターミナルでもない限り、やはり山手《やまのて》線内はビジネスマンの街ということだろう。

「さて」

絆は東口から外に出た。ロータリから環状六号線に掛かる歩道橋を渡る。そちら側から道を一本入れれば、風俗でも一部に名高い東五反田の繁華街だ。

絆は繁華街には入らず、環状六号に沿って百メートルほどを進んだ。

するとそこに、一メートル位のプラカードがあった。左手に曲がれば繁華街に突入する路地の角だ。

あったという表現になるのは、それが鴨下玄太という〈プロ〉のプラカード持ちの特質だからだ。

　鴨下は派手なカラーに彩られた出会い系のプラカードの裏で縦軸の角材を持ち、パイプ椅子に座っていた。

　胡麻塩の角刈りの五十代、いや六十前か。歳は詳しく聞いたことはない。地味な開襟シャツに紺色のトレパンを身に着け、全体に肌が浅黒いのは夏だからではなく年中だ。常に外にいるからだろう。

　身長は百六十センチまではなく、手足は細く顔つきにもこれといった特徴はない。特に言えば目も細く、開いているのかどうかもわからないといったところだろうが、寝てはいないと気配でわかる。

　わかるのは絆ならではだが、そもそもプラカードの裏に意識が届き、そこに〈人〉を確認することと自体、常人にはあらず絆ならではのことだ。

　プラカードを持てば、鴨下は絆も目を見張るほどの隠形《おんぎょう》を発揮した。

　鴨下はそこにいて、いることを感じさせない不思議な男だった。気配がないわけではないが、限りなく薄いことによって障りがなく、馴染んでしまうのだ。

　だからきっと普通の人には、プラカードは見えてもプラカード持ちの存在自体は見えないだろう。

　普段なかなか近づけないプラカード持ちに、存在を感じないから興味があれば近づいて見てしまう。クーポンがついていれば手にも取るだろう。

とはまさに、広告媒体としてのプラカード持ちに鴨下はうってつけの男だった。

いや、プラカードを持って〈人〉を感じさせないのは、知らず四十年の中で鴨下が仕上げた技術だ。

そうして雨の日も風の日もプラカードを持ち続け、いるだけで様々な人の姿や話を聞くともなく聞き、見るともなく見てきたのだ。

余人には到底真似のできない卓越した技で、それが鴨下玄太という男で、金田という絆の相棒が盤石《ばんじゃく》の信頼を以て絆に託した強力なスジだった。

「がぁさん」

絆が声を掛けると、鴨下の姿が濃く浮かび上がるようだった。

隠形が解けたといえばいいか、この状態になると誰にでも鴨下は鴨下として認識されるようになる。

「ほいほい」

そう答えながら、鴨下は顔を路地の奥に向けた。

「ここでそう呼ばれると、いやでも思い出すねえ」

見なくとも、聞かなくとも絆にはわかった。ただ頷いた。

五十メートルほどの路地を行った先だ。T字路の真正面は、外壁の黒い雑居ビルだった。

その三階に、〈ペリエ〉はあった。沖田美加絵《みかえ》の店だ。

——これ、がぁさんに渡しといて。あの人、探そうとすると大変なんだもの。

美加絵は物憂げに頬杖をつき、温《ぬる》いウイスキーは嫌いだと呟く、亜麻色の髪の女だった。

絆はがぁさんという呼び方を、この美加絵の口から初めて聞いた。

——美加絵さんねえ、昔は客を送って出てきたり、細かな買い出しも自分でしたりして。その都度、あたしを見かけると声掛けてくれたっけ。あの時分は、明るくて優しくて、華やかな人だったんだけどねえ。不景気か悪い虫か。いい意味で水商売に染まった。悪い意味で擦れた、擦り切れた。そんな感じかねえ。

その前後で、鴨下は美加絵をそう評した。昔から知るようだった。

それがもう、今はこの世にいない。

鴨下の悲しみは仕草と声の、両方に観えた。

顔を路地先から絆に戻し、鴨下はふわりと笑った。

「あたしはね、そういう出会いと別れを、四十年繰り返してきたんだねえ。慣れないけどねえ。いいや、慣れないから、慣れたくないから、あたしはきっと隠れるんだねえ。プラカードの裏に」

吐露はおそらく、鴨下の妙技の真理だったろう。だからこそ誰にも真似のできない、誰にも遣えない技なのだ。

だから——。

絆は特に、鴨下の話を拾わなかった。

鴨下の四十年は鴨下の中だけにあり、鴨下の中でのみ熟成されるべきものだ。

「で、がぁさん。今日はね」

絆は本題に入ろうとした。

「ほいほいの、ほい」

鴨下はジャンケンをするように手を出した。手のひらを上に向けたパーだった。

感傷から瞬転の現実は、いきなりの現金となる。

苦笑しながら、絆はその手に一万円札を載せた。パーはすぐに、グーになった。

「こういうのね、最近は有り難いねぇ。昔はそうも思わなかったけど」

「ああ。業界的に、プラカード持ちって厳しいですか」

厳しいねえ、と鴨下は溜息をついた。

「渋谷とか新宿とかは結構、デジタル・サイネージとかが幅利かせてきてさ」

各所に設置されたディスプレイやプロジェクタに映像や文字を表示する媒体がデジタル・サイネージだ。かつては新宿アルタの屋上なり大型ビジョンが主流だったが、昨今はビルの壁面や駅の飾り柱などに取り付ける小型な物が多い。それを秒単位、分単位でクライアントに売るのだ。

必要な時間に必要な場所で必要な人に。

なるほど、屋外広告プロモーション業界も、デジタル化の波は避けられないようだ。

「だから、あたしもこれまでみたいに都内の繁華街だけじゃ生きづらくてねえ。今じゃ昨日までみたいに、地方行脚《あんぎゃ》も受けるんだよ。飯能《はんのう》の方とか、水戸《みと》とかさ。まあそれも、お客がいつまでついてくれるか、わかんないけどねえ」

一万円札を握ったままトレパンのポケットに突っ込み、

「それで？」

と鴨下は縦軸の角材に寄り掛かり、パイプ椅子から顔を上げた。

絆は携帯のアルバムから一枚の画像《え》を選り、鴨下の顔に近づけた。

「この男のことかい？」

「はい」

絆は頷いた。

「名前は田中稔と言います」

「ふぅん。田中、稔ねえ。どこにでもいそうな名前だ。それこそ飯能にも、水戸にも」

「だから少々行き詰まりまして。があさんは何か知りませんか。竜神会会長五条宗忠、エムズの山﨑大元、狂走連合の赤城一誠辺りが関わってそうなんですけど」

「田中稔っていうのに、あたしは心当たりはないねえ。で、五条と山﨑と赤城についてだけどねえ。――ホイ」

　鴨下が手のひらを差し出してきた。

「おっ」

　期待してもう一万円を出し、載せた。

「ヤクザの絡んだ街金や、半グレ上がりの水商売も私のお客筋には多いけどねぇ。五条も山崎も赤城も、その三人が絡んだ噂は、今のところないねえ」

「……えっ」

　一瞬、虚に落ちたような気がした。眩暈も感じた。

　危ない。

　剣を取っては誰にも負ける気はしないが、こと金が絡むと未熟もいいところだ。

「がぁさん。それ、答えですか」

「一問一答だからねえ。まあ、答えだね。けど、これは最初にもらった分の答えだよ。で、ホイ」

　鴨下がまたさらに手を出してきた。

「なんですか」

　絆は警戒するように斜に構えた。

「ホイのホイ」

気にすることなく、鴨下の手がズイズイと前に出てくる。

「本当でしょうね」

一万円をまたその手のひらに載せる。握って引っ込む手の速さは尋常ではなかった。

絆の心に黒雲が湧いた。

大量にだ。

「昨晩の話だけどねえ」

ん？

黒雲に切れ間か。

一条の光。

「狂走連合の八代目、死んだみたいだねえ」

殺しみたいだよ、と鴨下は言った。

「そんなことを昨日、川口《かわぐち》の駅前で聞いたねえ。あたしからソープのクーポン持ってった、若いチンピラだったたねえ」

「――なるほど。狂走連合の八代ですか」

ここまでに三万円が高いか安いかはさて置き、間違いなく収穫ではあった。

絆の頭の中に、すぐに今日の段取りが出来上がった。

狂走連合の八代目は子安という男だった。下の名前までは憶えていない。

親父の後を継いで土建屋になってはいたが、元の仲間を引き込んで仕事的には荒く、なにかとトラブルが多いと聞いたことがあった。

会社の所在地は埼玉だったが、自宅は亀有《かめあり》の方だと記憶していた。

「そうか。亀有、ね」

第七方面の亀有署には警察学校の同期が一人、刑事組織犯罪対策課にいた。

このまま回って話を聞こうか。土曜日だが、そんな事件があったのなら同期も間違いなく署に出ているだろう。

「がぁさん。助かりました」

「なんか、不景気だもんであたしもガメツかったかねえ」

そうですね、などと言える人間がいたら、そっちの方が守銭奴な気がした。

「とんでもない。収穫でした」

「この後も、気をつけておくよお」

「お願いします。ああ、すいません。情報は収穫で有り難いんですけど、まあ、薄給は間違いないんで、お手柔らかに」

了解、ごめんねぇと言ってプラカードを真っ直ぐに立てると、その後ろですぐに鴨下は〈薄く〉なった。

笑って頭を下げ、絆は動き出した。

「おっと。トリモチ、トリモチ」

まずメールを起動して奥村に宛てる。

子安 某《なにがし》。狂走連合第八代目総長。

なんの繋がり、いや、なんのトラブル。

「それにしても、また狂走連合か。赤城に子安。まあ、懐が温まっていいけどね」

絆は電話を掛けた。

――へい。大利根組。

これまたいつも通りに、電話には代貸格にして電話番の野原が出た。

第五章

一

前夜にまた成田の実家に戻った絆は、蘇鉄と野原以下五人に締めて三万五千円の稽古をつけ、自分からは追加で狂走連合八代目総長・子安明弘《あきひろ》のことを頼んだ。

明弘の名は、鴨下と会った直後に回った亀有署で漏れ聞いたことだ。

「ご活躍だな。聞いてるよ」

そんな挨拶で現れた同期は、酒井紘一《さかいこういち》と言った。巡査長だ。現場は川口にある子安の会社付近らしく、川口署と亀有署で合同捜査になるという。

現場は深夜の子安の会社、付近に防犯カメラ無し、死因は頭蓋骨骨折によるショック死、凶器は現場のパイプ以外、現在のところ怪しい指紋なしで、遺留品もなし。そのくせ、怨恨の筋は多数。

「今のところ、な。周辺は今、鑑識が頑張ってるが、酷い雨が降っちまったからな」

「そうか」

絆は、ふと思いついて赤城の名を出した。

「気にして聞き込んでくれると有り難い」

「なんだ。赤城？」

「そう。狂走連合七代目」

酒井の目に強い光が灯った。

「そいつが関わってんのか？」

「わからない。とにかく、名前が出たら渋谷の若松係長か、三田の大川係長に」

「そうするとどうなる」

「わからない。何もないかもしれない。けど、それが捜査だろ」

「まあ、違いないな」

とそんな遣り取りを交わし、絆は亀有署を離れた。

殺人事件と断定され合同捜査本部も立ち上がる作業に、これ以上絆の出番はなかった。

その足で成田に向かい、大利根組に稽古をつけた絆は、その夜も当番だった真理子の手料理にありついた。

この日の夕飯は、成田名物の鰻《うなぎ》に素麺《そうめん》をあしらった目にも涼しげなものだった。味も当然、真理子なら抜群だ。千佳だとそうはいかないところが、口には出来ないが間違いなくあった。

典明が隠していた日本酒も持ち出し、蘇鉄らも相伴に預かって夕餉《ゆうげ》の人数は大いに増えた。

子安のことについては赤城同様、すぐにどうのという情報は得られなかったが、野原以下がまた快諾してくれた。ほかにも狂走連合に拘わらずデーモンその他、半グレの連中については特に立石が聞き込みをしてくれるという。

「任せてくだせぇ」

立石は胸を叩いてむせた。バァカと野原が笑えば、蘇鉄が野原の頭を叩く。

「あっ痛《つ》ぅ」

ちなみに蘇鉄は野原の頭をよく叩く。癖のようなものだ。

「なんすか。親分」

「下の者を馬鹿言うな。お前ぇが馬鹿だ」

「あ。汚ぇ。俺のことといつも言うじゃねえっすか」

「お前はモノホンだから別だ」

「あ、酷《ひで》え汚え、酷え汚え」

そんな会話の中で川崎が立石の話を継いでくれた。

「こいつ明日、同窓会があるらしいんすよ」

「同窓会って？」

「これっす」

川崎が箸で摘《つま》み上《あ》げたのは、田螺《たにし》の味噌和《みそあ》えだった。

「――ああ」

立石はマッドスネイルという走り屋のチームに入っていた。狂走連合が走ってるだけで、一方通行でも逆走で避ける大層立派なチームらしいが、そういうチームほど和気藹々《わきあいあい》で、同じような弱小チーム同士、今でも交流があるという。

ちなみにマッドスネイルとは、川崎が摘み上げた田螺のことだ。

「なるほど。――うん。いいかもしれないね」

それで思い立って、例の田中の画像も転送してみた。野原達にもだ。

なんすか、と全員が揃って聞いてきた。

「関係あるかもしれないし、ないかもしれない男の画像。だから細かくは言わないけど、よろしく」

へぇい、とまた声が揃う。

マッドスネイルがどうかは知らないが、少なくともこの大利根組は、いいチームだ。

そんなこんなで、全体にこの夜は賑やかな宴になった。普段は夕食を一人で摂ることばかりの絆には、賑やかさだけで味も品数もグレードが格段に上がる思いだった。

満ち足りた食事と、ゆったりとした眠り。

遅くまで呑んで騒いだ割りに、翌朝の目覚めは、実にすっきりとしていた。身体も軽かった。

早朝五時半だったが、夏の朝はすっかりと明けて、すでに暑かった。蟬の声も喧《やかま》しく、絆はそれで起こされたようなものだった。

この日は日曜日にして、絆は最初から久し振りの休日に宛てるつもりだったが、起きて見ればすでに典明の気配が庭先にあった。

釣竿《つりざお》の調子をたしかめ、裏の垣根から小橋川に出てゆくかすかな音もした。

実家の自室の、休日の朝。

典明の釣りも、なにもかもが昔のままだった。とすれば、絆にも身体に染みついた習慣があった。

典明が出てゆく音と気配に誘われるように起き出し、道場に入る。そんな一連が昔は日課だった。さらに昔になると、釣りそのものについて行ったものだ。

「ちぇ。なんとも、気持ち悪いね」

二度寝もいいか、などと考えもしたが、考えただけで実行はできそうにもなかった。習慣に逆らうのはどうにも、心身の据わりが悪かった。

苦笑しつつ起き出した絆は、刺子の稽古着に着替えて道場に出た。

竹刀を振り出せば、すぐに無心になれた。

無心は空。空は満にしてすべてを顕《あらわ》し、無限に至る。

どれほど竹刀を振ったか。刺子の稽古着が重かった。

気が付けば、全身は汗みずくだった。

垣根に柔らかな気配があった。最前から、あったのは知っていた。垣根の向こうで、洗濯物を干していた。

絆の動きが止まると、千佳は洗濯籠《せんたくかご》と一枚のタオルを持ってこちらに入ってきた。セミロングの黒髪を後ろで束ねた、エプロン姿だった。

「お早う」

朝陽を笑顔に受ける千佳は、眩しかった。

「昨日、今日は遅番だって言ってなかったっけ。その割に、早いな」

「夕べ遅くまで呑んだでしょ。肴《さかな》を見繕ったりでお母さんも付き合って。だから、今朝の当番は私。ほかにいないものね」

「あ、そっか」

東堂家の夜と朝は、祖母の多恵子《たえこ》が他界して以降、常に渡邊家の母娘におんぶに抱っこ状態だった。

「はい。これで身体拭いて」

千佳がタオルを投げてきた。次いで縁側に洗濯籠を置く。

「道着も脱いだらこれに入れて。洗っちゃうから」

「悪いな。なんか、全部が全部で」

「気にしない。気にしない。お互い様でしょ。私も助けてもらうもの」

なにか少し、陽溜まりのような雰囲気だった。

と——。

「ぶえっくっしょいぃっ」

遠くから典明の大くしゃみが聞こえた。

千佳が肩を竦め、縁側から上がった。

「すぐ、ご飯にするからね」

時を合わせるように、釣竿を担いだ典明が現れた。

絆は縁側で、上から典明を見下ろした。少し冷めた視線になったようだ。

「なんだ」

「いや。間の悪い爺さんだと思ってね」

道着を脱いで洗濯籠に投げ、絆は水浴びのために井戸に向かった。

平服に着替え食卓に着くと、ちょうど味噌汁が運ばれたところだった。

海苔《のり》と焼いた干物と漬物と。

まあ料理というかそれくらいだが、朝食はそんなものでいい。そんなものがいい。

典明が先に箸を取った。絆も続こうとすると、ちゃぶ台の上で置いたばかりの携帯が振動した。

登録はしていないが、よく知る番号だった。

無言で食卓を離れ、道場に入った。そのまま縁側から降りる。

神聖な道場には、少々血腥《ちなまぐさ》い相手からだった。

――やあ。爺叔の息子。遅くなった。

少し高い声。

「魏老五か」

――そう。蔡宇から連絡があったよ。

間違いなく魏老五本人の声だった。

「へえ。それにしても、御大将から直電とは思わなかったけど」

――陽につながる跳ね返りの件は、済まなかった。これ、本音だね。だから直電ね。

そう。魏老五とは、そういう男だった。

「こんな朝っぱらから、チャイニーズ・マフィアも働くんだな。感心なことだ」

――残念。十四時間の時差があるよ。

「時差?」

絆は考えたが、単純なはずの計算はどうにも合わなかった。

「時差って、上海でか？　そんなにないだろ」

言った瞬間、魏老五は甲高い声で笑った。

――爺叔の息子は、ものを知らないね。いや、これは単なる知識の問題か。日本人、大抵が国際感覚に乏しいね。昨日いたところに、今日も明日もいる思ってる。

私は今、サマータイムのフロリダだよ、と魏老五は言った。

「フロリダ？　上海だって聞いたけど」

――いつの話？

「ええと」

そう言えばもう二週間は経つ。

――だから、言ってる。そんなにあったら、地球を何周もできるね。もちろん、潤沢な資金があればだけど。

「なるほど」

国際感覚に乏しく、昨日いたところに今日も明日もいると思ってる、と言われれば笑われても素直に納得するしかない。

事実、そんなふうに思っていた。

頭を切り替えて計算する。

十四時間の時差ということは、魏老五は今、フロリダで土曜の夜、六時頃か。

──そう。こちらはこれからディナーだよ。血の滴《したた》るようなステーキだ。

「ああ、そう。こっちは──」

味噌汁と干物、海苔。

あと、漬物。

「それで？」

実に手間取った、と魏老五は恩着せがましく言った。

──林芳の母の故郷、電車も通らないような桂林の奥だったね。なかなか連絡も上手くない。その代わり、景色は雄大で綺麗ね。時間があれば爺叔の息子も行ってみるといいよ。

「まあ、能書きはいいや。国際感覚がないもんで。結論は？」

──死んだよ。崖から落ちたらしい。首の骨、折ったってさ。

「死んだ？」

絆は眉根を寄せた。

魏老五が口にすると、人の死が遠い。死ぬことの尊厳もまた、遠い。

父・片桐亮介のときもそうだった。

「お前か」

思わず声が低くなった。本音で聞いてしまった。

——それ、冗談かな？

魏老五は鼻で笑った。そして、次の言葉で絆を揺すった。

——たかが潜入崩れの一人くらい、金魚鉢の中で泳がせておくよ。そのくらいの度量はあるね。

絆は一瞬、息を詰めた。

「知ってたっていうのか」

——そう。でも、知ってたのは私だけ。陽はきっと知らない。知らないから流せるデマもあるし、引っ張れる情報もある。行って来いね。それに、林芳の行き場がないのはわかってたし。窮鳥《きゅうちょう》、と言うんだったか。半分は同胞。飼うつもりだったよ。

「そうか」

窮鳥、籠の鳥。

林芳はどうやら、魏老五の手の上だったようだ。

けれど、

——いつのまにか、白石さんとつながってたのはうっかりよ。そういうこともあると思ってないといけなかったかね。警察に戻れないとなってから、少し油断したかね。

魏老五の言葉の中にはそんな反省も聞こえた。絆には、林芳からの反撃に思えた。

いや、思えば少し、胸も空く。

ステーキが冷めると言って、魏老五は電話を切った。

絆は顔を夏の蒼天に向けた。目を閉じる。

黙禱《もくとう》だ。

せめて安らかを願って送る。

目を開けると、真っ白な雲が起こっていた。

簡単なメールだけ、バグズハートの美和に打つ。

それで絆は朝食の席に戻った。典明はもう食事を終えようとしていた。

何も言わなかったが、千佳が新しい味噌汁を入れて運んでくれた。

血の滴る肉に比べれば質素な朝食だが、温かさがあった。それに典明がいて千佳がいれば、なにものにも勝る。

ステーキなどクソ食らえだ。

典明が、ごちそうさんと言って部屋に下がる。

「ねえ、絆。今日暇ならさ」

と、なにかを千佳が言い掛けると着信があった。美和からだった。

〈今日、来られる?〉

簡単にして明瞭だった。

イエス・オア・ノー。

「誰から？」

身を乗り出す千佳からさりげなく携帯の画面を遠ざける。

なにもないが、女性名はどこか後ろめたい。

それで、

「悪い。仕事だ」

正当化するため、思わず口にした言葉がそれだった。

一瞬の間があった。

一瞬でも、空気は極限まで冷えるものだと知る。

「あ、そ」

そこはかとなく他人行儀に洗い場に立つ千佳を、見送ることしか絆には出来なかった。

溜息をつき、

「ええっと」

頭を掻く。

「なにか？」

振り向けば、廊下に典明が立っていた。

「まぁな。間の悪い爺さんの、孫ってことか」

言うだけ言って、典明は去った。

かくて、一時間。

絆は上野へ向かう京成電鉄の車内にいた。

二

同日、昼過ぎになって若狭は、西武池袋線・練馬高野台の改札を通った。

この日の朝、八時半過ぎになってバグズハートの久保寺美和から電話があった。珍しいことだった。

——今、東堂君から連絡があった。

繋がると同時に若狭の耳に飛び込んできたのは、美和の少し緊張を伴った声だった。

この日、若狭は国光の運転手として、箱根の名門ゴルフ倶楽部にいた。

ヤクザのゴルフ、それも日本最大の広域指定暴力団、竜神会系のコンペだ。ゴルフ場もトップシークレットの内密で、法外な金額の貸し切りとなる。

総勢三百人弱。総費用、約一億。

実際には竜神会系沖田組の例会として、東日本の竜神会系組織が一堂に会する、年二回を恒例とした一大コンペだった。それを東京竜神会がそのまま継承した形だが、国光は最後まで開催を渋った。ゴルフ自体があまり好きではないのだ。

が、ゴルフ倶楽部側からは理事長までが出てきて、開催要請はなかなかに執拗《しつよう》だった。

国光個人や東京竜神会に対するキックバックや、関連施設の優遇の話まであった。

内々の話として若狭も漏れ聞いたところでは、このコンペの収入があってこそ、ゴルフ倶楽部はギリギリだが黒字決算を保ち、銀行関係からの信用を繋いでいるらしい。

それで東京竜神会からは代表の五条国光が出席となり、東西の融合だなどと謳って関西本部からは五条宗忠の名代《みょうだい》として本部長の木下《きのした》がやってきた。T大卒のインテリヤクザで、四十代前半で本部の役付きは、それだけで切れることを大いに証明する。

ちなみに、今まで国光が務めてきた竜神会全体を睨む〈総本部長〉は、国光の東京竜神会代表就任によって、会長の宗忠が兼務というか、現在は空位になっている。木下は飽くまで、竜神会本部の本部長だ。

ゴルフにまったく嗜《たしな》みのない若狭は、単純に国光付きの運転手だった。

国光を降ろしてから後は、勝手に適当な時間までラウンジで呑んで寝るか、他の付き添い連中と賭け麻雀やら賭けビリヤードにでも興じるか。とにかくコンペ終了までは、時間を潰して待つのみだった。

あまり馴染みのない連中に付き合うのも億劫《おっくう》だと、駐車場でベンツのシートを倒した。

美和から電話が掛かってきたのは、そんなときだった。どうやら林芳が死んだらしい、と美和は言った。

「そうかい」

努めて平坦《へいたん》な声を出したつもりだったが、上手くいったかどうか。

同志が死んだ、そんな気がした。

――それだけならね。

と美和は続けた。若狭は思わず苦笑した。

どうしてどうして、さすがにオズだっただけのことはある。肝っ玉は、もしかしたら若狭より太いかもしれない。

「どういうこった」

――出発前に、林さんから預かった物があるの。

「なんだ？　あいつ、何か残してったのか」

――ええ。なんでも、白石さんの置き土産らしいんだけど。でも、内容はわかってたみたい。だから林さんは、俺がいいって言うか、俺に万が一のことがあったら、東堂に渡してくれ。なにもなければ、一年もしたら捨てて貰おうか。その程度の物だって言ってた。

「その程度の物、ね」

口ではそんな復唱をしながらも、若狭はどうにも気になった。

――それで、東堂君から連絡貰って、すぐ彼に折り返したわ。

「来いってか」

——そうよ。成田だったみたいだけど。でもほら、今っていい季節だから、例によって菜園に男手は何人いてもいいし。林さんには悪いけど、私にとっては一石二鳥のいい口実、と思ったんだぁ。あ、違うわ。一石三鳥ね。

「なるほど」

暗にというか、暗に見せて直接、若狭にも来いと言っているようだった。遣り手、と言ってもいいか。この分なら、バグズハートは安泰だ。

誘いの手に乗るのは悔しいが、どうにも気にはなったから行くことにした。

若狭はクラブハウスに国光の姿を探した。レストハウスで東北の重鎮と、朝からビールを呑み交わしていた。

それとなく近づき、耳元で囁いた。

「よろしいでっか」

ここは大阪弁だ。いつの間にか、使いこなせるようになった。

「東堂と、接触してきますわ」

回りには、他人の目も耳もある。だから多くは言わない。大きくも言わない。

この辺は必要最小限の言葉の出し入れで、今は報告というより、まずは情報だ。

「なんや。虫から連絡か」

「そないなとこで。またこっちの、別の虫のことかもしれませんで」

「ふうん。ま、そろそろ向こうの動きも確認しときたいとこや。ええやろ」

　国光は若狭を見もせず言った。

　さすがに東北の重鎮は、この辺は聞こえていても興味ない振りだ。ビールジョッキを大きく傾ける。

「車は使いません。私の代わりに、代表の帰りまでには桂を呼んどきますわ」

「せやな。ま、その辺は任せるわ。あんじょう頼むで。どっちもな」

　一礼して離れる。

　クラブハウスから出掛けに桂に連絡を取った。今日がなんの日かはわかっているはずで、すぐにつながった。

──おう。

「今から出なならんことになった。代われるか。午後からでいいわ」

──ああ。今日は箱根に泊まりやったな。

「そうや」

──そっちはどこへ。

「野暮用や」

──了解。

桂とはそれくらいで通じる。お互いに泥水を飲んで被って、もう飽きが来るくらいに永い。

そうしてからゴルフ場を離れ、電車を乗り継いで練馬高野台にようやく到着したのが今さっきだった。

到着はメールで知らせてあった。

成田からの東堂は十五分前には到着して、二杯目のコーヒーを飲んでいた。

「お疲れ様です」

東堂がソファから振り向き、自分のコーヒーカップを掲げた。片手を上げるだけにとどめ、対面に座る。すでに若狭用のコーヒーが置かれていた。

「早速だけど」

美和がデスク上のモニターを応接にいる若狭と絆に向けた。

どうにも急かされているような気がしたが、まあ、後に菜園作業が詰まっているのは事実だろう。

死んだ者の置き土産、生きている者からの頼まれ事。

取捨と軽重は、判断が難しいところだ。

美和は一本のUSBメモリを取り出し、PC本体に差した。

「東堂君には悪いけど、どうしても気になってね。前に一回試してみた。預けられた者の役得ってあると思ったから」

「うわ。堂々と言いますか、それ」

「うん。でも、ダメだった。これやっぱり、君仕様だったんだわ」

起動したUSBは、モニター上でパスワードを尋ねていた。

〈東堂絆警部補の手帳番号・運転免許番号をスペース無しで〉

東堂は頭を抱え、若狭はコーヒーをひと口飲んだ。

「お前にも、ずいぶんな油断があるんだな。安心した。人並みだ」

「そうですね。それにしてもどこでって、やっぱりここか、菜園だよなぁ」

「なんでもいいから、ほら。東堂君。言うのがやなら自分で入力して」

はいはいと絆は美和と場所を入れ替わり、キーボードを操作した。

最後にPCの前から、応接セットの二人を振り返った。特に、若狭をだ。

「見ますか」

半笑いだった。

なるほど、やはり食えない男だ。情報屋の駆け引きも身に備え始めている。

「そのつもりで来たが。呼ばれたしな」

「あれ、そうですか？　俺宛てですけど」

美和を睨んでやった。さすがに、現バグズハートの社長だった。美和はどこ吹く風だ。

「知らないわよ。こういう交渉のチャンスをあげたつもりだったけど」

そう言われれば、お手上げだ。

「まあいい。東堂、交渉の席には座ってやる」

「ん？　ということは、対価を払うと」

「なにも無しにはしないということだ」

「あれ。セコくないですか」

「中身次第だ。だいたい、お前も何が入っているのか知らないんだろうが」

「ああ。それはそうです」

東堂はポンと手を打ち、椅子を回した。

モニターに映し出されたのは、画像だった。連写したらしく何枚もあったが、

「ほう」

いきなり一枚目から、若狭はそんな声を漏らした。遠景だったが、見覚えのある光景だったからだ。

新平和橋を渡った先の、京浜運河緑道公園で間違いない。そこを運河越しに、反対側にひしめく倉庫街の駐車場から撮っていた。

撮影者は誰か、林芳か。白石でないとは断言できる。なぜなら緑道公園側に、若狭達と一緒にいたからだ。

次第にズームされる画像には、人型のマネキンかなにかを運河に蹴落とす誰かと、その隣りにフレームの輝く眼鏡の男が映っていた。

百五十メートル先からのズームはさすがに全体を鈍くするが、わかる者にはわかるか。少なくとも若狭にはわかった。おそらく東堂にもだ。美和は見て、うへぇと口を曲げた。残忍な光景であることは分かったようだ。

蹴落とされたのは全裸の江宗祥《こうそうしょう》で、蹴ったのは桂で、隣りに立つ眼鏡は五条国光だった。撮られていたのだ。恐らく白石の指示だろう。

「若狭さん」

モニターを睨むようにしていると、東堂の呼び掛けが聞こえた。それで我に返った。

「五条に白石さんが売ろうとしてた物って、これかも知れませんね」

かもな、と口では言ったが、内心では若狭もそれで腑《ふ》に落ちた。

椅子を回し、安くはないですよ、と東堂が言った。

「そうだな」

苦笑が出た。

一枚目を見て声が漏れた瞬間から、交渉はまったくの五分ではない。

「お前が欲しがってるところ、で貰ってやろうか」

若狭はＴＳ興商の社名と所在地を教えた。

「あれ。それだけですか？」

東堂はPCから抜き取ったUSBを指に挟んで揺らしたが、若狭は動じなかった。

「十分だろう。この写真、ずいぶん荒いよな」

若狭は立ち上がり、USBに手を伸ばした。

「こんなもの、竜神会の顧問弁護士チームなら鼻で笑うぞ。桂は上手いこと引っ張れたとしても、五条の壁は崩せないな」

「まあ。そうですかね」

東堂もわかっているのだろう。抵抗はなかった。

若狭は手の内にしたUSBを、上着の内ポケットに仕舞った。

「さて、長居は無用だろうが、東堂、TS興商、どうする」

「まあ、ひとまず隊に戻って裏を取って」

「取ってからどうする」

東堂は肩を竦めた。

「突っ込みますか」

屈託なく笑う。

「あは。東堂君。突っ込むのに裏を取るの？　意外と小心ね」

釣り込まれて美和も頬を緩める。

「あれ。細心、と言ってもらえませんかね」

あっけらかんとしているが、内包するものは覚悟だ。闇を覗く覚悟、生と死の端境《はざかい》に立つ覚悟。

修羅場を笑えるのは、修羅だけだ。

若狭は笑えなかった。いや、笑えるということに、寒気すらした。

「あ、忘れないうちにもう一つ。トリモチ、トリモチ、と」

感心した傍から、東堂は訳の分からないことを呟いた。携帯を取り出す。

「なんだ」

「まあ、こっちの方が確度の高い裏取りですかね。なんたって」

小心の細心ですから、と東堂は胸を張って笑った。

化け物と馬鹿は、紙一重か。

知らず、若狭もいつの間にか笑っていた。

三

「まったく、月曜はかなわんな。東京は高速に車、多過ぎや」

月曜の昼過ぎになって、国光は桂の運転するベンツから降りた。

文句を言いつつなのは、箱根のホテルから三時間以上も掛かったからだ。

到着したのは上野毛二丁目の、東京竜神会のビルの前だった。地場で成功した土地成金の不動産屋がバブルの頃に建てたという自社ビルだったらしいが、今ではその栄光は見る影もない古びた建物だ。

百五十坪ほどの土地に這《は》い蹲《つくば》るような三階建てRC構造のビルは、晩年はメンテナンス費用にも事欠いたらしい。壁に走るクラックや色褪《いろあ》せもそのままに、ところどころに苔《こけ》までが生えていた。

どちらかと言えば見窄《みすぼ》らしいビルだ。

そんなだから目一杯買い叩こうとしたが、逆に散々なほど足元を見られた。ヤクザの足元をだ。仲介業者には厄介なことに、これも地場の選出だという衆参両院の議員が一人ずつついていた。

面子の問題でいけば、対抗して前面に押し出せる国会議員やフィクサーなどいくらでもいるが、そんなことをすれば経費だけで港区にビルが買えるだろう。本末転倒もいいところだ。

上野毛のビルは、実勢価格でいけば四億ほどだった。最初、持ち掛けられたときは修繕費用込みで四億を下回ればと思ったが、諸々を吹っ掛けられ乗っけられて最終的に六億掛かった。

馬鹿馬鹿しいと思わないでもないが、暴対法以降、ヤクザは何をするにも絶対的に金が掛かる。

これはもう、国光にとっては自然の摂理同様だった。風が吹き雨が降るのと同じだ。暑い日は暑く、寒い日は寒い。

だからと言うわけではないが、各下部団体からのシノギの吸い上げも自身で発想する〈営業〉活動も、昔より当然きつくもなれば阿漕《あこぎ》にもなる。出て行く分以上に儲けなければならないのだ。

東京に出てきて最初に仕掛けた、〈トレーダー〉の取り込みにも失敗した。

〈トレーダー〉は姿なき商社と言う触れ込みで、銃でもドラッグでも爆薬でもなんでも売買する組織だったが、警視庁のアイス・クイーンが主導するＱＡＳとかに巻き込まれ、木《こ》っ端微塵《ばみじん》になった。試しに注ぎ込んだ東京竜神会の金もだ。

溶けた金とビルの購入資金を合わせれば十四億は優に超える。そんなことを思えば、古びたビルを見上げつつ溜息も出る。

いや、溜息が出るのは、なんといっても生きていてこそだ。

あと何度の猶予があるか。

兄の宗忠が笑っているうち、電話も掛かってくるうちに功を積まなければ、息の根を止められる事態もないではない。

「難儀なことや。って、痛てて」

ベンツを降りた国光は動き出そうとして顔をしかめた。

昨日は久し振りのゴルフだった。身体は夕べの宴会の途中から筋肉痛が始まり、今朝起きてからは全身が悲鳴を上げていた。

普通なら愛人に買い与えたマンションか〈かねくら〉の奥座敷で寝て過ごすところだが、この日は日取りが良いということで、形ばかりにも事務所開きという手筈《てはず》になっていた。朝から黒川組や匠栄会《しょうえいかい》の連中が引っ越し作業に大わらわだ。

近所や警察の目もあり、特に派手なことをするつもりはまったくなかった。が、とにかく一歩でも代表の国光が足を踏み入れなければ、東京竜神会の事務所としては〈開かない〉のだ。

ゆっくりとした足取りで国光はビルに入った。

背後でベンツのエンジン音が遠ざかった。自前の駐車場がないのは大いに難儀だったが、幸い事務所の真向かいがコインパーキングで、五台分を月極で借りられた。

東京竜神会本部ビルは、業者に頼んだ壁の修繕やトイレのリニューアルはほぼ済んでいたが、三階部分、中でも国光の代表部屋のリフォームなどは今まさに工事中だった。

出入りの職人と構成員の区別は、見回す限り国光にはあまりつかなかった。内装関係の作業員は外構と違ってあまり腰バンドやヘルメットをしないようだ。

単純に、ただスーツの国光を見て頭を下げるのは職人で、

「ウッス」

とかの、挨拶だかなんだかわからないうなりのような声を出すのが構成員という、そんな判別だった。

そんな中から、匠栄会の若頭が泳ぐように出てきた。たしか、高橋《たかはし》という名だったか。匠栄会は美女木《びじょぎ》辺りの小さな組だが武闘派で鳴らし、高橋は旧沖田組の沖田丈一が動くときには周りを固めたガードだと、それくらいは国光も覚えた。

国光の前では米搗きバッタのようになり、こいつ本当に武闘派かと思うほど雑用を器用によくこなすからだ。

組の存続を賭け、と思えばいじましい限りだ。笑えた。

高橋は国光の前で頭に巻いたタオルを取った。

「あ、代表。お疲れさんっす」

と、このときも両手を膝に添えて深く頭を下げた。関東弁は鼻につくが、行儀はいい。

「奥の部屋、もう使えるんで。一時間くらい前にもう若狭さんが来て、待ってます」

「さよか」

一階は元々店舗スペースで、奥に個室がいくつかあるだけだった。

目をやれば一番デカイ一室、開けっ放しにされた扉の向こうに若狭の姿が見えた。

いずれは一室ずつ、芦屋銀狐と四方会と井筒組の関西連中にくれてやるつもりの部屋だった。芦屋銀狐は二人だから、若狭らも最初からそのつもりなのだろう。

国光の姿を認めると、若狭が立ち上がって頭を下げた。

事務デスクがいくつかと応接セットがあった。

たしかに部屋として使えはするだろうが、まだまだ殺風景だ。デスクの上にはノートPCが一台だけあったが、おそらく若狭の私物に違いない。

「代表、ゴルフは？　結構、叩きましたんか？」

「まあ、聞くだけ野暮やな」

ソファに腰を落ち着けると、すぐにノックが聞こえ、かねくらで見た覚えのある若い衆がコーヒーを持ってきた。黒川組だろう。

置いて出て行ったコーヒーに口をつける。少し温く、少しだけ甘い。それが国光の好みだった。若い衆は弁えていた。

「で、若狭。どないやった。組対のクソ餓鬼は？」

「それが――。まあ、百聞より一見ですわ。見てもろた方が早いです」

若狭がノートPCを国光の前に運んだ。一本のUSBが差さっている。

国光の対面に座って扉の外を気にしつつ、若狭はエンターを押した。

「田中のことか思いましたが、意外でしたわ。接触してよかったと思てます」

「なんや」

「これですわ。白石の置き土産だそうで」

液晶画面に映る画像を見て、国光は危うくコーヒーを吹きそうになった。

江宗祥を運河に流した、あのときの現場写真だった。すべてに自分が写っていた。

肝が冷えた。

「代表。白石が売ろうとしてたの、これとちゃいますか」

「そ、うか。――せやな。かもしれんな」

と大して気のない答えをしてみたが、カップを持つ手がどうしようもなく震えを帯びた。

（白石のド阿呆、肝心な調べは残さんと、こないな物を撮っとったんか。あのクソボケッ）

内心で悪態をつき、コーヒーカップをテーブルに置いた。

スラックスに一滴、コーヒーが零《こぼ》れていた。

「これを東堂が持っとったんか」

「そうですけど、正確には違《ちゃ》います。バグズにあった物ですわ」

「なんやと。バグズの後釜《あとがま》、警察に先に売ったんけ」

少々声が荒くなった。

すると、若狭がまあまあと宥《なだ》めに入った。

「バグズは、こっちに睨まれたら仕事も命も無《の》うなるのは分かってますわ。ただ今回は——」

パスワードのことを聞いた。

白石のクソボケ、周到やないか。

「で、買《こ》うたんか」

「はい」

「いくらや」

「金やあらしません。一存でしたが、向こうは田中をずいぶん気にしてたんで」

「ああ。売ったんか」

「はい」

「——ふぅん。買うために売る。バーターやな」

もう一度カップを取り上げた。もう震えはしなかった。

「ええな、それ」

「代表ならそう言ってくれる思てましたわ」

そのときちょうど、桂が入ってきて若狭の隣りに座った。

黒川組の手でまたコーヒーが運ばれた。

その間、国光は黙って思考を巡らせた。どないな話で、と言いながら座った桂に、若狭が同じ話を繰り返す間もだ。

聞き終わってから、桂は画像を見た。自分が直接手を下した殺しの現場だ。狼狽する素振りもないのはさすがだが、暗い目で何度も見返した。

桂の身体から、腐臭さえ漂うような気がした。

国光は飲み終えたコーヒーカップを弄《もてあそ》んだ。

「若狭。どうせなら売るだけやのうて、掻き回せ。直接ぶつけてもええで。それで共倒れで一気に終われば楽やが、どっちか一人でもええわ。――くっくっ。まあ、どっちかっちゅうと、当然、化け物はしぶとく後に残るやろうがな」

「やってみますわ」

若狭は頷き、立ち上がった。

「ほなら、私は今回、かねくらから私物を運ぶ手筈になってますんで」

軽く頭を下げ、若狭は出て行った。

見送って、

「なあ、桂」

と国光は声を掛けた。

喉の奥に絡むような声だった。暗い声だ。

桂の腐臭に、巻かれたかもしれない。

「はい。なんでっしゃろ」

「若狭がしくじったら、お前やでぇ」

「了解ですわ」

答えながら、まだ桂は自分の殺しの画像を凝視していた。

四

火曜日になった。

この日、絆は中野にいた。サンモールからブロードウェイを抜けた先の斜向かい、つまり自堕落屋ビルだ。

前日、奥村から電話があった。直接の連絡は久し振りな気がした。

「あ、どうも。で、田中稔は丸裸になりましたか」

本人の会社までがもうわかったのだ。竜神会会長・五条宗忠との関係その他、トリモチならというか、奥村金弥なら財布の中身までわかるだろう。

――いきなりだな。いや、そう聞かれればわからん。どうにもまだ、まったくわからんと言うほかはない。

「あれ？」

一瞬、意味が分からなかった。盤石の信頼に対する肩透かし、か。

「それってまた。いや、じゃあ、どうして」

——どうしてではない。月が替わったではないか。

さらにわからない。

「えっ」

と絆が言ったきり、会話に間が空いた。受話器から聞こえるのは、おそらく奥村の鼻息だけだった。

はて、月が替わったから、とは。

「ああ」

合点《がてん》した。

そういえば奥村には、一ケ月に一回は来いと言われていたような気がする。

あいつは人好きなんだろうねえ、という金田の言葉も蘇《よみがえ》る。

それが振り返れば、前に自堕落屋を訪れてから一ケ月以上が過ぎていた。すっかり日常に忙殺されているうちに、もうすぐ八月だ。

それで、取るものも取り敢えず、さっそく顔を出すことにした。

厳密に言えば話というか、トリモチへの追加データもあった。奥村から電話があったのは、そんなデータを送信しようかと迷っていた矢先だった。同時に、田中が丸裸になれば必要ないかと、油断もしていた。

この日の午前に、大利根組の連中から情報が上がってきた。赤城の人となりや、死んだ狂走連合八代目総長・子安明弘についてだ。

特に赤城については、同時期に狂走連合にいたという男に野原が突き当たった。

——あいつは無類の女好きでね。俺も女ぁ喰われちまいましたけど。へへっ、それでも、山崎と違って、孕んでなかったんで助かりました。

この言葉は赤城と山崎の関係を知る上で貴重だった。

他にも、

——総長を引退した後ぁ、なんか上海に行くとか行こうかとか、そんなこと言ってたようなな。よくは知りませんけどね。俺的には、あんまり関わり合いになりたい奴じゃなかったんで。

とも言っていたようだ。

これについてはパルマの社長殺しを追っている三田署の刑事課から、同署組対の大川係長を通じてウラは取っていた。

たしかに赤城は二〇〇四年に成田空港から上海に渡り、二〇〇五年の春に日中国際フェリーの新鑑真号《しんがんじん》で神戸に帰ってきた。そんな出入国の記録があるという話だった。

形式的には、ビザに拠れば一年を超える留学だったらしい。Xビザと言うやつだ。

これがたいがい、いいように悪用される。

大学の入学許可証の原本の添付は義務付けられているが、特に中国の場合、学校自体が有名無実、砂上の楼閣ということが多いのである意味有名だ。

それを国を挙げて認めているのだから、どうしようもない。

ただし、赤城に関してはウラが取れているのはここまでで、以降の消息はまったくつかめないということだった。祖母と二人で住んでいた北藤岡《きたふじおか》のアパートも二〇〇五年の夏には引き払われ、近所の話では北海道に引っ越すとかなんとか、この祖母が丁寧な挨拶をしていったらしいが、住民票などの移動はなく、転居の事実も不明だ。死亡届は出ておらず、以て祖母の年金は支給されていたが、通帳の確認では二〇〇七年からはそれも手付かずのようだった。

——こう言っちゃなんだがよ。警察が広域で本気に探して、生死も不明なんてのは本来ありえねえんだ。わかるよな。

まるでゴーストだと大川は嘆いた。

声、あるいは名前だけのゴースト、赤城一誠。

絆としても、聞いたのはエムズに一瞬仕掛けた盗聴器が拾った山﨑からの、証拠能力のないひと言だけだ。まったく頼りない。

子安については、立石がマッドスネイルの同窓会で聞き込んできた。他のグループからも飛び入りがあり、会が異様に盛り上がったという話の方が長かったが、この際それは遠くに置く。

最近、子安はエムズの山崎と会ったようだと、子安の土建屋の社員になった元仲間が言っていたらしい。内容までは知らないようだが、これは収穫だった。

他に狂走連合以外にも、去年のうちにヘルズバッドのヘッドと豪爆坊の二代目や、今年に入ってイレイザーの加藤も死んだと聞いたようだ。このうち、イレイザーの加藤は気になった。あとの二人は癌とシャブ中だ。

パルマの社長に関しては特に進展はなかったが、川崎が伝手《つて》に伝手を広げて粘り強く聞き回ってくれているようだった。

自堕落屋に入り、そんな諸々を奥村に告げた。

まだわからない、と奥村が言うならわからないのだろう。そうなるともう、要するに手当たり次第だ。

この日、奥村は最上階の一室を社長室にしていた。

「どうだかな」

奥村は滑らかなキータッチで入力を進めながら、斜め後ろから見る分には渋い顔だった。仏頂面と言うやつか。いまいち表情はつかめない。

「どうだかなって。あれ？　なかなか来なかったって、怒ってます？」

無言で奥村はキーボードを叩き、最後にエンター・キーを音高く叩いた。

「見ろ」

トリモチの検索システムは、モニター上にサイケなカラーのＥＲＲＯＲを点滅させた。

「えっ。ありゃ。まだ駄目ですか」

「依然としてな」

「これって、トリモチが変、とか」

「失敬な。きちんと作動するぞ。なんなら、お前の警信の預金残高を一分以内に表示しようか」

「結構です」

結構危ないことをサラッと言って、奥村は椅子の背を軋ませた。

「まあ、赤城とかいうヤツと田中の関係性はさて置くとする。この本人がまだゴースト状態だからな。そんなものは――」

ただのバグだ、と奥村は言い切った。

「はあ。バグですか」

「そうだ。ＴＳ興商を条件に入れてから少しばかりな、すでにバグが混じっているのではないかとも思い始めているのだ」

「……どういうことでしょう」

「なんだ。わからないか」

「わかりません」

「なんでだ」

「ええと」

絆は腕を組んだ。

「多分、トリモチをプログラミングしたのは俺じゃないから、かな」

「――なるほど。それはそうか。アナログもときにはわかりやすい」

奥村はキーボードに指を伸ばした。

「ＥＲＲＯＲになるのは一人に行き着かない、つまりな、会社を入力してさえこの人物に行きつかないということだ。漠然と、恐ろしいほどに結果がファジーだ。だいたい、見ろ」

カチャカチャと奥村はキーを叩いた。

居ながらにして、モニターに映し出されるのはＴＳ興商の登記簿と印鑑証明の写しだった。その他会社そのものについては、何種類もの詳細なデータが付記されていた。

思わず絆は唸った。

恐ろしい。どこから引っ張るのか。

「そうだ。わかったか」

「あれ？　すいません。なんでしょう」

奥村は軽い溜息をつき、

「ここを見ろ」

と、モニター上を指差した。

「社長はたしかに田中稔だが、見ろ。田中稔の年齢は、なんと四十六歳だ」

「へえ。——えっ」

さすがに驚きがあった。慌てて絆もモニターを覗き込んだ。

登記簿も印鑑証明も、住所は若狭に聞いた物で間違いはない。

だが——。

どう見てもあの、宗忠と話していた田中の年齢は三十代前半、少し老け顔だとすれば二十代後半でも通るが、四十六歳はまったく考えにくい。

「まあ、この年齢を正確に入力してもな、結果はまだファジーだ。なにかが違うのだ」

トリモチが示すのは、またサイケなＥＲＲＯＲの点滅だった。

この人物は、一体誰なのだ。こちらこそ、本物のゴーストかもしれない。

「あっ」

ふと、絆に思うことがあった。

「これって、なんでしたっけ。——ああ、クモノスだ。そっちに掛けても同じ結果が出るんですかね」

すると、奥村の一切の動きが一瞬止まった。気の流れさえ束の間《つかま》、澱んだように観えた。

要するに、驚愕したのだ。

常態に戻るのに、たっぷり五秒は掛かった。

ゆっくり顔が絆を向いた。

ギシギシと音さえしそうで、まるで油の切れたブリキの玩具だ。

「悪くない……発想だ。考えて……おこう」

「あ、褒められました？」

「とにかく」

奥村は画面に顔を向けた。

「出来たら直接、この田中を見てこい。田中に触れてこい。こういう場合は悔しいが人間の、アナログの感性が大事になる」

「はあ。アナログですか」

「もっとも、お前の観法というのか、いや、金さんもそうだった。刑事の勘か。アナログも時に、デジタルを凌駕《りょうが》する」

「そんなものですかね。褒められてるんだか貶《けな》されてるんだかはわかりませんが、そろそろ一回くらいは顔合わせとこうとは思ってましたけど」

「おっ。そうか」

奥村は勢いよく首を捻じった。

「それは好都合だ」

二重のドングリ眼が、斜め下から絆を見上げた。

五

翌日は朝からいやに蒸し暑かった。

クーラーを全開にしても、エムズの事務所内は空気が肌にまつわりつくような感じだった。

「そうかい。そっちもかい。え、いや、お前ぇだけじゃねえって話さ」

山﨑は渋い顔で頷き、応接テーブルの灰皿に煙草を押し付けた。

掛かってきた電話だった。狂走連合時代の後輩からだ。たしか二コか三コ下のはずで、時代としては、二年前に三人を巻き添えにした自爆事故で死んだ、九代目の頃だ。

その九代目にこき使われ、OBになっていた山﨑に泣きついて来たのを覚えている。可愛がってやった方で、今でも年に二、三度は静岡から電話を掛けてくる。山﨑が落魄《おちぶ》れたと広く知られてからもだ。

この電話も本人の気懸かりと言うより、山崎を心配してのものだった。

「お前ぇくれえだぜ。あとはみんなよ、どうなってんだって自分のことばっかりだ」

言えば、キャッチの信号音が鳴った。

この日は朝から携帯で、そんな遣り取りばかりだった。

「そう、キャッチが入っちまった。話はわかったぜ。じゃあよ。サンキューな」

通話を切り替え、そのまま山崎はキャッチに出た。画面に見た名前は、当然名前で出るくらいだから登録にあるのだろうが、顔も序列も思い出せないくらいの奴だった。

「もしもし」

——おうよ。山崎かぁ。

態度で序列に当たりをつければ、声で思い出した。中学まで同じ地域にいて、その後はスケアクロウとかいう弱小チームで頭《かしら》を張っていた、同い歳の男だった。

——久し振りだなあ。ところでよぉ。

「ああ?」

山崎は煙草に火をつけた。

朝からこの繰り返しだった。この朝に封を切ったばかりのパッケージは、これで空になった。

もうすぐ昼と言えばそんな時間だが、二時間半余りで煙草は二十本目、電話は十八本目だった。

徐々に、ああ、そんな奴だったなあと思い出を辿るくらいで、話の内容は朝からのほぼ、十八回目の繰り返しだった。

「ああ、ああ。わかった、わかった。どってことねぇよ。なに悪さしてるわけじゃねえ。――えっ。クデぇぞコラッ。なんもねえって言ってんだろうが。じゃあよ」

灰皿で山になった吸い殻の中に吸い掛けの煙草を突っ込んだ。

するとすぐにまた、スケアクロウの奴が折り返してきたかのように携帯がロックのメロディを響かせた。お気に入りで着メロにした曲だが、こう何度も続けざまに聞くとイラつくばかりだ。

液晶画面に浮かぶのは、また大して覚えていない奴の名前だった。

「ちっ。うざってぇ一日だぜ。どうにも、きりがねえや」

着信を持ったまま無視し、山崎はソファから立った。

社長席に座り、デスクの引き出しから新しい煙草のパッケージを取り出す。

封を切って咥えるのは、朝から二十一本目の煙草だった。

この頃には、着メロは途絶えていた。

すぐさまフライトモードに設定し、そのまま山崎は携帯のアドレス帳を開いた。探すのは赤城の携帯番号だった。

次いで、社用のビジネスホンに手を伸ばしプッシュボタンを押した。

煙草に火をつけたのはその後だった。

スリーコールで赤城は電話に出た。

――なんでぇ。最初に言ったと思うがよ。そっちから掛けてくるってこたぁ、緊急なんだろうな。

だいぶ不機嫌そうだったが、気にしない。立場の優劣はあるが、こっちも朝から迷惑し通しだという怒りが勝った。

「あっちこっちでよ。お前や子安、それにイレイザーにいた加藤とかのことをよ、俺や田浦を絡めて聞き回ってる奴らがいる」

一瞬の間が空いた。

――どういうこった。おいビビリ、一体どこのどいつが。

「どこのどいつどころじゃねえ」

山﨑は赤城に最後まで言わせなかった。どうせグチグチした話にしかならない。そんな話は、今日起きてからもう十回以上聞いていた。

「半グレ関係らしいけどよ。結構な人数が人伝《ひとづて》で聞き回ってるみてえだ。あの、死んじまったパルマの社長のことまでな」

畳み掛けてみたが、取り敢えず赤城からの返りはなかった。受話器からは軽い息遣いだけが聞こえた。

「色んなとっから、次から次へとよ。どうなってんだ、なにやってやがんだって電話がよ、朝っぱらから切りがねえってんだ」

吐き捨てた。どうにも、言葉にしているうちに感情は上擦った。赤城だろうが、クソ食らえだ。

――なんだ。そんなことかよ。へっ。ビビリぁ、やっぱりビビリかよ。

と、赤城は鼻で笑った。つまり、山﨑は笑われた。

「なんだよ」

――構うこたねぇや。んなもなぁ、放っときゃいいんだ。儲け話から外れた奴らの、ただの遠吠《とおぼ》えだぜ、遠吠え。

「んだよ、そりゃ。勝手なことほざくな」

――馬ぁ鹿。だいたい遠吠えでよ、今やってることになんの支障が出るってんだ。おい、言えんなら言ってみろよ。ええ？

赤城の声に苛つきが聞こえた。そうなると赤城と山﨑とでは格が違う、と認めざるを得ない。

「えっ。まあ、そ、そりゃあ、特にはよ」

――だから放っとけって言ってんだ。それしかねえだろうが。

「けどよ。放っとけったって、電話が鳴るこっちゃぁたまんねぇや」

赤城がまた黙った。が、復活は早かった。

――知らねえよ。

地の底から聞こえるような、冷え冷えとした声だった。

――おい、間違えんなよ。半グレまとめ始めてよ、手前ぇ、調子こいてんじゃねぇのか。

俺ぁ、いつでも切れんだぜ。手前ぇらに任せたのはよ、一時でも近くで一緒に遊んだ仲だからだ。手前ぇら、駒なんだぜ。おい、手前ぇらはよ、俺と田中さんの駒だってこと、一瞬だって忘れんじゃねぇぜっ。

山﨑の肝は十分に冷えた。

冷えると、冷静さも戻るというものだ。思い出した話があった。矛先を変えたいというのも卑屈なほどにある。

「そ、そうだ。その田中さんだ」

――ああ？

「お前と子安とパルマのことだけじゃねえ。田中さんのこともだ。聞いてたって」

また一瞬赤城は黙った。今度は息を詰めた感じだ。

――なんだよ。それ。

「いや、正確にはお前や子安とは同じじゃねえ。田中さんだけは画像付きでよ。この男のことを知らないかって」

――画像だぁ？　まさか手前ぇらが。

「ち、違ぇし。き、聞かれた連中の中に、昔沖田組に少し関わってんのがいてよ。鯨幕《くじらまく》があって紋付羽織袴の、今の龍神会会長がって。どうも、画像はこないだの、先代を偲ぶ会のときのじゃねえかって言ってた」

――へっ。そういうことか。じゃあ、お前ぇらじゃねんだな。

「んなわけねえだろ。だいたい、聞かれたって俺ら、大して田中さんのことを知ってるわけでもねえし」

――へっ。まあ、そういや、そうだな。

「なあ。田中さん、問題あんのか」

――いいや。

「けどよ」

――面倒臭ぇな。たとえあったとしてもよ、あったらなんなんだよ。ああ？

「い、いや」

――なあ、ビビリよ。

赤城の声が、急に柔らかくなった。

――もう、明日にゃあ、次の〈ツアー〉が来るんだぜえ。浮足立ってねえで、集中してよ。

〈ストレンジャー〉のお守り、しっかりやってくんねえとな。仕事だぜ仕事。金だ金。

「お、おう。それはわかってるけどよ。本当に、その、大丈夫なんだろうな」

――なにが。

「俺、いや俺だけじゃねえ。田浦も颯太も浅岡も矢木もよ。見て見ぬ振りはしてっけど、子安だって、豪爆坊の門野だって。パルマの平松だってよ」

――ああ？　なんだってんだ。

「死んじまったんじゃねえか。いいや、他にもよ」

――へっ。だからなんだ。ビビリはやっぱり、いつまでたってもビビリだな、おい。

また赤城は鼻で笑った。

――それこそ放っとけよ。人間なんてよ、いつかは一回、死ぬんだぜ。ちょっと手ぇ出したからって、なんだってんだ。

そうして、赤城は向こうから電話を切った。

通話を終えた携帯を、暫時山﨑は見詰めた。

「変わらねえな、赤城。お前ぇは昔から、そういう奴だった」

それから煙草を取り、二十二本目に火をつけた。

「ビビリって言うけどよ。赤城、俺ぁビビリだから、取り敢えず生きられてるんかもな」

吐き出す紫煙が天井に上ってゆく。

二十二本目はもう、味も素っ気もなかった。

六

同日の昼過ぎだった。

田中は自分の会社、TS興商の四階にいた。ワンフロア丸ごとの、素通しの社長室だ。大きな執務デスクと八人掛けの応接セットに、アンティークなキャビネットとコートスタンドがそれぞれ一台。

あるのはそれくらいで、それ以外の何もないのがいい。

田中は生まれたときから貧しかったようで、身動きもままならないような狭い中で暮らしていた気がする。そんな原体験は、今でも思うと息苦しささえ覚える。

だから、と言うことだろうか。

広い空間は田中の安らぎを増幅する。

誰かが赤城一誠や子安明弘らについて聞き回っていることはさっき聞いたばかりだった。山﨑達がその対応に追われ、浮足立っていることもだ。

だが、田中に言わせれば、そのどれもがどうということはない些事《さじ》だった。

半グレ連中にどこの誰の目が、たとえ警察の目が光っていたとしても、その程度は最初から織り込み済みでなんの問題もない。

逆に、赤城や死んだ半グレどもを追いかけている間抜けな連中には、ご苦労様と言ってやってもいい。

そんなところを嗅ぎ回ってもあるのは腐臭と死臭だけで、未来永劫《えいごう》、自分のところには届かない。

「問題は何もない。順調だ」

田中は一人呟き、夏の光が弾けるような全面ガラスの窓辺に歩いた。

晴れていれば常に窓からの景色は、寄れば寄るほど公園の緑が視界の下方を埋めた。そうして、そのまま空の青に飛び込んでゆけるような開放感を与えてくれた。

田中は、この窓からの景色が気に入っていた。

「ここからさて、どこまで手を広げて」

田中は窓に向け、手を伸ばした。

そのときだった。

視界の下方に、強い違和感があった。田中の好む風景には異質な、ついぞこの窓辺で感じたことのないものだった。

田中は引かれるように視線を落とし、落としたきり顔が上げられなかった。

眼下片側二車線の向こう、天神橋公園の緑を背にした辺りに一人の男が立っていた。

夏の陽射しに茂る樹木の濃い影に立ちながら、影を弾くほどに白々とした眼光を放つ、とそんなイメージを抱かせる男だった。

「なっ。えっ。ば、馬鹿な！」

知らず、声は大きくなった。余裕もなく狼狽《うろた》えた。

誰が見てもこんな田中は初めてだったろう。そう、もしかしたら五条宗忠以外は。

樹木の影の中に立っていたのは、組対特捜の東堂絆だった。

向こうも四階に田中の人影を認めたようで、一度指差し確認をしつつ道路を渡ってこちら側に歩き始めた。

どうやら何かの間違い、この近所に別の案件、等々の偶然などではなさそうだった。

腹を括るしかない、と決めて田中は窓を離れた。

キャビネットのサイフォンで手ずからコーヒーを淹《い》れる。

執務デスクの上のビジネスホンが二階の総務から、〈警察の方〉の面会申し込みを告げた。

「そうですか。なんでしょうね。構いませんよ。お通しして下さい」

センテンスごとに落ち着きも戻る。

エレベーターのドアが開く前に、田中はいつもの田中だった。

「やあ、いい香りだ。サイフォンですか」

上がってくるなり東堂はそんなことを言いながら、真っ直ぐに応接セットへ向かった。滑らかな足取りと言うか、滑らか過ぎて有無を言う間もない動きではあった。

「初めまして。警視庁の東堂です」

東堂はそこから名刺を差し出してきた。まるで先手必勝と言わんばかりだ。

「田中です」

そのままソファを勧めようとするが、その前にもう東堂は動いていた。勝手に座り、下から見上げてくる。

「ずいぶん探しましたが、ようやくお会い出来ました」

屈託なく東堂は笑った。その笑顔だけで放散される気圧が、強い光のようだった。

いったん遠ざけるように田中はキャビネットに向かい、コーヒーカップを持って戻った。提供するコーヒーには、一応東堂も有り難うございますと頭を下げた。

田中は東堂の斜向かいに座った。真正面は、さすがに抵抗があった。

「東堂さん、と仰いましたね。ようやくとは一体？　申し訳ありませんけど、私はあなたを存じ上げませんが」

「そりゃそうでしょう。だから初めましてと言いました」

「よくわかりませんが、ではどこから私の名前を」

「さて」

「では、人違いでは？」

「いいえ。田中稔さんでしょう」

「そうですが。――この会社も、よくお分かりでしたね。ああ、お仕事関係のご縁で、以前からご存じだったのですか」

「いいえ。でもまあ、田中稔さんで検索すれば」

嘘だ。そんなわけはない。

いや、実際田中稔という名前には行き着くだろう。だが、そんな名前は全国にいくらでもいる。問題はそこからここにいる自分にして、ＴＳ興商の社長という唯一無二の田中稔に行き着くかどうかなのだ。

「でも驚きました。登記簿に拠れば田中社長、あなたもう四十六歳になりなんですね。いや、もうと言っては失礼でしょうかね。でも、とてもそうは見えません。三十代半ば、行っても後半、そんなふうに思ってました。美魔女って以前流行りましたが、美魔男？」

誰も会社から今の自分には行き着かず、今の自分から会社にも行き着かない。そのはずだった。

東堂は手を伸ばし、コーヒーカップを取った。顔を伏せ、口を付ける。

「不思議ですね。なんとも、不思議だ」

カップから零れ出るような、落とした声だった。誘うような律動を伴っていた。逆らおうとすると、眩暈さえするようだった。

「いや。その、昔、整形で少し」

逆らい切れないなら、流す。無理はしない。無理はボロも埃も出すものだ。

これは田中が殺伐とした人生の中で、笑顔と共に培《つちか》ってきた処世術だった。

「へえ。なるほど。それでお若いんですか。プチ整形、とか」

東堂は納得したように顔を上げた。

「ええ。まあ」

「整形は、どちらのお医者さんですか」

「いや。あの――それはお話しする必要があるんでしょうか」

「できれば。後で面倒にならないように」

と、言われれば仕方なかった。肩を竦めるポーズで、田中は横浜にある、とある整形外科の名を告げた。

これは探られたとしても、東堂の手土産程度にはなるだろうが、別段大した怪我《けが》にはならない。それで満足して引き揚げてくれれば、かえって儲け物と手を叩きたいくらいだ。

「ああ。その辺でも竜神会と」

東堂は納得した。

それはそうだろう。

田中が告げた医者は、竜神会の息の掛かっている男だった。おそらく警視庁のデータベースでも簡単に出てくるはずだ。

東堂は、ソファの向こうで誰かにメールをしたようだった。

どうでもよい会話を少し交わしていると、三分もせずに東堂の携帯に着信があった。電話だった。

「ちょっと失礼」

絆は田中の返事を待たず電話に出た。

「ああ。隊長ですか。――ええ。申し訳ありませんが、今の内容で神奈川に照会、お願いしていいですか。――ええ、まあ至急ですかね。弄られないうちに」

東堂はこれ見よがしの通話で、田中を挑発しているようにも見えた。

電話を終えても、探るような目つきや口調はそのまま変わらなかった。

かかずらっている時間が、どうにも長かった。

「ああ。竜神会と言えば、こちらと同じような商売をしてた会社が、二次の沖田組の関連にありましたね」

「え、ああ。そうなんですか」

「MG興商って言うんですけど、TS興商って似てますよね。っていうか、そっくりだ」

「それがなにか」

押せば引き、引けば押す。東堂は拍子の妙で、人の心と思惑の表面をザラリと触ってゆく。

「まあ、ツーリスト事業ってのもやってらっしゃるみたいで。その分は違いますかね。どんな商売です？」

「え、ああ。中国の旅行代理店から送られてくるお客様の、主に旅行サービス手配を」

「なるほど。じゃあそれって、中国からだけですか」

「そうですね。訪日の人数が違いますから。これからもきっと、他は沈んでも中国からのお客様はどんどん増えるでしょう。いえ、中国にしても全土からではありません。私どもなどは北京《ペキン》、上海、広州、重慶《じゅうけい》、受けても厦門。すでにそんな辺りで手一杯ですよ」

「なるほど。上海、広州、重慶に厦門ですか。チャイナ・シンジケートが、掃くほどいる場所らしいですね」

「えっ」

「いえ。特には」

「失礼しました」

いきなり立ち上がると東堂は、来たときと同じ澱みのない足取りで動き、そして、エレベーターに乗り込むまで一度も振り返らなかった。

ソファから立ち上がったままの姿勢で、暫時田中は所在なく固まった。

心の隙間に入られ、構える前に出て行かれた感じだった。初対面の人間にそんなことをされては、本来なら屈辱以外のなにものでもない。

「くっ！」

田中はソファを思いっきり蹴った。何度も蹴った。ひと頻《しき》りの嵐だった。

蹴って蹴って、靴の爪先に鈍い痛みが走る頃には、激情はいくぶん落ち着いた。

「なにがどうなったか。考えろ、考えろ。なんの下手を打ったか」

乱れた髪も呼吸も、整然と整えるべくゆっくりと窓辺に寄った。

変わらず真夏の緑と青が、眩しいほどに綺麗だった。

眼下に目をやれば、ちょうど東堂が道路の向こうに渡るところだった。慌てて一歩引いた。

「なにを怯《おび》える。なあ、おい」

自身の狼狽が、少し笑えた。心中にそんな波を立てられるのは、一体いつ以来か。

田中はもう一度窓辺に寄った。

東堂の後ろ姿が左方、天神橋公園の緑を割る十字路に見えた。

と、公園のパーキングの入り口付近で東堂が立ち止まった。喫煙エリアの手前だった。

全体は無理だが、その辺りだけなら田中の位置からでもかろうじて見えた。

東堂が立ち止まり、なにかを気にしていた。あるいは誰かを、だ。

東堂が片手を上げると、やがて駐車場内から誰かが現れ、備え付けの灰皿に近付いた。そこで煙草に火をつけようとしたのは、国光の傍にいるのを何度か見掛けた男だった。たしか、若狭と言ったはずだ。

「ほう、そういうことですか。組対とヤクザのバーター。さぁて、何をどこまで取引したか、しなかったか。――ふふっ。まさか、エグゼまでくれてやったりはありませんよね。そこまでしちゃあ、造反ですよ。ねえ、東京代表」

次第に冷えていく心のままに表出する笑みは、久し振りに口辺を歪ませた、邪悪なものになった。

さらに心は、留まることを知らず冷めに冷めてゆく。地の底の底の、陽の光の欠片も届かない漆黒《しっこく》の闇の冷たさだ。

いわば、氷の世界。

怒りも焦りも、氷の中では動かない。

本来の田中の住む世界。

そもそも荒事は本分で、おそらく天職だ。

「なんだ。それでいいのか」

知らず、舌なめずりも出ようというものだ。

「結局、俺がカタをつけるしかないか」

七三に分けた髪を崩し、田中は両サイドにだけ、掻き上げるような手櫛《てぐし》を入れた。

七

ＴＳ興商から外に出た絆は、道路を渡る直前、もう一度背後のビルを見上げた。

総ガラス張りの四階の窓辺から、黒い影が慌てて引いたように見えた。

おそらく間違いではない。

田中は東堂の登場に間違いなく慌て、心底を掻き回すような会話に間違いなく焦《じ》れていた。

絆が四階を辞去する直前、それらこもごもの感情は絆の背に向かって一緒くたにまとまり、ドス黒いひと色に凝り固まった。

間違いなく、怒りだった。それも相当に濃く、密な怒りだ。人並みに生きている者には無縁の感情、といっていいだろう。殺意にも近い。

それが、絆が乗り込んだエレベーターのドアが閉まった瞬間、爆発してフロア中に拡散したであろうことは観えていた。

「あ、もしかしたら」

絆は思わず手を打った。

自堕落屋で初見以来、絆が田中に抱く尋常ではない違和感、白目の大きさ、あるいは黒目の小ささは、このことに起因するのかもしれない。

嘘か真《まこと》かは別にして、古来より卓越した〈人斬り〉だった武芸者はみな黒目が収縮したように小さいと、たしか典明に聞いたことがあった。

絆が呟き、思わず手を打ってまで四階の窓辺を見上げた理由が、これだった。

画像やおそらく動画でもわからない、実際に面と向かった肌合いというか触りというものか。

いみじくも奥村が言った通り、アナログはときにデジタルを凌駕するというか、いや、これらは両輪だ。

同様に刑事の勘、剣士の観も、ときにハッカーの上をゆくと言ったら、間違いなく奥村は臍《へそ》を曲げるだろう。

(それにしても)

絆は道路を渡り、天神橋公園の緑の方へ歩いた。

色々と試しも挑発もしてみた。少々の剣気もぶつけてみた。

田中に観られる気配の乱れは、絆にしてようやくわかる、揺れ程度のものだった。

これでわかったことは、拍手喝采でもしてやろうかと思えるほど、見事に肝は据わっているらしいということだ。

何で鍛えたか。

何で磨いたか。

（いや）

何で、削《そ》ぎ落としたか。

考えながら、絆は公園の緑樹の影に入った。

陽射しが遮られ、ひと息つけた。

歩道に足を止めて葉擦れを聞き、木漏れ陽に目を細めた。

さて、絆の来訪を受けて田中はどう出るか。

絆はおもむろにポケットから携帯を取りだした。

「整形？　まさか。そんな言葉で、誰が納得できるか」

田中は、整形で整えられる多少を超えて若い気がした。

老成した雰囲気、ぬらつくような艶を持った大きな白目も歳を誤魔化す一助《いちじょ》か。

ただ、そんなものは絆には通用しない。

そもそも、見た目だけのことではないのだ。

「四十。――いや、それもないな」

人の姿形だけを見るのではない。そんなものを常人離れしている、などと絆は認識しない。

観るのだ。絆は人が醸《かも》し出《だ》すあらゆるものを。

観法はそれらを包括し、総括する。

剣を以て目指す求道・探求の極みはすなわち、人を知ること、人を活かすことにただ尽きる。

この心延《こころば》えが、人斬り包丁を活人剣に昇華させるのだ。

絆は奥村に向けてメールを打った。

〈例の男で間違いなし。けれど、大いに疑問。トリモチ、正しい、万歳、天晴《あっぱれ》〉

少し持ち上げておき、打ち終えて絆は歩き出した。

すぐ近くに、天神橋公園に入る駐車場があった。来るときにも通った場所だった。

一番手前側に白線で区切られた喫煙エリアが設けられ、JTの広告が入ったスモーキングスタンドが二台置かれていた。

昨今の風潮から言って、こういう場所も早晩、消え果てるだろう。

喫煙エリアを前にして、ふと絆は立ち止まった。パーキングの真ん中辺りに、絆がTS興商に向かう前から停められているベンツがあった。

公園の駐車場だ。他にも何台かは停められていたが、絆の目はそのベンツから動かなかった。

濃いスモークの張られた運転席に、馴染みのある気配があったからだ。往路の段階から分かっていたが、素知らぬ顔で通り過ぎたものだ。

多分に人がましい、田中とは大違いの気配だった。

片手を上げてみた。

それだけで、運転席の気配が揺れた。感覚としては観念したらしい。苦笑、といったところか。

ドアが開き、降りてきた男は真っ直ぐ絆の近くに立った。

若狭だった。

「出来るだけ視線を送ることも控えたが、ダメだったか。降参だ」

「張り込みですか。いや、俺と奴の接触も含めて、結果の確認かな」

「そんなところだ。鋭いな」

「いやぁ。俺も同じようなことをしに来たわけで。――でも、俺は仕事柄、常に自主的に動くわけですけど」

絆はわざと探るような目をして見せた。

若狭はあらぬ方に渋い顔を向けつつも、頷いた。

「宮仕えだよ。俺は」

「なるほど。自分は何もしないで人をこき使うだけ使い倒す、嫌な宮ですね」

「宮なんてのはそんなもんだろ」

「まあ、否定はしませんけど。で、その嫌な宮が奴を気にしていると」

若狭は苦笑した。上着の内ポケットに手を差し、探る。

「この状況じゃ誤魔化しもできんな。そういうことだ。ずいぶん気にしてる。俺の上はな、ああ見えて欲深いんだ」

取り出したのは、煙草だった。

「ああ見えて？　見たまんまですけど」

絆が言えば、ビンゴ、と言わんばかりに火のついていない煙草の先で絆を指した。

「そうだな。まあ、全部の事々に対してそういうわけではない。寛容なところもないではない。ただ、プライドと金が絡むと、小者感はお前に負けず劣らずに半端ないな」

「そうですか」

「おや、ずいぶん素直だな」

「否定はしません。というか、出来ませんから」

そうか、と言っておもむろに若狭は煙草を咥《くわ》えた。

「お前をけしかけたらどうなるか。この間のＵＳＢ一本で、二鳥落としを狙ったってことを含んでおけ」

「若狭さん。そっちこそ、いつになく饒舌《じょうぜつ》ですね」

「これもバーター、ということだ」

「ありゃあ」

「で、どうだった。お前の見立ては」

「どうもこうも、俺も様子見ですから、今日の所は特に何も。綺麗なオフィスではありましたけど。でかい応接セットと社長のデスク以外、あのビルの四階にはなにもありませんでした。フロア丸ごと社長室だって総務の女性には聞きましたけど。ああ、若狭さん、知ってましたか？　あのビル？」

「いや。俺も実は入ったことがない」

「まあ、勿体ないというか金の無駄遣いというか。馬鹿馬鹿しい限りですよね。空間に金を払うんですすよ」

「はっはっ。東堂、今の話は全部よ、それはそれで、収穫ってことで上には報告しておくよ。お前の滲《にじ》み出る小者感も含めてな。――おっと」

咥えた煙草に火をつけようとして、若狭はふと手を止めた。

そのまま煙草をパッケージに戻す。

「なんです？　灰皿を目の前にして、珍しいですね」

そうなんだけどよ、と若狭は苦く言った。

「最近はな、ヤクザも健康志向でよ。煙草ってのは吸った後も臭いが残るからな。それで車の中に染みつくと、嫌がるんだ。途端に機嫌が悪くなる」

「誰が？　ああ、宮が？」

「そう。宮がな」

「立派な宮だ」

「どこが」

「健全な肉体に、いずれ健全な精神が宿ることを祈りますよ」

「そいつぁ」

今からヒラリー・クリントンが大統領になるくらい無理だな、と言って若狭はスモーキングスタンドに背を向けた。

第六章

一

三日後は、朝から生憎《あいにく》の雨だった。雨量はかなりまとまっていた。

鴨下に呼ばれて絆が神田を回った昼下がりは、滝のような雨の降る、まさにピークだった。

駅前のガード下にいつものパイプ椅子を出し、鴨下は座ってプラカードを持っていた。

この日は土曜日ということもあって、プラカードはパチンコ屋の新台入れ替えのお知らせだった。アニメとコラボした台のようだが、ＳＦアクション物だか魔法ヒロイン物だかも絆には皆目見当もつかなかった。

そういったものが嫌いなわけではない。人並みに好きな方だと思うが、列挙するタイトルはすべて、どうやら〈懐かし〉に分類されるようだ。世代間ギャップは大いに感じた。

鴨下はいつものようにプラカードの裏に気配ごと隠れていたが、違いがあるとすれば頭からすっぽりとしたレインコートに覆われているということだった。

ただでさえ蒸し暑い夏場だ。雨が降るとさらに湿度は上がり、ガード下などは〈水臭い〉という表現がぴったり当てはまる場所と化した。

ガード下であっても所々からの雨垂れもあり、絆は傘を差したまま、真横から鴨下に近付いた。

往来する雑多な人達も、みな傘を閉じることはなかった。そのせいで人の数は実数より遥かに、多くも華やかにも感じられた。

「がぁさん。それ、暑くないですか？」

絆の開口一番の疑問に対して、鴨下は微動だにしなかった。

無視されたのでないことはすぐにわかった。まず鴨下の気配は、声を掛けてもそのベクトルが絆に向くことはなかった。

アスファルトを叩く滝のような雨。

頭上の高架を行き交う電車。

ガード下を往来する人のざわめき。

さらには、レインコートは間違いなく視界も遮る。聞こえていないのだ。

絆は傘の下に、プラカードと鴨下の身体を入れた。それでようやく鴨下の顔が上がり、気配が常人並みに滲み始めた。

「……」

なにかを言ったようだ。

「がぁさん。それ、暑くないですか?」

「……」

鴨下はまたなにかを言ったようだ。

なるほど、土砂降りの雨の日のガード下は、人と人の触れ合い、コミュニケーションというものにはなかなかの強敵だった。

傘を畳み、絆は鴨下の脇にしゃがみこんで高さを合わせた。

雨垂れは首筋に落ちてきたが、この際我慢する。

鴨下もレインコートのフードを取った。しかめっ面は絆同様、雨垂れのせいだろう。

「雨の日は、やだねぇ」

「そうですね。あの、暑くないですか」

「もともと細いし、あたしゃぁ、プロだからねえ」

「ああ、そうでした」

音量等、これだけで確認は完了だった。

「ほいほい」

鴨下は手を差し出した。少し濡れていた。

もとよりそのつもりだったから、絆もポケットから一万円札を出してその手に載せた。

少し湿っていた。

「雨の日は、ホントやだねぇ」

同感だった。

鴨下はまた前を向いた。ただ、今度は隣の絆を気にしているのは間違いなかった。

「この間、不景気にかこつけちゃってさ。あのとき、あたしもガメツかったかねえって言ったのはね、嘘じゃないんだよ」

ということだ。

鴨下なりに、少し顔を向けづらいのかもしれない。

その分、絆は真っ直ぐに鴨下を見た。

鴨下の細い目が三日月のように曲がった。照れて笑ったのだ。そんなふうに観えた。

本当に、少し気にしてたんだよ、と鴨下は言った。

「自然とさ、半グレどもに目が行くんだよ。欲しい車が出来た途端、路上でやけに走ってるのを見掛けるようになるのと、同じ理屈かねえ」

「ええと。まあ、まったく違うとは言いませんけど」

当たらずといえども遠からず、惜しいくらい近い。が、どうでもいい。

「そうしたら、半グレどもが面白くてねぇ。どうもさ、奇妙なんだよ。これ、東堂さんが関わってる件かどうかは、あたしは知らないけどねぇ」

絆は頷いた。それでいい。

ただ居る。そのついでに、ただ見る。それが鴨下のスジとしての役割だ。

「一昨日と、昨日だよ。あたしは新橋と御徒町に出てたんだけど、その両方でさ。一人じゃないし同じでもないけど、半グレどももなんだ。浅草や渋谷で何度も見かけたよ。あたしのプラカードからよくストリップのサービス券取ってったねぇ。ああそうそう、蕨《わらび》で持ってったのもいた」

「へぇ。ストリップ」

「そう。最近はまた、結構人気らしいよ。若いAVとかの娘も出てるらしいねぇ。まあ、余談だけどさ」

「あは。余談ですか。で、そいつらがどうしました？」

あれは、中国人だねぇ、と鴨下は言いながら首筋をぬぐった。パイプ椅子に手をやり、カタカタと少し絆から遠ざかる方向に動く。

その分だけ絆が近寄れば、ちょうど二人の中間に糸を引くような雨垂れが落ちた。

「中国人、ですか」

「そう。半グレどもがねえ、中国人を連れて○ン・キホーテとかさ、結構な量販店に入ってったよ。これがさあ、さっきも言ったけど、一人じゃなく同じじゃなく、つまり、何回もさあ」

あったんだねえ、と鴨下は自分自身でも納得するように頷いた。

「あの中国人達は、たぶん旅行客だねぇ。爆買いって、あれかい。この言葉はもう死語かねえ」

「ふーん」

絆は腕を組んだ。

なんとなく思い当たる節はあった。

ヤクザや半グレは、あの手この手で抜け道ビジネスを思いついては実行する。鼬《いたち》ごっこの追いかけっこだが、警視庁もビッグデータの活用以降、その手口や記録は瞬時に通達される。ときにはそこから派生しそうな亜流の、〈サイドビジネス〉についてもだ。

「あれかな」

近年流行りの、消費税ビジネスかもしれない。特に、相手が半グレなら納得もいく。

合法非合法の境目をやや合法寄りで渡り歩くこういうビジネスは、ヤクザというより、小心で小狡賢い半グレの専売特許のようなものだ。

「ん？　ああ。なるほどね」

ふと、ヒントが見つかった気がした。

「もしかしたら、それでツーリスト事業。旅行屋かな」

大いに引っ掛かった。

引っ掛かりに当たりの匂いがした。

未だ勘の域を出ないが、刑事の勘は悪いことを当てるばかりではない。

「何人もってのがまたミソっていうか、面倒だけど、こっちも揺すってみるか」

善は急げとばかりに、絆はすぐに電話を掛けた。

相手は特捜隊長の浜田だった。

――はいよ。

すぐに出た。ある意味さすがだ。

この準キャリアの警視も絆にほとんど近く、休みがあるようなないようなといった意味でご同輩、ワーカホリックだ。

「あの、なにかやるって言ったら、特捜から人員割《さ》けますか」

――なにやるの？

「ちょっとした企画です」

――企画によるねえ。

「そうですよねえ」

――まあ、ちょっとした企画なら三人、目玉イベントなら、そうだねえ、それでも五人が限度かねえ。

「ですよねえ」

――で、なにやるの？

「ちょっとした企画です」

少々の間が空いた。

――ううん。でもやっぱり、企画によるよねえ。

「そうですよねえ」

などという会話を終え、即座に絆はＬＩＮＥのグループを呼び出した。

構成人数は警視庁内各所に散らばる、絆の直弟子十人にそこからの広がりを加えた、計二十三人だった。

〈えー、皆さん。月曜朝稽古、どう？〉

稽古自体は何度も行っている。すでにこなれたメールだった。定型文だ。日曜から土曜まである。

〈お願いします〉

〈了解です〉

そんなメールに続き、

〈では、いつもうちの署の道場で〉

これは赤坂署の香取で、二度の誘いに一度は場所を融通してくれる。それにしても一介の刑事が署の道場を、諮《はか》ることなく即断出来るのは、ひとえに署長である加賀美《かがみ》警視正の度量だろう。

〈では、ヨロシク〉

これも定型文で打ってLINEを閉じる。

と、カラフルに咲く花のごとき傘の雑踏の中に、絆はそこはかとない気配を感じた。

細い、手を伸ばせば切れるのではと感じるほどのものだったが、どうしてどうして、切れるのはもしかしたら手の方かもしれない。

ゆるゆると絆に触ってくるのは、細くとも殺気だったか。

厳密には殺気ではない。殺意は観えない。

では何と考えれば、殺気とも呼べない冷たさ、そう、凍るほどの冷たさ。殺《さつ》に馴染んだ冷たさ、いや、硬さ。

「へえ。やるなあ」

比べればキルワーカーに感じた気に近い。殺し屋や戦場に生きる者達なら、この程度の気のレベルでも普通に人を殺せるだろう。

揺れて行き交う傘の波に目を凝らしたが、気配はすぐに、溶けるように消えた。

あとにはただ、人々の往来があるだけだった。

そのとき、絆の携帯が音を発した。見れば亀有署の酒井からだった。

――赤城の名前が出た。

酒井は淡々とそう告げた。

「あれ、ずいぶん掛かったな」

――そう言うな。そもそも子安には怨恨の線が多過ぎてな。そっちに多くが割かれてんだ。しかも、名前が出てきたのは、遠方の現場に三週間前から泊まり込みで出掛けてた社員と、一緒に行ってた仲間の一人親方からだ。

「そいつらも狂走連合上がりとか」

――そう、全員な。で、なんでも子安が、赤城の馬鹿野郎がよ、嚙み付くぜぇとか言いやがって、ふざけろってんだとかなんとか、この社員らの現場に慰労に行ったとき騒いでたってよ。十日くらい前らしい。

十日前は、子安が殺される少し前だ。

――まあ、だからって関係は不鮮明だがな。何度も言うが、怨恨の線が多過ぎる。ただ、お前との約束だ。渋谷と三田には、この件は伝えておくよ。

「ああ。そうしてくれ」

電話を切ると、脇で鴨下が絆を見上げていた。

「そうだ」

絆はポケットからもう一万円を出し、鴨下に差し出した。

「ふあ。これは？」

「さっきの雨垂れ。背中にだだ入りだったでしょ。夏でも、風邪引きますよ。若くないんだから」

「ほいほい」

鴨下は間違いなく嬉《うれ》しそうにして、一万円札を受け取った。

「優しいねぇ。なんか、カネさんにそっくりだ」

「ははっ。お世辞でも、嬉しいですね」

顔をガード下から外に向ける。

雨が弱まっていた。

風が出たようだ。

遠くに、雲の切れ間から差す光も見えた。

二

日曜の夜だった。いや、もう月曜の朝と言ってもいいだろう。後三分ほどで日付が変わる時刻だった。

若狭はこの夜、一人で杉並区の永福《えいふく》四丁目にいた。都道十四号・方南《ほうなん》通りの大宮八幡前《おおみやはちまんまえ》の交差点から広めの一方通行を入った辺りだ。角がコンビニで、若狭がいるのはその駐車場だった。

方南通りは片側二車線の道路だが、この和泉《いずみ》の辺りは、深夜になると蟬の鳴き声も聞こえるくらいの閑静な住宅街と化した。そんな土地柄からか、周囲には面白いほどに保育園も幼稚園も多く、近くにはカトリックの教会や大きな寺院も混在していた。

若狭はコンビニの駐車場に車を入れ、道路向こうの一方通行を入った辺りの、闇に沈むような一軒を注視していた。

一方通行だが、昔ながらの生活道路というやつか。白線で分けられただけの歩道も合わせれば、幅員は十メートルはあった。それで、夜でも外灯だけで見通しは楽に利いた。

この日の若狭の車は、レンタカーのセダンだった。若狭自身は車を持っていない。車を運転するときはたいがい国光の運転手で、自分だけの移動には主に公共機関を使った。その方が便利だとは、警視庁奉職時代から身についていた。

それにしても、どうにもヤクザという生き物は見栄っ張りだ。事務所にあって好きに使っていい車はすべて、黒いか白いかで、無駄にデカかった。それでレンタカーを借りた。

先程、車を降りて狙いの近くまで行き、コンビニでアイスコーヒーを買って戻ったばかりだった。

一時間に一度は確認と身体を動かすために車から出た。

レンタカーのエンジンは切り、窓は全開にしてあった。

熱帯夜だという予報は聞いていた。コンビニに入るのは、涼むためでもあった。

この場所を張るのはもう昼に二度、夜に七度の計九度目だった。狙いの一軒は入ったことはないが、ここまで通えば我が家にも近い。

若狭が確認作業に入っているのは、田中のガレージだった。コンクリート打ちっ放しの正六面体の建物だ。二階建てかどうかは外からは窺《うかが》い知れないが、一辺の長さはそんなくらいだろう。

正面側の一階と呼べる部分は全面のシャッターになっていて、他には飾りも窓もない。左右の壁にもだ。出入りにはシャッターを開閉するか、真後ろの鉄扉しかない。

実に殺風景な建物で、背面の両サイド上部についた換気用のファンが唯一のアクセントとは、最初の昼のときに確認済みだった。

特には庭と呼べるものも、塀と呼ばれる境界も敷地にはない。恐らく、建蔽率は一杯だろう。片隣りは木造二階建ての民家で、もう一方がアパートだからまだいいが、両隣りが民家だったら佇まいとしてはかなり異質に見えた。

若狭は買ったばかりのコーヒーに口をつけ、首を小さく回した。

寄って行ったガレージの中から、低いエンジン音が聞こえていたからだ。田中が中に入って最初の確認時にはなかったもので、二度目以降聞こえ続けていた。そうなるとそろそろバイクで出てくる、とは田中のガレージのルールとして若狭は周知していた。

ガレージのことはもう、若狭は外観だけでなく丸裸にしていた。田中の乗るバイクのメーカーから品名、型番、車検日まで知っている。バイクの登録は田中本人ではなく、とある老人だった。名ばかりはST興商の登記簿に名を連ねる天涯孤独の、少々痴呆気味の老人で、このガレージも持ち主は表面上、この老人ということになっていた。

そんなガレージまで用意して愛する田中のバイクは、XVS400ドラッグスターというヤマハのクルーザータイプだった。

漆黒の車体にクロームメッキのパーツは、田中の手によって大いにカスタムもされていた。愛車、と言うヤツだろう。

バイクそのものについては、凝って触る割りに400のクルーザー、つまりアメリカンタイプというのは首を傾げざるを得ないところだ。

若狭も若い頃、バイクには多少の興味があった。アメリカンタイプは映画・イージーライダーの昔から、大排気量がステイタスなのだ。

会社経営者なら1100ドラッグスターも、いや、ハーレーの上位車種でも買えるだろうにとは、このガレージを丸裸にして唯一残る疑問ではあった。

「おっと」

コンビニのコーヒーを若狭が飲み終えた頃、ガレージのシャッターがかすかに軋みを上げた。一瞬だけその辺りの方南通りに光が弾けたが、すぐに消えた。残る灯りは、バイクのヘッドライトだけだった。

レンタカーの窓から、低い400ccのエンジン音が聞こえ、すぐに音が変わった。

出発するようだった。バイクのシートにまたがった田中は、ライダースーツからフルへルメットからすべて黒で統一した、まるで夜に羽搏《はばた》く烏《からす》のような格好だった。

ヘッドライトの光が揺れ、車道に出たクルーザーバイクが一方通行の奥に遠ざかる。

おもむろにエンジンを始動させ、若狭はコンビニの駐車場から出た。

すぐに窓を閉めた。エアコンから噴き出す冷風が、かなり有り難かった。

つかず離れず、若狭はドラッグスターのテールランプを追った。深夜でも見失うことはなかった。追尾の技術は、公安だった警察官の時代から叩き込まれていた。

三十分以上も、田中はときに蛇行《だこう》を繰り返しながら夜の東京を一人で流した。

まるで往年の走り屋のような気儘《きまま》な走りだった。

「野郎」

ステアリングを握り、若狭は知らず呟いた。

(どこへ行く。いや、今度は誰を)

殺すのだ、と言葉にしてみると、エアコンが少し寒かった。

国光に命じられ、田中の行確を開始してからすでに、パルマの平松、別の走り屋の門野、それに、狂走連合の子安が死んでいた。

実際に殺すところを目の当たりにしたわけではない。が、殺人事件として報道された限り、その時間帯のまさにその付近に田中は居て、若狭もいた。

これは江宗祥のときの若狭と桂の関係、距離感と一緒だ。肌合い、匂いとしてわかる。

三人を殺したのは間違いなく、田中稔という全身黒尽くめのバイク乗りだった。

まあ、だからといって、若狭には取り立てては何をするつもりも責める気もない。

ただ情報として、田中の行動を積み上げる。

必要なのは後々、使えるかどうかだ。

――なんや。どんなインテリかと思たが、ずいぶんこっち側の人間やないか。

行確の最初、パルマの平松の死を報告したとき、いみじくも国光が呟いた言葉に立場が包括されている。

所詮、どいつもこいつも闇に蠢き、腐臭に群がる虫なのだ。誰にも正義などはなく、悪の自覚もない。

悪いことを悪いという奴は、いずれ正義に叩き潰されるか、悪に切り刻まれて三途《さんず》の川に流される。

（ま、俺も含めて、な）

田中のバイクを追いながら、そんな思考は知らず若狭の口元に苦笑いの形を作った。

ドラッグスターは方南通りから井《い》の頭《かしら》通りに出、さらには青山通りや明治通りを流した。

最終的には産業道路の、蒲田《かまた》の先だったろうか。

田中はウインカーも出さず、広く薄暗いどこかの駐車場にバイクを滑り込ませた。

「どこだ。こりゃ」

片側二車線の路上にレンタカーを停め、若狭は駐車場に向かった。

そこそこ大きな四角い建物に、そこそこ広い駐車場だった。営業時間外は間違いのないところで、駐車場に一台の車もないどころか見渡す限り人っ子一人おらず、静かなものだった。静かで、照明が敷地の四隅のライトしかなく、全体に暗かった。夜通し鳴くかと思われる蜩《ひぐらし》の声だけが、分厚く重い。

目を凝らせば駐車場の奥に、おそらく台数をカバーするためだろうと思われる立体駐車場もあった。

「――パチンコ屋、か？」

呟きが疑問符付きになったのは、聞いたことのない店名だったからだ。パーラーともパチンコともなく、ただよくわからない大きなゴシック体の英語だった。

その立駐と建物の間に、田中のドラッグスターが停められていた。本人の姿は見えなかった。

注意深く近寄れば、建物の裏手は敷地の外が少々高い土手道のようで、遊歩道になっていた。川が流れているようだ。

裏手からはフェンスの一部がゲートに造作され、外には遊歩道に上がる階段が整えられていた。

田中はそこから、遊歩道に上がったようだった。ゲートが開き、土手下りの川風にかすかに震えていた。

若狭は、ゆっくりと遊歩道に上がった。川風が下で感じる以上に強かった。耳の近くで鳴った。

前日の雨で、川はだいぶ増水しているようだった。目の前に立て看板があった。月はもう夜空になかったが、星明かりだけでもなんとか呑川《のみがわ》と読めた。

左方川上は真っ直ぐで見通しが良く、暗かったがだいぶ先まで人がいないことはわかった。

若狭は右方川下の、右カーブで先が見通せない側に足先を向けた。

曲がるとすぐ、遊歩道は川沿いによく見掛ける緑地公園へと続いていた。

外灯がかろうじて届く公園内部のベンチに、何かが置かれていた。

黒いフルフェイスのヘルメットだった。

音もなく、ゆっくりと、けれど誘われるように若狭の足は動いた。

公園の入り口に差し掛かる。

闇があちこちに多かったが、感じるものは特になかった。ただ風が強く、木々のざわめきになにかの軋みが交じった。

少し先で無人のブランコが揺れていた。

そのときだった。

一番近い闇が千切《ちぎ》れたと思った瞬間、

「最初から、わかってたよ」

と、真後ろで田中の声がした。

心胆を鷲摑《わしづか》みにされた気がした。

突き抜けた驚愕に心身は、硬直するものだと知る。

革のグローブが蛇のように背後から顎下に入り、腕が首に巻き付いた。

息苦しさに、かえって若狭は我に返った。

それでももう、時はすでに遅かったか。動くことは大して出来なかった。

「た、田中。こんなことして、ただで済むと思ってんのか」

「思ってますよ。当然でしょう。私は小心にして細心ですから。ああ、あそこのパチンコ屋もそんな一環です。知ってますか？」

田中の腕がより強く巻き付いてきた。それで顔も近づいたようだ。

「うちで内装の一部を請け負ってるんで知ってるんですが、もうすぐ二度目の不渡りを出すんですよ。で、先月から敷地内全部の防犯カメラね、もうセキュリティ会社も引き揚げてて、全部死んでるんですよ」

ひと言ひと言が、若狭の耳を撫でるようだった。

「て、手前ぇ。この、この人殺し野郎がっ」

「ああ。それは、褒め言葉ですかね。そう受け取っておきましょうか」

風を突き、背後でかすかな金音がした。なんであるかは身体で覚えていた。

「田中。お前ぇ、いったい何者なんだ。全然わからなかった。教えろっ」

時間稼ぎでしかないが、最後の最後まで諦めないのは、公安講習で叩き込まれたことだ。

「教えろって、若狭さん、全体、あんたと同じようなもんですかね」

「なにっ」

「あんた、関西弁はどこいきました？　笑うほど関東だ。きっとあんた、そういう人間なんでしょうね」

同じ穴の狢ですよ、と田中が笑った瞬間、若狭にもわかるほどの殺気が脹《ふく》れ上《あ》がった。

灼熱《しゃくねつ》の痛みは、まず首筋にあった。ついで背中から胸に入り、捻られた。
脱力はすぐにやってきた。
田中の腕が離れると、立っていられなかった。
やられてみなければわからないものだ。
もう少し命は、抵抗力があるものだと思っていた。
「組対の東堂はやっぱり別格だったけど、あんた、簡単だね。ダメダメだ」
後は勝手に死ね、という言葉は若狭に降り掛かるようだった。
田中の足音が遠ざかっていった。
若狭から少し離れた地べたに、光があった。
おそらく弾みで落ちた自分の携帯だった。振動していた。
見るだに、遠かった。距離というか、命の外だった。
おそらくもう、永劫、届かない。
震える手で、若狭は煙草を取り出した。
（けっ。首やられちまったら、吸えねえじゃねえか）
震えて眠れ。
震えて眠る。
二度と目覚めることのない、永い眠り。

（けどよ。田中ぁ。俺ぁ、このままじゃ死なねえぜ。俺もよ、一寸の虫だ。虫には虫の、意地がある）

傷口を指先で押さえ、強引に煙を動かす。

赤々とした火が蛍のようだった。

少しばかり、気も晴れた。

（白石さん。やっぱり俺ぁ、あんたみたいにはなれなかった。けど、あんたみたいには死んじまうようだ。――笑えるなあ）

若狭の顔が、笑みの形に固まった。

その手から落ちた煙草は、風に吹かれて緑地公園をどこまでも転がっていった。

三

三十一日の早朝だった。赤坂署の道場に絆はいた。夏冬拘わらず、六時集合は赤坂署の道場を借りるときの決まりのようなものだった。

この朝、十弟子の内からは高遠を始めとする五人が集まり、赤坂署からは香取・吉池ら六人が参加した。急に決めた稽古にしては多い方だ。赤坂署側からは夜勤明けや仮眠中を叩き起こされたのがいて、一人は目が充血していて、二人は正座の姿勢のまま頭が落ち加減だった。

窓は開けたが、エアコンは入れない。というか、道場には初めから全体に回るような空調設備はない。

夏には暑さに耐え、冬には寒さに耐えるのが自然の摂理だ。

武道の基本はそもそも、天然自然の理《ことわり》に身を添わせ、従う潔さから始まる。

とはいえ――。

この日は窓を開ければ、朝の光とともに差し入る東風があって気持ちは良かった。

それも摂理だ。

「じゃ、各自始めて」

ヌルッとした号令で稽古は始まるが、庁内同業者への稽古では、絆は常にこれを基本とした。

柔剣道は刑事の基本でもある。すでに十年以上の研鑽を積んでいる者達ばかりなのだ。

一から正伝一刀流を教えるつもりは絆にはなかった。教えるのは、古流に脈々と受け継がれる剣士としての覚悟、死生の狭間に立つ胆の拵え方、そのくらいにして、それにすべてが詰まっていた。

弟子達にしても、初手から教わるつもりは毛頭なかったに違いない。望むところは悪しき癖の手直しと、実戦としての一流に〈触れる〉こと、とそのくらいにして、その効果が絶大だった。

素振り、型、掛かり稽古。

思い思いの稽古の間を、絆は流れるように歩いた。

ときに、

「ちょっと待った」

「ああ。腰が高い」

「集中!」

等々。

そんな稽古を一時間ほども続け、七時を過ぎたところで絆の演武となり、七時半になって稽古は終了した。

互いに礼を交わした直後、道場の出入り口近くから軽い拍手が聞こえた。

そこには、板壁に寄り掛かるようにして立つ、銀縁眼鏡の女性警官がいた。

いることも誰であるかも、道場に入ってきたときから分かっていた。

絆が先に頭を下げた。

「生で見るのは初めてだったけど、聞きしに勝るってやつね。凄いもんだわ」

伸びのある堂々とした声を響かせたのは、署長の加賀美だった。

第一方面所属赤坂警察署はこの、加賀美晴子《はるこ》警視正四十一歳独身、が支配する署だ。

眼鏡に引っ詰め髪はえてして杓子定規《しゃくしじょうぎ》な印象を与えがちだが、騙《だま》されてはいけない、とは加賀美を知る人間が初見の者達に必ずする忠告だった。

加賀美は、いずれ女性初の警視総監と目されるキャリアの女傑だ。杓子定規では当然、務まるわけがない雲の上に生きている。

加賀美は軽い足取りで絆に寄ってきた。

思わず絆は後退った。これは俗にいう、本能というやつか。

バグズハートの一件の折り、QASに絡めて監察官室に頼みごとがあって牧瀬係長に連絡を取った。そのとき巻き込まれたのが、小田垣管理官と増山秀美《ますやまひでみ》生安部生安総務課長と、この加賀美の呑み会だった。

――QASに関する、魔女の中間報告って感じかな。

牧瀬は呑み会をそう称した。

結果として、酷い二日酔いの絆は隊に有休を申請することになり、ほかの三人は平然と定時に登庁した、と言う。

後退りは、危険を察知した身が拒むという、これも自然の摂理だ。

「どう？　今晩呑み会があるんだけど」

「ヴぇ。例のあれ、魔女の中間ほ――」

思わず口から出てしまう言葉を手で押さえて飲み込むが、少し遅い。どうにも拍子は合わなかった。

「えっ。聞こえたけど聞こえなかったわね。それに、今日は中間報告なんてないし。人数も増えるから寄合だわね。もう一回言おうか？」

「いえ。結構ですし、勘弁して下さい」

「なによ。勘弁って」

耳にした何人かの弟子たちが笑った。赤坂署の面々はと言えば、聞いて聞かなかった振りだ。

絆はそちらに顔を向けた。

「ああ。そうだ」

話の矛先を変えるというのもあるが、実際に頼みたいこともあった。

「近々、みんなの力というか、身体を借りたいと思ってるんだけど」

と――。

近くにわかるようにして置いた絆の携帯が音を発した。

バグズの美和からだった。このところ、通話での連絡は滅多になかった。すぐに出た。

「あのさ。若狭さん、連絡が取れないんだけど」

「えっ」

「夕べ遅くに掛けたの。未だに返事がなにもないのよね」

「それって」

「ないわけはないの。向こうに頼まれたことだもの。それとなくわかるようにね、南京の人から注文の品、入ったわよってだけ伝言に入れといたの」

「南京の人？」

「ええ。ゴルフ場のね」

「――ああ」

南京のゴルフ場で支配人をしている男は、バグズハート絡みの、つまりは置き捨てられた潜入捜査官の一人のことだ。

その支配人に、若狭が頼んだことがあったようだ。

「お願いね」

美和はそれだけを言った。それだけで十分だった。

「了解です」

答えて絆は電話を切った。

口元を引き締める。

いやな予感しかしなかった。

「なにかありましたか？」

近くに吉池がいた。

「ん。あ、いや、なんでもない」

「なんでもない顔じゃありませんでしたよ」

「あれ、そうだったかい？　いや、まだ予感でしかないし」

高遠も宗方も寄ってきた。みながすでに、刑事の顔になっていた。

「予感、いいじゃない」

加賀美までが、署長の顔つきに戻って聞いていた。

「いえ。――あ、いえ」

「煮え切らない男は嫌いだよ。特に、刑事はね」

至言、かもしれない。

「お願いしてもいいですか」

「いいよ」

「予感でしかありませんが」

「さっきも聞いた。笑わせないで」

「えっ」

「予感は刑事の勘、でしょ」

「――そうですね。いえ、そうでした」

苦笑しか出なかった。

たしかに予感は刑事の勘であり、悪いことを当てるばかりではないと自分でも思うが、悪いことに、悪いことの方がよく当たる。

四

同日の、昼少し前のことだった。風はあったが、強烈な陽射しの一日になった。猛暑日と言うやつだ。都内各所には、夕方からのゲリラ豪雨に注意するよう、警報が出されていた。

少し強い西風がせめて、人々に涼を運ぶ助けだった。

そんな風に揺れる川縁《かわべり》の、一帯をブルーシートで覆った現場に絆は立った。

遺体収納袋の中に青白い、かつて若狭であった顔を見る。

間に合ったというべきか、遅れたというべきか。

赤坂署での稽古の直後、恐れ多いが自ら買って出てくれた加賀美に、本庁への照会を任せた。場合によっては広く、関東管区警察局へもだ。

「そのままじゃ、いくらなんでも風邪引くわよ。そうじゃなくても、あんまりうちの署内をうろついてほしくないし」

たしかに、絆以下全員が道着から滴るほどの汗みずくだった。

シャワーも漫《そぞ》ろに、十分後には全員でいったん道場に集合した。頼みたいことの概要を伝え、

「そのときは、ヨロシク」

居並ぶ全員が無言の許諾を示して下げる頭を見回し、絆はその足で赤坂署の大部屋に入った。

定時も間近い頃だった。さすがに大規模署だけあって、賑わうほどに人がいた。

――よぉ。

――あっと。おはようさん。

半数以上が手を挙げ、あるいは声掛けで挨拶をしてきた。

稽古でもう何回も署の道場を使わせてもらっている。入れ替わり立ち替わりに見学だけの者達も多い。おそらくもう大半の署員が、絆を見れば組対特捜の東堂とわかるようだった。

署長室からはまだ、照会の結果は何も下りてきていないようだった。

客でもないのに応接セットも尻の座りが悪く、吉池の席で待たせてもらった。

刑事の勘、悪い予感は、二十分後に的中した。加賀美が大部屋にもたらした。

関東管区まではいかなかったが、本庁捜査一課でヒットした。してしまった。

蒲田署管内の事件だった。

一時間ほど前に、ジョギングの一般人が発見し、通報してきたらしい。川沿いの遊歩道から入った公園の植え込みに、血だらけの男が倒れているということだった。

蒲田署では交番の臨場要請ですぐに捜査員と鑑識が動き、第二機捜も現場に向かって死体を確認したという。

本庁捜査一課からもすでに、庶務担当管理官が臨場していた。それでようやく、加賀美にも情報が上がってきたようだ。

「まったく。本当に本庁って、いつまで経ってもノロマな亀ね。まあ、ノロマだからいつまで経っても変わらないんだろうけど。だいたい、偉そうだわ。お茶ズルズルって、あの音と態度はなによ。今に見てなさい。私が上り詰めた暁にはね。いいえ」

たとえ途中でも、副総監でもと、少々生臭い怒りの持って行きようはさておき、掻き集めの情報に拠れば、今のところ身元不明ということだった。

ただ、伝え聞く姿格好の詳細から、絆には若狭でほぼ間違いないように思われた。

絆はその場ですぐ、特捜隊長の浜田に連絡を入れた。

——ん。なに？

浜田はすぐに出た。蒲田署の案件になるが、強く臨場の許可を願った。

——どうして。

「おそらく、若狭です」

──若狭。ああ、芦屋銀狐から東京竜神会の、あの男ね。

浜田はそれだけで理解してくれた。さすがに切れ者・曲者だ。

──わかった。やっておくよ。でも、根回しに三十分は欲しいかな。

了解です、と言おうとしたら加賀美に携帯を奪われた。

「聞こえてた。こんなの十五分で突き抜けな。まったく、相変わらずトロイよ。ハマちゃんは」

言うだけ言って加賀美は絆に携帯を放った。電話の向こうで浜田が、なになになに、と喚《わめ》いていた。

──と、東堂。お前まさか、今赤坂署にいたりして。

「ビンゴです」

──先に言ってよぉ。

何かのＣＭで聞いたことがあるようなセリフを呟き、浜田は一瞬黙った。

──加賀美さんが十五分って言うなら、十分で駆け抜けてやる。

燃えるものはあるようで、この辺の機微は絆にはわからないが、加賀美と浜田は四十一歳の同期、ということに思い至るくらいの時間はあった。

そう言えば、バグズハートの折りに呼ばれた警察庁《サッチョウ》国テロ《コク》の氏家《うじいえ》情報官もたしかそのくらいだ。なにやら運命めいたものを感じるかと思えば、すぐに、

（あれ？　四十一歳って、たしか蘇鉄親分とこの野原さんも四十一じゃなかったっけ）

と思い出せば結局、話はなんの面白みもない単なる偶然に収まる。

──東堂。あとは上手くやって。

「あ、はい。有り難うございます。ハマちゃん」

──なにそれ。

「あ、すいません。一回言ってみようかなぁなんて」

──一回だけにしてね。

浜田との会話はそれで終了した。

加賀美が強権でパトカーと香取の許可を出してくれた。

「都合つけといたよ。行ってきな」

十弟子からも今日参集の全員ではないが、スケジュールに都合のついた高遠もパトカーに同乗した。

サイレンの音を鳴らしてパトカーは朝の渋滞を掻き分け、二十五分の後には蒲田署管内の現場に到着した。

規制線が張られ、制服警官が野次馬の対応に追われていた。

ブルーシートの中には、すでに捜査一課から一班が現着していた。

遺体収納袋の前に佇んでいた男が立ち上がった。

固太りの角刈りでいかにも叩き上げ然とした男は、絆とお互いに旧知だった。

捜一第二強行犯捜査第一係長の、真部《まなべ》警部だ。向こう側に同課主任の、斉藤誠《さいとうまこと》警部補の目もあった。

「よお」

片手を上げる真部に、絆は軽く頭を下げた。無言の斉藤にもだ。

「話は聞いてるぜ。うちの課長がよ、そっちの隊長と赤坂の女傑からの話をよ、ほぼ同時だったんで両耳で聞いたって嘆いてたぜ。左右からで脳味噌が豆腐みたいになったってな」

「それは、どうも」

真部は場所を空けてくれた。

「背中からひと突き。ホシはずいぶん手慣れた奴だな」

「そうですか」

頷き、絆は若狭の真横に進んだ。

若狭の顔は青白かったが、まだ濃い血の匂いがブルーシートの中に漂っていた。

「若狭さん」

悲しみが丹田に落ち、全身を巡る。

そのまま心に浴びる、身にまとう。

自然に右手が上がり、敬礼の形を取った。そのまましばらく動かなかった。

悲しみの人型が、時間まで巻き込み固着させるようだった。

背後に真部の、絆を見る興味深そうな視線があった。

「で、よ。お前ぇが出てくるってこたぁ、組対絡みのどいつかってことだよな」

絆が敬礼を解けば、真部が探るように聞いてきた。

「どこの誰だい？　まあ、それがあっから、規制線からこっちに入れてやったようなもんだ。隊長や女傑の進言があっても、んなもんじゃあ現場は動かねえからよ」

特に俺のヤマはな、と言って真部が隣に並んだ。

別段、隠すことではない。

教えてやろう。

「向浩生《むかいひろき》巡査部長」

「――ああ？　なんだあ？」

「第六方面西新井《にしあらい》警察署警備課、向浩生巡査部長ですよ」

残留物の採取に鑑識課員が手を止め、怪訝そうに絆を見る。

真部は眉間に皺を寄せ、口を開けたまま荒い息をついた。

「それって、お前ぇ」

「まあ、かつて、ですけれど」

真部の呼吸の隙を縫うようにして続く疑問を排除し、絆は若狭に背を向けた。

二度と振り返るつもりはなかった。向き合うべきは前で、若狭の残したものとホシだけだ。

まとうだけではない。悲しみを力に変えるのだ。

典明に教えられた言葉の、先を見る。

一を聞いて百を知る、だけではない。

百を超えて体現するのだ。

それが〈自得〉の、一流を確立する者の領域だ。

ブルーシートの近くに、神妙な面持ちの香取と高遠が立っていた。

「香取。高遠。力を貸せ」

言えば黙って、二人は絆に敬礼で応えた。

五

絆はそれから一度、特捜隊本部に顔を出した。

待っていた浜田に経過報告とこれからの方針・方策を伝える。

「わかった。けど、お昼は食べたかい？」

「いえ」

「わかるけど、大事だよ」

浜田の気遣いには頭を下げつつ、息つく暇もなくその足で、絆は練馬高野台のバグズハートに向かった。

隊に寄ったのはどちらかと言えば、バグズハートへの道すがらだ。乗り換えターミナルだったからに過ぎない。

絆の目的は飽くまで、バグズハートの久保寺美和だった。

「若狭さんが殺されました」

ブルーシートから外に運び出される若狭の遺体収納袋を見送りつつ、そんな電話を掛けたら、美和が短い溜息と長い沈黙の後に言った。

「ねえ。これから、来られない？」

行くと答えたのは、声に悲しみ以外のニュアンスを聞いたからだ。

バグズハートに着いたのは、午後の三時を回った頃だった。

なぜか、いつもならうるさいほどの蝉の声が少なかった。

美和は自分の机に頬杖を突き、所在なげに白紙のノートをペン先で突《つつ》いていた。

絆が到着すると、ペンを机上に転がし、椅子の背凭《せもた》れを軋ませた。

大きく伸びをする。

「なんか、みんな簡単に死ぬわね。私もたしかに大樹《たいき》は安産だったけど、生まれて死ぬって、こんなに簡単だったっけ？」

冗談めかして笑いもするが、絆は黙って近づいた。

目を細め、ただ傍に立つ。

美和に観るのは、全身を覆うほどの深い悲しみの色だ。

「冗談よ」

固めたような表情で、美和は席を立った。絆の脇を擦り抜けるようにしてコーヒーサーバーへ向かう。

すでにセットはされていたようで、スイッチひとつですぐにいい香りが漂い始めた。

若狭が好み、若狭が置いていったコーヒーだった。

「いえ、冗談じゃないわね。ゴメン」

向こう向きで美和は肩を震わせた。

「いえ」

絆はそちらを見なかった。葬送の悲しみに対する、それが礼儀だったろう。

気配も閉じた。そこにいて絆は、鴨下以上にそこにいなかった。

外がいきなり暗くなった。と同時に、いきなり天が啼《な》くほどの雨が降り出した。

ゲリラ豪雨、と言ってしまっては心がないか。

若狭を送る雨だ。

降りたいだけ、降ればいい。

やがて、部屋にコーヒーの香りが満ちた。

美和が二脚のコーヒーカップを持って戻った。

丸眼鏡の奥にある目は赤かったが、涙はもうなかった。

椅子に座り、ひと口飲み、美和は天井を振り仰いで大きく息をついた。

それから、絆の方に顔を傾けた。ショートヘアの先が片頬に掛かった。

「有り難う。来てくれて。落ち着いたわ。一人で泣くと、きっと際限ないと思ってさ」

声にも張りがあった。

美和はいつもの美和で、バグズハートの社長に戻っていた。

「若狭さんが、南京の人に頼んできたことがあると電話で聞きましたが」

絆もカップを取り上げた。

「そう。もうずいぶん前、一ケ月くらいにはなるかな。若狭さんには言われてたわ。結果が出たら報告はそっちに送るからって」

「それが、昨日」

「そうね」

美和は頷いた

「正確には今日の朝、かな。向こうはギリギリ昨日だっただろうけど」

「向こう？　ああ、南京ですか」

南京との時差は一時間のマイナスだ。

「今朝の一時頃だったわ。私がもう寝ようとしたとき」

言いながら美和は携帯メールを立ち上げた。次いで、デスクトップのPCに手を伸ばし、キーボードを操作する。

軽やかな音が、篠《しの》突《つ》く外の雨音にいいアクセントだった。

「携帯にメールが入ったの。南京の人。若狭さんから聞いて登録だけはしといたから。それから一分も経たないうちに、PCにも同じ人からメールが入ったわ」

開いた携帯の画面を、美和は絆の前に出した。

〈百万〉

送られてきたメールの、タイトルがそれだった。内容は、ランダムなアルファベットとアラビア数字の羅列のみだった。

「パスワード、いや、パスコードですか」

「そうね。でも、いいえ、だからまだ開けてない。わかる？」

絆は頷いた。

目の前にあるPCのモニターに、美和の言うPCメールの内容も映し出されていたからだ。

　画面はクレジットカードによる決裁を求めていた。

「この辺からして、本当は若狭さんに許可を取りたかったの。だから、深夜だったけど連絡したんだけどね」

　百万を振り込めば画面が進むようだ。そこで、携帯に振り分けられたパスコードが必要になるのだろう。

　なかなか、情報屋らしい商習慣だ。

「カード自体はバグズのゴールドでいけるけど、そっちに回すからよろしくね」

「――えっ」

　ということで美和は自分の財布からクレジットカードを取り出した。

「ちょ、ちょっと待った」

　絆はPCの画面に掌を出した。しばらく動かない。姿勢としては、念でも送っているようだ。

　こうしていれば、百万が五十万にならないだろうか。

「それ、なに？」

　美和の声が冷めていた。

「いえ」

自腹、いや、経費、いや、部長から許可された裏予算、いや、諸々の複合は――、結局自分の腹も痛むと覚悟は決める。

大利根組と合宿でもしようか。

「了解です。クレジット、入力しちゃってください」

その前にもう美和の指は動いていた。

モニター上でOKが出て、次に進む。

画面が次に求めてきたのは、やはり携帯に送られた方のパスコードだった。

入力してようやく開く百万の〈結果報告〉は、わずか一行の簡潔な文章だった。

〈TS興商↑↓上海王府《ワンフー》国際旅行社〉

「これはこれでバグズのハート。一寸の虫の五分の魂かしら」

何気ない呟きだが、その通りだろうと絆も思う。

簡単な一行だからこそ、かえって決死行の〈厚み〉も想像できる。

置き捨てられた一寸の虫は、捨てられた今でも得難い情報を入手できるのだと、〈百万〉という金額で主張してやまない。

メールには付記があった。

〈若狭さん。たまにはこっちに来ないかい。久し振りに、白酒でも酌もうじゃないか〉

差出人には、新崎博《しんざきひろし》の署名があった。

それが南京金陵《きんりょう》国際カンツリークラブ支配人の本名、いや、昔の名前なのだろう。

絆はおもむろに携帯を取り出し、特捜隊長の浜田に電話を掛けた。

「隊長。例のちょっとした企画、一歩前進です。けど、さすがに手に余る部分も出てきたんで、隊長に任せます。あるいは振っちゃってください。繋がりとしても距離としても、俺には遠いんで」

——なに？

「上海です。おそらくシンジケート絡みの旅行社だと」

絆は浜田に簡潔に説明し、それから美和に視線を合わせた。

下から美和が、見上げていた。

「なにか」

「若狭さんのことだけど」

と、美和は手を出した。一枚のミニSDカードが載っていた。

「これは？」

「若狭さん、日記みたいなものだって言ってた。林さんじゃないけど、俺になにかあったら東堂に渡すか、捨てろだって。まったく、みんな私のことを、掃除のオバさんかなにかと間違ってるんじゃないの」

「日記ですか」

手を出そうとすると握り込まれた。

「なんでしょう」

「白石さんの持ってたやつと交換」

「白石さんの？　ああ、あのＳＤカード」

白石のＳＤカードはイコール、白石の情報屋としてのリストだ。

それは命であり、覚悟であり、意志だった。

「それって」

本気でバグズハートのすべてを継ぐということか、と聞く前に美和は頷いた。

「私がやらなきゃ、誰がやるってのよ」

「誰もやらないのが最良かと思いますが」

溜息をつき、ねえ東堂君、と美和は声を落とした。

決意の色が、濃く観えた。

「自分じゃなくなるって、不安だし怖いのよね。藻掻《もが》いてる人たちも大勢いるし。私もその一人だったし。この南京の支配人みたいに、日本人名で繋がっていられるのって、凄く大事だと思う。痛いほどわかるの。だからね」

やるわよ、と美和は自分を鼓舞するように囁いた。

「大樹君はどうするんですか」

「そうね。なにかありそうだったら実家に預ける？　それとも、元上司でも脅して、警護でも付けさせようかしら」

元上司、国テロの氏家情報官か。

一寸の虫の魂を継ごうとする女性なら、やるかもしれない。

久保寺美和は、この女性は強い。

「了解です」

絆は美和の手からSDカードを受け取り、そのまま外に向かった。

ドアを開ければ、蒸された夏の熱気が一気に押し寄せてきた。

いつの間にか、ゲリラ豪雨は過ぎ去っていた。

雨上がりの中に足を踏み出し、駅を目指す。

「これも、キーワードかな」

呟き、絆はメールを立ち上げた。

〈哀しい男がひとり、死にました〉

若狭清志、本名向浩生、巡査部長、特進警部、と記してメールを終える。

顔を上げれば七月最後の夕陽が、真っ赤に濃く観えた。

六

持ち帰ったミニSDカードに入っていたのは、絆達が調べた田中に関する情報を補完するものだった。

資料は、六月頭の〈五条源太郎を偲ぶ会〉辺りから始まっていた。

会話の記録もあったが、若狭本人の推論や主観も多分に交じり、なるほど美和が言ったように日記にも近かった。

それでも、若狭はさすがに元チヨダだった。記述は微に入り細を穿《うが》ち、資料としても一級品だった。

——ああ。竜神会と言えば、こちらと同じような商売をしてた会社が、二次の沖田組の関連にありましたね。

社長室に田中を訪ねた際は勘を頼りにカマを掛けるつもりで口にしたが、これはどうやら間違いではなかった。TS興商は完全にMG興商の流れを汲む会社だった。

「ふうん。なるほどね」

田中稔は迫水保の舎弟だと、これは本人が口にしたという。

表の内装建築関係や自社経営の店舗は、自分の目でも出来るだけ確認し、把握しているつもりだった。が、若狭の資料に拠れば、それがすべてではなかったようだ。田中が個人でやらせている、あるいは無関係を装う店も、ＳＤカードのリストには片手では利かない数、記載されていた。

絆は、たいがいのデータをそのまま奥村に送った。

ただし――。

画像として添付されていた一枚の写真と、それに関するコメントは差し控えた。

内容を知るのは作成した若狭がこの世にいない以上、絆と一緒に目を通した浜田だけということになる。

資料を確認した直後に、バグズハートの美和には確認した。

――えっ。見てないわよ。さすがに日記みたいなもんだって言われると、盗み見も気が引けてね。

ということだった。

添付されていた一枚の画像は、闇の中で抱き合うような二人の、おそらく男の写真だった。

おそらくというのは画像が粗く、一人などはヘルメットをかぶった影だったからだ。

コメントのタイトルは、〈豪爆坊・門野殺し〉になっていた。

付記されたコメントは短かったが、内容は端的にして濃いものだった。

〈周囲に防犯カメラの類なし。そんな場所をチョイスか。用心深い。携帯のカメラで撮影。心許ない。カメラより俺の目。こいつは、間違いなく田中だ。動機ははっきりしている。

半グレをまとめる。関東をまとめる。邪魔者は排除する。

それが竜神会本部から田中に課せられた使命。

五条宗忠会長は多分、断捨離と呼んで田中に推奨した。

弟と田中の天秤。東日本の実権。嘘か真か。

俺の読み、宗忠の本心。

おそらく、どうでもいいのだ〉

と、コメントはだいたい、それくらいの内容だった。

「壮絶だね」

隊長席の浜田が、目頭を揉みながらぼそりと呟いた。

脇に立ったまま絆はしばらく画像を睨み、

「どうですかね」

と浜田に確認した。

「そうね。これじゃあ、間違いなく田中に行き着くのは無理だね」

返る返事は経験と実績に裏打ちされた揺るぎのないものだった。若狭の資料に、田中を追い詰めるための証拠能力は皆無だ。

「ですよね」

聞きはしたが、絆もわかってはいた。

「仕方がない。じゃあ予定通り、搦手《からめて》から行きますか」

「うん？　搦手って？」

浜田が顔を斜めに振り向けた。

「いえ。この前隊長に話した、例のちょっとした企画です」

絆はちょっとしたと言いながら、すでに自身の中では大きく育っている企画の詳細を浜田に告げた。

「ふんふん」

聞く浜田の表情はあまり変わらなかったが、茫洋と見せるのはいつものことで、思考の深さは絆には観えていた。

「わかったよ。じゃあ、八人出そう」

絆は思わず指を鳴らした。

浜田の中でもこれはどうやら、〈目玉イベントでも五人〉を超える分類に昇格したようだった。

「よろしくお願いします」

絆は素直に、浜田の決断に頭を下げた。

そうして、若狭の死から四日目の夜だった。金曜だ。

絆は企画を手伝ってもらう約束を取り付けた高遠や赤坂署の香取ら若手五人と、来福楼最奥の個室で企画に関する顔合わせと称した呑み会を開いた。扉に龍の彫り物がある個室だ。渋谷署の下田や三田署の大川も巻き込んだ。

絆のネットワークのうち、関係が太いという意味では現在の総力とも言えた。

先に集まって、まず知らない顔に紹介を加える。

その後、軽く呑み始める頃には時間を見計らって浜田が二人の男を伴って現れた。

下田や大川は慣れたものだったが、高遠や香取の若手はだいぶ慌てた。いきなり立ち上がってビールを撒き散らしたりもした。

「よう」

野太い声で片手を上げたのは組織犯罪対策部部長、大河原正平だった。警視長は、高遠や香取からすれば雲の上の存在だ。もちろんそれは下田や大川、絆にとっても同様だが、雲の切れ間からときおり大河原は顔を覗かせた。その顔に絆達はもう慣れていた、ということだ。

「へっへっ。呼ばれたんで相伴に与《あずか》りってな」

浜田が伴ったもう一人、J分室の猿丸俊彦《さるまるとしひこ》警部補が最後尾で入室した。

猿丸については絆が声を掛けたわけではなく、大河原が引っ張ってきたというイレギュラーがあってモノのついでだ。

ただし、あながち無関係というわけではない。

この夜の集まりは絆にとって若狭を、いや、向浩生という男を送るための会でもあった。

それで来福楼最奥の個室にした。

この部屋は絆の相棒である金田に、大河原や絆の父・片桐が送別会を開いた部屋だ。

金田が最後に酒を呑み、最後に笑った部屋でもあった。

絆には、送る部屋のイメージだ。

うちは精進落としの店じゃないけどね、と口を尖らせたが怒ったわけではない。多人数の宴会に店主の馬は揉み手を隠さなかった。

若狭の死そのものを知る高遠や香取。

若狭の資料によって企画を手伝う下田や大川。

そして、若狭を向と知る男達。

それが大河原と浜田と絆と、おそらくこの猿丸だった。それであながち無関係ではない、となる。

白石の事件の最後に小日向警視正が絡んだ以上、意外な結末と共に猿丸が若狭の正体を知っている公算は高かった。

総勢で十一人も縁を持つ者達が集まれば、送る会には十分だったろう。

緊張しまくる若手を浜田が解《ほぐ》し、解そうとして大河原がまた固め、下田や大川や猿丸が大いに囃すといった図式で、賑やかな宴席になった。

絆は、猿丸の隣で杯を重ねた。

ほろ酔いになった頃だった。

下田が大河原に、猿丸を伴った理由を聞いた。

「ああ。去年、ここの分室にちぃっとばかり手伝わせてよ、そのままにしちまった。それを思い出してよ。中でも特にな」

大河原は、さも面白そうに猿丸を指差した。

「こいつが一番割り食った感じでよ。なんたって、ヤクザの独居寮に放り込まれたってな」

潜入、ということか。

「それって」

絆が一番引っ掛かったようだ。思わず言葉が口を衝いて出た。

「それって、恐くありませんか」

「ん？　恐ぇって？　ああ、不安かってことか？」

猿丸は呑み掛けのグラスを置いた。

「別に。怖かぁねえよ」

信じられりゃよ、と猿丸は続けた。

「一年だって二年だって、それこそ死ぬまでだって潜ってられるぜ」

「まさか。それはさすがに」

笑おうとして、笑えなかった。

出来るよ、と猿丸の声は真っ直ぐに通った。

気配に浮薄の調子は微塵もなかった。

「誰かが見ててくれる。知っててくれる。それが信じられりゃあよ。なんだって出来るぜ」

それ以上の言葉はなかった。

ああ――。

腑に落ちる。

そういうことなのだ。

美和の決断は、おそらく正しい。

バグズハートはこれからも一寸の虫の、五分の魂を救い続ける。

「そうですよね」

絆はジョッキのビールを一気に呑み干した。

（若狭さん。美味い酒です）

俺にも呑ませろと、天から声が聞こえるようだった。

七

自堕落屋の奥村から連絡がきたのは、この三日後の夕方だった。

月もすでに八月に変わっていた。そろそろ自分から行くべき頃合いだとは思っていた。

猿丸の言葉もある。

――誰かが見ててくれる。知っててくれる。それが信じられりゃあよ。なんだって出来るぜ。

これは奥村にも当てはまる言葉だろう。

連絡をもらってすぐに向かった。

この日の奥村は、午後から四階の角を社長室にしていた。

「動きが早いな」

言葉数は少ないが、奥村に喜色は明らかだった。

「前回お前が帰った後にな、一回すべてをリセットして、初めから追ってみようと思った。それで、トリモチのアルゴリズムに少し触ってみた」

向こう向きの、いつもの姿勢で奥村は言った。

「ん？　どういうことです？」

絆はいつもの事務方の女性に手渡されたコーヒーを、ソーサーごと持って飲んだ。置く場所は見る限りない、少し狭めの部屋だった。

「セキュリティの質、条件付けのレベルを崩した。レベルで言えば、十を九・五、いや、九に落とした感じだ」

「あれ？」

絆は首を傾げた。

「それって、たしか怖いって言ってませんでしたっけ」

奥村は椅子を絆の方に回した。いつになく神妙な面持ちだった。

「哀しい男が死んだのだろうが。そんなメールを寄越したのはお前の方だぞ」

デジタルではないアナログの、沁《し》みるような声だった。

金田の心がわかる。

金田は自分のスジを、決して損得や使い勝手ばかりで決めたわけではないのだ。そんな男でもない。

奥村金弥も鴨下玄太も絆の父・片桐亮介も、それぞれに金田が認めた、いわば好漢達だった。

「向浩生特進警部。巡査部長。そんな男は警視庁のデータベースにはなかった」

「うわ。侵入ですか」

「潜入だな」

「え、潜入？」

「阿呆。向浩生がだ」

「――ああ」

日本語は難しい。絆はコーヒーを口に運んだ。

「若狭清志。調べたよ。本物の戸籍まであるとは恐れ入った。証拠は何もないがな。そんな嘘を作れる。いや、そんな嘘を平然と作ることが出来る。これはこれで、警察という国家的組織の闇だ。いや、余談だがな」

絆はただ、深く頷いた。

「それで、トリモチの方はどうでした？」

「駄目だ。それでもＥＲＲＯＲだった」

奥村は首を横に振った。

「だからな。試してみたくはなかったが、思い切ってさらに崩した」

「あの、それはさっきのレベルで言うと？」
六、だなとそっぽを向きながら奥村は言った。
「えっ。それって」

実感は出来ないが、かなり危険な数字のような気はした。

が、絆が口を開く前に奥村が手で遮った。

「特に触れてくれるな。これは、少なくとも褒められたような話ではない。ハッカーにとっては本来、恥ずかしい話なのだ」

「……了解です」

「ありがとう。まあ、理解してもらったうえで言うとするなら、ここからは結構、反撃や追尾が気になるところでな。モニターの前を離れられなくなった」

「へえ。どのくらい」

「一昼夜」

「うわ」

絆は天井を振り仰いだ。

食事はいつもと変わらないだろうが、トイレは……。

「そう。うわっ、と人に言われるほど面倒ではあったが、だがな、収穫もあった。トリモチはやはり優秀だ。なんといっても俺の分身だからな」

「ああ、分身ですか」

「けれど、そこまで落とすとな——」

二十数人が掛かったと奥村は言った。ＴＳ興商の田中も入っていた。

「完全条件下ではない。大人数ということは、全員がつまりは、なにかが余計だったり足りなかったりということになる。ただな、例の田中が入っていたという事実は、大いに重要なファクタだった。で、問題はな、ここからだ」

奥村に漲《みなぎ》るような気魂が観えた。濃く、強い。

さすがに、自分の領域ということか。

「ハッキングにはフィーリングというか、そんな肌触りをセンスというか、つかみ取る感覚こそが必要なのだ。お前の観法、いや、刑事の勘とな、同じような種類のものだ」

「ああ。アナログの」

「アナログ？　そうだな。すでにアナログだな」

奥村はモニターから顔を上げ、うっすらと笑った。

「ただ、ここからが本気のアナログになった」

「とは？」

「一人一人を調べたのさ。どこがトリモチを作動させなかったか。いや、ＴＳ興商の田中が、俺の構築したトリモチを擦り抜ける原因はなにか。ふふっ。ターゲットを先に絞ったデジタルは結果、丹念にしてこれ以上ない入念なアナログに格落ちだ。思えばそもそも、お前を奴の会社に行かせた段階で、最新の画像認証をすでにアナログの感性に振っていたしな。まあ、こっちの世界の連中には見せられないし聞かせられない体《てい》たらくではあるが。特に、あの陸自のオタクにはな。想像しただけで恐ろしい」

奥村は両腕を抱えるようにしたが、この辺はあまり絆には関係がないというか、関わりたくない気もした。

「えぇと。で、奥村さん。結果は？」

棹《さお》を差してみた。

そうしたら――。

奥村は深く頷いた。

「わかったぞ。住所だ。ああ、いや、正確には、戸籍の方だ」

「戸籍？」

「そうだ。ヒントはな、お前のメールの若狭だ。警察でさえが闇を抱えるならとな。気になった。アナログの感性だ。それでな、まあ、こそっと触った」

「はあ。こそっと」

「当たり前だろう。こそっとだ。バレないようにな」

奥村はコーヒーを飲んだ。

「会社の登記簿謄本《とうほん》と住民票だけではわからなかった。あの田中はな、石川の人間ではなかった。転籍で石川に動かしてはいるが、そもそもの本籍は兵庫だ」
「兵庫、ですか」
なにかが絆の中で動いた。
「ああ」
奥村は勢いよくエンターキーを叩いた。
モニターに映し出されたのは、どう見ても田中稔という人物の戸籍謄本だった。
〈身分事項
出生日　昭和四十六年十月＊＊日
出生地　兵庫県芦屋市
届出日　昭和四十六年十月＊＊日
届出人　父
送付を受けた日　昭和四十六年十一月＊＊日
受理者　芦屋市長〉
そう記されていた。
「この本籍というのは通常、出生に伴って親の本籍に組み込まれるから、本人の生活環境とシンクロしないこともある。ただ、この田中の場合は、見ろ。問題はこっちだ」

奥村はモニターの一部を指差した。

石川への転籍に関する欄だった。

〈転籍日　平成十七年五月二十五日
従前本籍、兵庫県神戸市＊＊＊〉

「ん？　神戸？　いや、平成十七年って」

何かが絆の中で、触るように引っ掛かった。

「ほう。一見で違和感か。さすがだな。それが刑事というものか」

「奥村さんも、ですか」

「まあな」

奥村は軋ませながら椅子を回し、強い目で絆を見上げた。

「東堂。さっきの向、いや若狭清志という男が警察の闇が産んだ幻なら、この田中というのは、裏社会の邪気が凝り固まったゴーストだな」

言い得て、妙か。

「ハッカーの勘も、凄いものです」

「で、どうするつもりだ」

「そうですね。お願いしたことの最初は、単なる人定《じんてい》のつもりでしたけど、こうなったらそれだけじゃあ済まないし、済ますつもりもありませんよ」

「もし当たりだったら、人の命は、高くつくってことを教えてやります」

「そうなりますか。経費じゃ出なそうですけど。まあ、一応は上に泣きついてみますが」

「なら？」

「なら、行くのか？」

絆は苦笑いで頭を掻いた。

「そうだな。お前なら、そうするだろうな」

「えっ。泣きつくと？」

「そういう冗談は受け付けない」

奥村はモニターに向き直り、もう別のことを始めていた。

絆は奥村の〈社長室〉を出た。

何かあったらまた来い、と奥村の声が聞こえた。

閉まるドアの向こうに、絆は無言でただ、頭を下げた。

最終章

一

九月に入って最初の土曜日だった。午後二時を回った頃合いだ。

田中はTS興商の社長室にいた。残暑だったが、空調は利いている。快適だった。

山崎達に割り振った消費税免税ビジネスは順調に育っていた。

一人に一千万内外を振り分け、この日山崎らが動かす金の総額は約五億五千万だった。

税額は四千四百万になる。一千四百万引きの五億三千万で業者に売っても、三千万の儲けだ。

山崎らの実働連中と折半にしても千五百万のアガリになり、その半分を竜神会本部の上納に回しても七百五十万は残る。

週に一度三時間程度で、月に三千万近くになるなら割りのいい商売だろう。

なんと言っても、純利だ。

この日は土曜日だったが、TS興商は慌ただしく動いていた。休日出勤も残業も有り有りだが、内装請負業はそんなものだ。

いや、額に汗して働く真っ当な商売は、すべからくそんなものだろう。

濡れ手に付く粟とは全体、光と闇の狭間に落ちているものだ。

「ふっふっ。それで、半グレの連中が尻尾《しっぽ》振ってついてくる。一石二鳥だ」

田中は呟き、陽射しに目を細めた。

順調なのはなにも、儲けの話だけではない。

一日に動かす人数は、都内だけでも三十人を超えていた。関東圏なら五十人を超える。

そのすべてが半グレだった。しかも走り屋当時から、それぞれのグループの中心だった連中だ。

全員がひと声吼えれば、おそらく千人を超える数が蠢くだろう。敵対する者はもう、そう多くない。そろそろ噂を流してもいい。

〈山崎達に逆らうと、狂犬・赤城一誠に嚙み殺されるぜ〉

宗忠に指示された関東の半グレの躾は、そう遠くない未来に達成できるだろう。

五条国光を差し置き、東日本のヤクザとティアドロップ・ＥＸＥの流通を一手に握る輝かしい未来だ。

少しいい気分だった。それで一人、社長室でブランデーを舐めていた。

ちょうど時間的に、ストレンジャーが商品を買い付けている頃合いだった。

それで順調に、今日も儲かる。月曜か火曜には、山崎の息の掛かった個人宅配業者が小さな段ボール箱を運んでくる。田中の分のアガリを詰めた宝箱だ。

通帳は使わないし通さない。デジタルはすべて情報を抜かれる元であり、現金に勝るセキュリティの商売はない。山崎ら、この商売の胴元にもそれを徹底させている。数人数ケ所に分け、現金もツアコンも管理はされているはずだった。

田中は空になったブランデーグラスに、二杯目を注いだ。

最初こそ無様にも慌てさせられたが、組対特捜の東堂もこのところは大人しいものだった。姿を見ないどころか、ほぼ一ケ月は話すら聞かなかった。

あまりしつこく面倒なようなら、田中ではなく東京竜神会の方に注意が向くよう、色々画策してもいいと思ってもいた。

これは若狭を使ってTS興商をリークしてくれた国光への仕返しの意味もあり、いずれはどこかで実行すると決めている。そのためのカードを、着々と集めているところだった。

いずれにしても東堂は、諦めたか、他の仕事に忙殺されているのか。

「なんでもいい。稼げるときに稼ぐ。それで関東も、ティアドロップ・EXEも握る」

想いを乗せて紡がれる言葉は、酒に浮かれた夢想だけではなく、現実を見据えて熱かった。

とそのとき、田中の携帯が振動した。山崎からの着信だった。それも電話だ。

途端に、口中に残るブランデーの香りが錆《さ》びた。だから無視した。

すると、五分もしないうちにまた振動した。先の山崎とは振動音が違った。

メール、ツイッターだった。

書き込みがあった。ストレンジャーに張り付くツアコンの一人だった。たしか、〈一つ目小僧〉にいた奴だ。

〈赤羽《あかばね》の駅前で所轄の刑事とばったり出くわした。離れねえんだけど。どうすりゃいい〉

眉をひそめた。初めてのことだった。

それからは――。

五分から十分置きに、ひっきりなしだった。

〈顔見知りのデカに見つかった。ついてくんだけど〉

なんだ。

〈張られたかもしれないっす。今日の分はダメかも〉

なんだなんだ。

〈ブツが受け取れなかった。いきなり桜田門の手帳出されて、ストレンジャーが勝手に空港に向かっちまった〉

「クソッ。いったいなんなんだ」

ブランデーを呷《あお》る。

気が付けば、四十分以上が過ぎていた。

ブランデーを注ぎ足し、携帯を操作した。

思い出してリダイアルで山﨑に掛けた。

気持ちを落ち着かせるため、ブランデーを半分呷って窓辺に歩いた。

陽射しが苛つくほどだった。

電話は、ツーコールでつながった。

——あ、た、田中さん。待ってたぜ。

「なにがあったんですか？」

努めて平静に、丁寧に聞いた。そうしなければ、こめかみの血管が切れそうだった。

——わからねえ。い、いや。分かってる。なんだかしらねえが、ツアコンに刑事が張り付いた。それも、付かれたのは一人じゃねえ。

「わかってます」

——いいや。わかってねえ。田中さん、気が付かねえ馬鹿がいるだけで、たぶん全員に張り付いてる。

「！」

さすがに一瞬、田中も声はなかった。

――今日は無理だ。止めよう。

「止めるって、なに言ってるんですか。駄目です。そんなことをしたら」

ストレンジャーは儲け物とばかりに、ブツを懐に入れて堂々と帰国の途に就くだろう。上海の旅行社に連絡を入れればブツはプドンで回収できるが、さて、田中の元に戻されるかと思えばまず絶望的だ。シンジケートに接収されて終わりに違いない。

このままではこの日一日で、コツコツと積み上げてきた五億五千万はほとんどが溶けて消える。

田中は強く首を振った。

「ダメです。換金までは望みませんが、なんとか刑事を振り切って、せめて商品だけは必ず回収してください」

――だから、それが無理だって言ってんじゃねえか。

「無理でもお願いします」

――じゃあ、どうすりゃいいってんだ。指図してくれよ。赤城とあんたが乗せたんだっ。なんかあったらあんたらのせいだぜ。

山﨑が焦れて切れ加減だった。

「ねえ、山﨑さん」

田中は声を落とし、窓辺に立った。

「私は、今動かせる現金のほとんどを注ぎ込んでるんですよ。ここで商品を諦めたら、いいですか。あなた達の今後にも大いに関わりますよ」

このとき、田中は何気なく眼下に目をやった。

目をやって、見張った。

真下の歩道に、東堂絆が立っていた。立ってこちらを見上げているようだった。

視線が直《じか》に射込まれるような錯覚があった。

いや、本当に錯覚なのか。

——知るかよ。俺らの金じゃねえや。

電話の向こうでは、山崎が鼻で笑った。

——へっ。タマが足りねえんなら、街金からでも引っ張りゃいいじゃねえか。うちの元社長のよ。馬鹿やって自爆した戸島みてえによ。へっへっ。

目を真下に吸い付けられて動かせない田中の耳に、自分ではなにも出来ない馬鹿野郎の嘲弄《ちょうろう》が邪魔臭かった。

「痛《つ》っ」

左手が熱かった。

我に返って見れば、左手の中でブランデーグラスが粉々だった。

「ったく。うっせえな」

流れ落ちる血潮に、心身が赤く染まる。

――ああ？　なんだってぇっ。

「よっ」

田中はグラスをゴミ箱に投げた。入るわけもなかった。

「うっせえって言ったんだよ。舐めんじゃねえぞ、コラ」

血の滴る手で、髪を掻き上げる。

窓ガラスに顔が映った。

赤黒いリーゼント。

出来上がりはまずまずだった。

「ただの駒が偉そうに物言うんじゃねえや。駒は駒なり、馬鹿は馬鹿なりによ、大人しく言う通りに動いてりゃいいんだ。わかってんのか、コラ」

――えっ。あ。ええっ。

田中の豹変《ひょうへん》に、山崎は毒気を抜かれたようだった。

「余計なこと考えんじゃねえや。ええ、山崎。足りねえ頭で考えたってよ、ロクな答えなんざ出るわけもねえんだ。手前ぇらぁよ、人並みに頭ぁ使ってんじゃねえや。寝惚けたこと言ってと、殺すぞコラァッ」

一気に捲し立てた。

間があった。

――え、あ、あれ。

山崎が明らかに、戸惑《とまど》っていた。

――あれ。田中さんって、あれ？　赤城。おい、その声は、あ、赤城じゃねえか。なんで赤城なんだよ。

「ちっ」

田中は、いや、赤城一誠は思わず舌打ちを漏らした。

山崎に小馬鹿にされ、東堂の出現に動揺し、左手の怪我で一気に血が上ってしまった。

女に見境がないのと切れたら歯止めが利かないのは、昔からの悪い癖だ。

「んなこたぁ、今はどうでもいいや。やい、山崎、手前ぇ、ビビリ。手前ぇらが真っ先にしなきゃなんねえのはよ。どうせすぐ忘れちまう下らねえ質問じゃねえぞっ。俺の金の回収だっ。間違えんじゃねえや、馬ぁ鹿」

――あ、赤城。答えんなってねえぜ。おい、なんでお前がそんな。

「っせぇなあ。だから、んなこたぁ、後にしろって言ってんじゃねえか！」

田中は吼えた。

吼えて山崎の声を遮った。

「俺ぁこれから、色々と忙しいんだぜぇ」

田中は赤城の声でそう言い、窓に映る赤黒いリーゼントを整えた。

二

田中が生まれたのは一九七〇年代後半の、中国だった。場所は山東《さんとう》省の東営《とうえい》市という場所らしい。名前は、おそらく付けられなかったようだ。その前にマーケットに出されたはずだと、物心ついた後に人に教えられた。

当然、教えてくれたのは父母ではない。教えてくれたのは上海黒社会の若いエリート、田中のボスに当たる、郭英林《かくえいりん》だった。田中に犬々《けんけん》という仮称をくれたのも郭だ。

どうやら田中は、中国で一九七九年に始まった独生子女政策の煽りを受け、黒社会に売られた〈黒孩子《ヘイハイツ》（闇っ子）〉だったらしい。

郭は自分の意のままに使える〈命《いのち》〉として、犬々のような黒孩子を何人も飼っていた。黒孩子の中には、腑分けされ臓器として売られたのや、性道具として売られたのもいた。そんな奴らに比べれば、犬々の生活はずいぶんましなものだった。いつ死ぬかはわからなかったが、郭の命じるままに闇の中で働けば取り敢えず今を生きていられたし、美味い残り飯にも時々はありつけた。

何人殺したか、何人半殺しの目に遭わせたか。何個の目玉、何本の手足を潰したかなどは定かではないし、犬々が生きる上で数に意味はなかった。

そんな中国の黒社会から、運命に従って犬々が日本にやってきたのは一九九八年のことだった。犬々の運命は、郭のひと言で動いた。

郭は飼っている黒孩子をグループに分け、それぞれに英語や日本語、韓国語、フランス語を学ばせた。いずれなにかのミッションに派遣されるのだろうとは、薄々はわかっていた。

〔半年後に出番だ。日本へ行け〕

日本語のグループにいた犬々は郭英林から細かいレクチャーを受け、一人海を渡った。ダミーのビザやパスポートは郭が用意してくれたが、手伝ってくれたのはここまでだった。

初めて降り立った日本の地は、ゴミの臭いがまったくしなかった。

それだけでまず、犬々には衝撃的な驚きだった。

この九八年は、西崎次郎が高崎にあるN医科歯科大学医学部に入学した年だった。

犬々の役目は、いずれインターンとしてやってくる予定の郭が、この西崎を囲い込み、悪に誘導するための先兵だった。というか、西崎という男を丸裸にして、上海の郭に情報を上げることを命じられていた。

西崎には後々、郭本人が近付く予定だったので、直接接触することはしないで、外堀を埋めておくのが犬々の役割だった。

それにしても、すべてそれとなく、なんとなくだと、そう念を押されていた。西崎の周辺を知るために、まず一年の猶予はもらった。進捗しなければ消されるのはわかっていた。そういう緊迫感は毎日で、そんな中に生きていた。

幸い、狙いはすぐに見つかった。

戸島という悪ガキがいた。十七歳で、一番西崎に近かった。そこに目をつけた。

そんな話を郭に上げれば、

〔下準備は自分でしろ。実績を見せれば、その後の支度は任せられるところがある〕

わけもなかった。軽く下準備をこなし、翌年には〈戸島先輩〉がいる高校に入った。

この下準備というのは、殺しだった。背乗りだ。めぼしいのは、夜の巷《ちまた》を歩けばいくらでも見つけられた。

仙台にいいのがいた。両親を早くに亡くし、祖母に育てられていた札付きの悪だった。

これが、赤城一誠という男だった。

犬々は赤城と婆あをあっさりと殺した。

死体は郭の指示により車に乗せ、桐生《きりゅう》に工場を持つフード・ファクトリーという会社でミンチにした。ここは、中国本土では犬々も関わったことがある、ブラックチェインの息が掛かった工場だった。

それにしても、郭が自分で動くなどということは有り得ない。それが、上海黒社会のエリートというものだからだ。

車も工場も誰が手配したのかは、このときの犬々は知らなかったし、どうでもよかった。殺した直後、赤城一誠と婆あ二人の、北藤岡への引っ越し手続きや、婆あの〈替え〉もどこからか手配された。

これらが竜神会、五条宗忠の差配だったということは後で知る。

もっとも、赤城となった犬々は北藤岡の住まいになど寄り付きもしなかったから、婆あの顔も一、二度会っただけで覚えてはいない。婆あ本人もどこから来るのか、住まいにはほとんどいなかったはずだ。在宅と分かる日は、ときに役所からの居住確認があるときくらいだったろう。

が、丸々預けられた通帳の、受給年金は助かった。それが赤城となった犬々の生活費になった。

高校では、自分から戸島に近付いて可愛がられた。西崎にも顔を覚えられた。それにしても無理はしなかった。ごく自然な接近だった。

正確には分からないが、赤城となった犬々は、本当は八一年生まれの西崎より少し年上のはずだった。郭英林も、インターンだから関係はないが西崎と同じ歳でもなく、ひと回り以上は上だった。

赤城となった犬々が近づいた戸島は、十八歳のときに狂走連合の六代目総長になった。

赤城も高校に入ってすぐ、戸島に引きずられるように免許を取り、狂走連合に入った。中古だが、バイクも買った。

何も暴走族になることもない、警察に目をつけられるだけだという郭の意見もあったが、戸島が直後に総長という役職につくと何も言わなくなった。号令千人、という規模に力を感じたようだった。

赤城となった犬々は、初めてと言っていい自由意思で狂走連合に入った。

そもそも、昔からバイクが好きだった。中国ではいつもバイクで走っていた。すぐ壊れる燃料食いの、クソのようなバイクだったが。

それが、日本に来て驚いた。特に戸島に連れられて行った〈まつり〉、走り屋の集会というものは壮観だった。夢のようなバイクの集まりで、狂走連合は夢のようだった。

それでうっかり入った、かもしれない。

戸島は二十歳で総長を降りた。直後に相談役を一年、というのが狂走連合の恒例だった。

その後、正式に引退した戸島は走りを止め、エムズを立ち上げた。ただし、正規の会社組織にしたのはこの二年後だ。

この戸島の後を受け十八歳で総長となったのが、赤城となった犬々だった。山﨑や田浦と一緒に走り、暴れ回ったのはこの頃だ。そのまま総長を二年やり、引退した。二〇〇四年だった。西崎が二十三歳の年だ。

この年、郭英林は陳芳と名乗り、N医科歯科大学に中国からのインターンとしてやってきた。来て早々、西崎にゲートウェイドラッグを教えた。西崎は興味を持った。

ひとまず、西崎に関しては暫時、陳芳にバトンタッチだった。

なので、赤城となった犬々は、無意味な狂走連合の相談役など放り投げた。北藤岡からは住まいからなにからそのままに、形としては夜逃げ同然にトンズラだ。

次に赤城となった犬々がすべきことは、陳芳が仕掛けたドラッグがビジネスになるときの下準備だった。つまりは、また背乗りだ。別人になるのだ。

それにしても相談役がどうの、女がどうのと山崎や後輩連中が面倒臭いので、まず一度上海に出た。戻ったというのが正しいが、背乗りの関係上パスポートは赤城一誠だった。

上海で少し羽を伸ばし、心機一転に顔を少し変えた。この年の流行りに乗った。だいぶ若くなった感じだ。赤城の実年齢である十九歳に近い。

二〇〇五年に日本に戻ってからはすぐ、兵庫で新しい戸籍を準備した。チョイスは、すでに竜神会の手によってされていた。

それが、田中稔だった。この年、三十四歳だという。犬々の実年齢である二十代半ばからは少し開きがあるが、それも含めてなかなかいい選別だった。

なので、すぐに準備に入った。まだブラックチェインのミンチ場は生きていた。

神戸の街は、陽気なサンバのリズムで沸き立っていた。上海から日本に帰ったはずが、そんなことでどこの国かと戸惑ったものだ。

神戸まつりの頃だった。

本物の田中稔は、賑わいの片隅でヨーヨー釣りの屋台を出す、気の弱そうなチンピラやくざだった。天涯孤独だというのが、後腐れなくてさらによかった。

テキ屋の差配も、半分は飲み込み済みだったようだ。竜神会の末の末の、名も無き組の親分だった。

――ミノルはよ、使えねえんだ。どうにもよ。数合わせの時代じゃねえし、要らねえ。好きに使っていいって言ったらよ、貰ってってくれる物好き、どっかにいねえかなあ。

後で聞けば、差配はそんな愚痴をいつもこぼしていたようだ。

物好きは、あろうことか自分の組の本部だった。

親分の仲介で本物の田中のヨーヨー釣りを手伝い、意気投合し、祭りが終わるのを待って東京見物に誘った。

このときすでに、田中の住居移転の手続きは済ませていた。もちろん本籍の異動もだ。どこでもよかったが、これから東京に出るに当たり、念には念を入れて遠く石川にした。戸籍謄本でも抄本でも入手するには、戸籍の手続きをした場所の役所に出向くしかないのだ。

まだ北陸新幹線が開通する遥か前だった。それに石川は気持ち的にも、竜神会の対極にある北陸辰門会の影響力が強い地域でもある。

要するに、東京からも竜神会からも、一番遠い地方ということだ。

本物の田中は殺してそのまま、ミンチ場に運んだ。

戸島の次に狙うのは、この六年余りで西崎の周りをうろついていた迫水という男だった。なかなか切れる男で、西崎もそれなりに信を置いているようだった。

西崎と赤城だった頃の犬々は面識が出来ていた。それもあって、赤城の最後に顔を変え、犬々は田中になった。

このとき迫水は、沖田組のフロントにいた。盃は受けていないようだった。

東京で田中は、まず新宿に出た。そこで金松リースに潜り込んだ。金松の社長、葉山《はやま》がお気に入りの中国人ホステスを誑《たら》し込《こ》み、その絡みで口を利いてもらった。簡単なことだった。

金松リースで一年働き、迫水が経営するフロントに移動した。渋谷のビルメンテ会社だった。これもホステス絡みを利用した。

迫水の下で、出来るところを見せた。認められるようになるまでに、一年は掛からなかった。

そうして翌年、二〇〇六年、MG興商が立ち上がった。西崎の右腕が迫水なら、迫水の右腕はもうこの当時から田中だった。

が、迫水は成り上がりを夢見る男で、西崎に向ける笑顔を取って返して歪ませながら田中に向けた。

「おい。なんかティアがキナ臭ぇ。始めるぜ」

と、迫水は二〇一〇年にはもう、西崎追い落とし用の会社に着手していた。田中もひと役買った。最初だけは社主として立てる予定の老人も、選択からなにから任されたのは田中だった。

すぐに、迫水も満足するような爺さんを取り込んだ。

この頃にはもう、田中は直接に五条宗忠とつながっていた。

――面白いなあ。ドンドンやりぃ。イケイケのドンドンや。

と、宗忠も大いに乗り気で、実際にこの社主の痴呆気味の老人をアテンドしてくれたのは竜神会本部の宗忠だった。

やがて、本式にＴＳ興商が立ち上がった。

これが二〇一六年、九月のことだった。

以降は、現在につながる事々を動かしてきただけのことだった。

ただ一つ言えることは、キルワーカーが殺さなかったら田中が自ら手を下し、宗忠に頼んでどこかで迫水をミンチにしただろうということだった。

いや、間違えた。人を殺すとき、田中は赤城だ。赤城一誠の名で、赤城一誠になって殺すのだ。

警察は必ず、狂走連合七代目総長の肩書も手伝って赤城一誠を追う。そうしているうちは、田中は絶対に安全だった。

第一、田中は田中稔でさえないのだ。

犬々は赤城一誠であり、田中稔であり、赤城一誠でも田中稔でもなかった。

実体のないゴーストだ。

田中稔に赤城か、と言ってくる奴にはこう言う。

——仰っていることがわかりません。人違いではないですか？

赤城一誠に田中さんでは、と言う者があったらこう言う。

——ああ？　なんだ手前ぇ。誰だって？　田中だぁ。わけわかんねぇこと言ってんじゃねえぞ。

田中に、まさか、あの稔かい、と聞いてくる連中にはこう言う。

——違いますよ。なんです？　ああ、年齢が違いすぎますよね。顔はどうです？　ね、私じゃないでしょう。

どうとでもなる。と、煙に巻く受け答えは考えてはいたが、実際に口にしたことはない。

そんな質問をしてくる奴が、今まで皆無だったからだ。

赤城一誠も田中稔も、どちらももうこの世にはいない。この世にいるのは今の、どちらでもありどちらでもない自分だけだ。

それを証明することなど誰にも出来ない。

誰もゴーストには触れられないのだ。

ただ――。

いや――。

いずれにしても、迫水は消えた。

ゴーストでもいい。いや、ゴーストだからこそ手に入れたものもある。

田中となった犬々は現在、ＴＳ興商株式会社の押しも押されもしない、代表取締役社長だった。

それだけが登記簿にも記され正式に認められた、紛れもない事実だ。

三

見上げる視線の先、四階の窓辺に田中稔の姿は確認出来た。

「よし」

絆はＴＳ興商の二階に上がって訪れを告げた。居留守は使えないし使わないだろう。先ほど、一瞬だけだが田中の意識を感じた。つまり、間違いなく田中も絆を確認したはずだった。

案の定ＯＫが出て、絆はエレベーターで四階に上がった。

途端に、濃い酒の匂いとかすかな血臭が鼻腔《びこう》を刺激した。

向こう向きの田中がキャビネットの近くで、俯《うつむ》き加減に何かをしていた。ガーゼを当てた左手に、どうやら包帯を巻いているようだった。

一目瞭然とまでは行かなかったが、何があったかは一見でだいたい分かった。また田中が切れて、殺気にも似た怒気をフロア中に振り撒いたのだろう。

ゴミ箱の近くで、ブランデーグラスが粉々になっていた。

「おや。田中社長、どうしました？」

問い掛けで初めて頭を上げ、田中は顔を絆に向けた。

「お恥ずかしい。うっかり」

絆は思わず目を細めた。

田中の、いつも固めていた七三の髪型が乱れていた。いや、作り替えられて、と言った方が正しいか。

間違いなくそれは、リーゼントだった。

「あれ。珍しい髪型ですね」

絆が言えば、田中は照れたように笑った。

「まあ、見ようによっては、戦闘態勢というやつでしょうか。昔から、こうすると気合いが入るもので」

「気合いですか。ああ、そう言えばテキ屋さんでしたものね。ヨーヨー釣りですか」

田中が一瞬にして固まった。

表情も笑顔のまま、動作も包帯を巻く途中で。

何かが抜け落ちたような感じだった。

絆が使う空蟬に近いか。

田中の中から、田中が抜けて薄くなったように観えた。

ならば、この田中は誰なのだ。

絆は一歩前に出た。

この約一ケ月、絆は田中と山﨑達を包囲するために費やした。

高遠達を含む外事から中国の〈伝手〉を辿り、上海王府国際旅行社についての調べもついていた。やはり上海黒社会につながる有名無実の旅行社で、どうやらこの消費税免税ビジネスのための観光客を集め、送り出すためだけに存在していた。

山﨑らのビジネスには、実際には渋谷署の下田や赤坂署の香取、十弟子の高遠らが行確に張り付き、徹底的な洗い出しがなされた。ストレンジャーにツアコンと、そんなグループ内の隠語にも辿り着いた。金の流れが、その都度ツアコンからストレンジャーに渡される現金のみということも判明した。転売ビジネスだ。現ナマ商売だとは踏んでいたが、読み通りだった。

そこまでわかれば、システム自体はどうと言うこともなかった。後は泳がせ、行確の穴や綻《ほころ》びを埋める作業で確度を上げるだけだった。

もちろん、消費税免税ビジネスを取り締まる法律はない。ただしそれは、短期ビザを持つ観光客本人が権利を行使した場合にのみ適応される。山崎らのビジネスで言えばストレンジャーが、だ。

ツアコンが手を出した瞬間を逃さなければ、免税購入自体が無効となる。あるいは、張り付く捜査員が誘導出来れば、足りない消費税をツアコンから店に支払わせるという図式も成り立つ。

なんにしても、現金商売と言うことは、金の動きを一斉に止めれば、簡単に息の根も止まると言うことだ。

取り締まる法律はないが、違法を寛恕《かんじょ》する法律もまた、ない。

この日、五十人を超えるツアコンと山崎ら胴元に張り付く刑事の数は組対特捜だけでなく、各署からの応援や協力を得て百五十人を超えていた。なかなかないことではあるが、これは絆の〈日頃の行い〉でも人望でもなんでもない。

悪は許さない。

そんな気概が一点に収斂した賜物だ。

いずれにしても、この日一日の下田達の警戒包囲で、山崎らが明日からまた、元の金欠に戻ることだけは確定だった。

そうして下田達が汗水垂らしていた期間、絆はといえば――。

「色々と見聞きしてきましたよ」

絆はもう一歩前に出た。

「神戸は初めてでしたけど、いいとこですね。横浜とも長崎とも違う。あなたの街ですよね。ねえ、田中稔さん」

圧気でも感じるものか、田中が瞬きをした。

それで、呪縛から解き放たれたようだった。

「いえ。東堂さん。なにかのお間違いでは。私は――」

「間違いはない。間違えようもない」

絆は斬りつけるようにして遮った。

「だって、あなたの従前本籍ですよ。石川に移す前の。登記簿や住民票から遡った正式な物です。あなたは芦屋の病院で生まれ、神戸で育ったんですよね。色々な人に会ってもきましたから」

「え、あ。そう言えば、まあ」

そう、これが絆の役割だった。

――なら、行くのか？

と自堕落屋で奥村が見越した通り、絆は神戸に自らの足を運んだのだ。

絆が調べていたのは、田中稔の過去だった。

絆は石川にも飛んだが、こちらにはなにもなかった。たしかに戸籍や住民票通りに異動した痕跡はアパートの契約などに明確だったが、住んだ実態はまったく残っていなかった。

ただし――。

ホンボシの神戸は、大当たりだった。

「テキ屋の差配にも会いましたよ。こういっちゃなんですが、田中さん、あなた、全然使えない男だったとか。それで祭りの端っこで、ヨーヨー釣りだったとか。それしか任せられる物がなかったって聞きました」

田中のこめかみから、ひと筋の汗が流れたのを絆は見逃さなかった。

空調は利いていた。冷え過ぎなほどに。

「ああ。あの親父ですか」

田中はまた包帯を巻き始めた。俯いてゆっくりなのは、表情を見られたくないからか。

「お聞きになったことの内容は別として、よく話してくれましたね。あそこも、ヤクザの下部組織だったと思いますが」

「竜神会ですよね。知ってます。毛細血管くらいの末端だってことも」

「これはまた。あの親父が聞いたら切れますよ。ちょっとしたことで切れる、血の気の多い人でしたから」

絆は頭を掻いた。

「まあ、その辺に関しては少々ありますけど」

「暴れましたか」

「えっ。どっちがですか」

「ああ。暴れたから暴れ返した、とか」

「人聞きの悪い」

絆は否定もせず笑った。

「驚いてましたよ。今じゃあ東京で立派に社長やってるって言ったら」

絆は上着の右ポケットから何枚かの写真を出し、床に放った。

田中とは似ても似つかない田中が、床に散らばって笑っていた。ずんぐりむっくりと言っていい体型で、髪型は丸刈りだった。目は一重で重たそうだったが、真っ黒に見えるほど黒目は大きいようだ。

全体に四角くエラの張った顔は一見すると武骨で怖そうだが、怒った顔の写真は一枚もなかった。どれも笑っていた。実に人懐っこく見える、いい笑顔だった。

俯き加減のまま一瞥し、目の前にいる田中は鼻で笑った。

「だから東堂さん。顔はいじったって話、しましたよね。病院まで教えたはずだ」

「聞きましたよ。けど、見れば見るほど、背格好も当時の様子も違う」

「印象だけでしょう。人は変われるんです。私は一念発起した。それで神戸を離れたんです」

「それだけでしょうか。その髪型、昔からの戦闘態勢だって言ってましたよね。どの昔です？」

「どのって」

「ああ。ちなみにこの親分も、あなたの当時の兄貴分も、この写真を何枚か提供してくれた同級生も、みんなあなたはいつも丸刈りだったって仰ってましたが」

「それは――。だからその後ですよ。東京に出てきてから。十年くらい昔からって意味で」

「そうですか」

絆は、今度は内ポケットから別の写真を出した。

さらに一歩前に出れば、田中まで一間もなかった。

一触即発の距離だ。剣域ともいえる。

「ちょっと、見ていただけますか」

一枚の写真を、絆は真っ直ぐ田中に突き付けた。

ひとりの若い女性と、スモックを着た男の子の写真だった。女性は礼服を着て、ほっそりとした顔をしていた。

バックの桜の花が実に印象的だった。幼稚園の入園式かなにかだろう。

男の子は、お母さんによく似ていた。

田中は顔を向け、怪訝な顔をした。

「なんですか」

「おや？　なんですかって、加納若菜《かのうわかな》さんと翔《しょう》君ですよ。今から八年前くらいの」

「だから、なんなんですか」

絆は莞爾《かんじ》として笑い、写真を内ポケットに仕舞った。

「これが証拠です」

田中が黙った。

だが、まだなんのことかわかってはいないようだった。探るような目だ。

「二〇〇五年、あなたが戸籍と住民票を移した年の暮れに生まれたお子さんです」

一瞬の間。

田中の顔に見る間に広がる驚愕。

こめかみからの汗が止《と》め処《ど》なかった。

「ま、さか」

「そう。翔君は田中さん、あなたのお子さんです。あなたと交際していた若菜さんのお腹には、このときもう翔君がいたんですよ。神戸まつりのときはまだ、若菜さんご本人も分からなかったそうですが。今はもう小学六年生。来年には中学生です」

絆は一歩前に出た。

「翔君のＤＮＡが、田中稔さんの生きた証です」

田中までもう、一メートルもなかった。

腕を伸ばせば、確実に手が届く。

「あなたは、誰ですか」

田中からの即答はなかった。俯き加減に、ただ包帯を巻いた。

そのうちには硬質な気配が、漂い流れるほどに観えてきた。

ある意味の覚悟、だったろう。

絆は軽く、肩を竦めた。

「任意で提出、はしてくれませんよね」

包帯を巻き終えた田中が顔を上げた。口の端が歪んでいた。今までの田中には見られなかった、冷淡な笑みだった。

「フダ、持って来て下さいよ。話はそれからですね」

「了解です」

「言っておきますが、私には現在、なんの罪状もありません。会社の顧問弁護士も待機させておきましょうか」

「どうぞ。やりようはありますから」

田中の眉間に皺が寄った。

「ストレンジャーとツアコン。どっちでもいいです。じっくりねっとり突けば、どっかでどっちかの阿呆が暴発するかもしれない。ああ、山﨑ら、胴元でもいい。田中さん、きっとあなた、絶対回収の指示出してるでしょう。なんとしても取ってこいやぁ、なんてね」

田中が息を詰めた。目の中が赤かった。白目が多い分、それは不気味にも見えた。

「さて、どこにどう繋がって、いつあなたに辿り着くか。竜神会から回しでもいい。おっ、上海の旅行社も楽しそうだ」

「なっ」

田中の絶句は、それこそこの男の真実だったろう。

「俺は、そう遠くないと思ってるんですがね。そこから赤城にも届きますかね。お楽しみに」

絆は背を向けた。

「おっと。そうだ。田中さん。でも、あまり派手に動かない方がいいですよ。これは嘘も隠しもない、忠告です」

「――な、んだ」

喉に絡んだような声だった。

「ええ。もうあなたには、手慣れた刑事達の行確がついてますから。しかも一人や二人じゃないですよ。休憩時間も無しだ。期限も無しだ。どこに動こうと、地の果てまでも。GPS顔負けですよ。ははっ。下手なデジタルより、アナログの強みでしょうか」

答えは、背に注がれる視線の中にだけあった。

「すぐにまた、会いますよ。田中さん。――ああ、背格好か。そうだ。もしかしてあなた、赤城さん、だったりもして」

爆発する寸前の邪悪な、濃密な怒りを振り払い、絆はエレベーターに身体を滑り込ませた。

四

東堂絆が消えたフロアに、田中は一人残った。

これまでのすべてが音を立てて崩れた瞬間に、あまり実感はなかった。

東堂はゲリラ豪雨のようにいきなり寄せ、風雨に田中を巻き込んで翻弄《ほんろう》し、置き去りにし、そして、彼方へと去って行った。

あっという間の出来事だった。

砂上に楼閣は、まだ建っているような気がしてならなかった。

「痛っ」

左手の疼きが、すぐに現実を思い知らせた。

田中はブランデーの瓶をつかみ、そのまま呷った。

焼けつくような熱さが食道から胃に落ちた。爛《ただ》れるような熱さだった。

「くそっ」

どこかでなにかが狂った。

いや、やはり組対特捜の東堂は鬼門だった。

迫水の陰から見て、あれはいけないとわかっていた。あれは、ひとりで森羅万象に立ち向かえる男だと重々承知していた。

前面に出ずどこにもいないと、肝に銘じていた。そもそもそれが田中の人生だった。

目の前にぶら下げられた東日本のヤクザとティアドロップ・ＥＸＥの流通に執着し、一歩前に出てしまったかもしれない。

いや、五条国光を出し抜くことに執着したか。

「ちっ」

もう一度ブランデーを呷った。

仕方がない。一度リセットするしかない。

国外に出てリセットして、また違う誰かに背乗りして蘇るのだ。

実体のないゴーストはいつでも、誰にでもなれる。

携帯を取り出し、宗忠の所に電話を掛けようとして躊躇った。

五条宗忠という男はこんな話を聞く男でも、許す男でもない。

田中は壁の時計を見た。午後の四時になろうとするところだった。

（仕方ねえ）

そのまま携帯を見詰め、田中は東京竜神会の番号を選んだ。

背に腹は、替えられるわけもない。リセットなら、すべてリセットだ。五条国光と言う男への対応も、リセットするしかない。

そこに生き残る道があるならば。

かねくらで女を侍《はべ》らせつつ呑み食いするにも、銀座《ぎんざ》辺りに出るにも、四時はまだギリギリ早かった。

――なんやぁ。珍しなあ。

案の定、国光は東京竜神会の本部にいた。背後でガラガラとした音が聞こえた。麻雀にでも興じているようだった。

「お楽しみ中でしたか。申し訳ありません。いや、それがですね」ちょっとしたトラブルがあって警察と揉めるかもしれない。大したことはないが、東京竜神会の船出にミソをつけてもいけないので、しばらく東京から離れて様子を見ようと思う。出来たら関西に落ち着きたいが、現在も周辺に捜査員の目がある。手を貸してもらえないか。

そんな趣旨の話を出来るだけ穏やかに、余裕を見せ掛けて語った。

――さよか。けどその話、俺となぁんも関係ないわなあ。

国光はつまらなそうに言った。

――まあ、言うても兄ちゃんに、トゲトゲせんと、仲良うしいとも言われてるし。少しは助けたってもええで。その代わり、な。

「その代わり、なんです?」

――そやなあ。

国光は勿体をつけるように、すぐには口を開かなかった。ポンだチーだと、背後が苛つくほどにうるさかった。

――上手いことといったとしても、エグゼは無しや。あと、そっちが握ってる面白そうな上海のルート。あれも欲しなあ。

世が世なら、場が場なら、最後まで言わせず鼻骨ごと前歯を叩き折っているところだ。

大きく息を吸った。それだけで耐えた。

大人になったものだと、自嘲すら出る。

「結構ですよ。命あっての物種、ですから」

ふん、と国光は鼻で笑った。

――殊勝や。けど、おんぶに抱っこは無しやで。少なくとも都内脱出くらいは自分でなんとかせえ。そっからは、そやな。うちの桂ぁ使うてええで。話通しとくわ。二人でよぉー話を詰めて、上手いこと関西に逃げ込めばええがな。

「了解です」

狡《こす》っからい男だ。そんなところだろうとは予想は出来た。

それでも、桂欣一《きんいち》の許可が下りたことで良しとする。国光の取り巻きの中でも、使える印象の男だ。上手く操作できれば関西までと言わず、一気に国外までの道がつけられるかもしれない。

電話を終えた田中は、身支度を整えて会社を出た。

(ふん。なるほどな)

外に出れば、東堂が言っていた通り何人かの刑事が張り付いているようだった。そんな視線を感じた。いや、通り掛かりの全員が刑事に見えなくもない。

(なにを馬鹿な。俺ぁ、ビビリかよ)

疑心暗鬼になっているだけかもしれないが、用心するに越したことはないだろう。それに時間が経てば経つほど、捜査陣による田中包囲網が縮まってくるのは間違いない。

歩いて自宅マンションに向かう。

途中で桂から電話が掛かってきた。

――東京代表に手伝え言われたで。手伝えとだけな。

まずは待ち合わせの場所と時間だけ決めた。今何を言っても、桂が深入りしてこないことは目に見えていた。

その後、なにごともなかったように自宅マンションに入った。熱いシャワーを浴びて、まず酒を抜いた。

ミネラルウォーターを飲み、頭を芯まで覚醒させる。

(さて)

考えて考えて、田中は携帯を手に取った。

相手は山﨑だった。すぐに出た。まだだいぶ慌てているようだった。

「ああ、俺だ。えっ。――へっへっ。田中でも赤城でもなんでもいいやな。なあおい、ビビリ。手の空いてる奴、集めろよ。遊ぼうぜ。ちょっと俺ぁ、暇なんだ。――なんだ。回収？　保釈中？　へっ。だからお前ぇはビビリなんだ。俺が遊ぼうって言ってんだぜ。遊べばいいじゃねえか。遊んで一時《いっとき》よ、憂さぁ晴らしてよ。明日になりゃあ、明日の風が吹こうってもんだ。――ああ？　ちっ。わぁったよ。じゃあ、手配だけしろや。あとは棚井でも黒田でも、矢木でもいいや」

　これで、山崎の緊張が少し緩んだようだった。

「分かってると思うが、きっちり集めろよ。俺が遊べなきゃあ、お前ぇとはこれっきりだ。けどよ、存分に遊んだ後ぁ、また仕事は再開だぜ。面白可笑しくやろうぜ。大丈夫。日本に来たがってる中国人は五万といるんだ。問題ねえよ。その代わり――。へへっ。今度はなにんなっかな。斉藤か、鈴木か。まあ、少なくとも田中でも赤城でもねえけどな」

　懐柔も兼ね、それからさらに少し話をした。

　取り敢えず山崎は一連を承諾した。

　電話を切って、田中は少し横になった。

　そのまま三時間は眠ったようだった。

　時刻は、夜の十時を回っていた。頭も身体も、だいぶリラックスできていた。

　おもむろに起き出し、有り物で腹を満たし、また少し酒を呑んでから、田中は家中の電気を消した。

　闇の中に一人立てば、田中でも赤城でも犬々でもない、原初の頃に戻るような気がした。

　そこへ還る。そこから始める。

外の気配に注意しつつ、共用廊下側の部屋の窓から忍び出た。最初から半分は開けておいた窓だった。

沈み掛けの月が、西の空に低く見えた。

闇を胸一杯に吸う。

ぬるい夜気だった。

闇にぬるさを感じられるほどの感覚は、上々だったろう。

万が一の脱出用に、マンションの一部に死角は見つけておいた。実際には作っておいた、ともいえる。

階段で一階に降りたところに植えられた庭木の裏にスペースがあり、駐車場へのフェンスが切れていた。そこからフェンスの外沿いは植え込みが続き、途中から都道の街路樹に紛れ込んだ。いつもマンションの自治会と区の担当が揉めるところだ。

街路樹の先まで出れば、そこはもう自分のマンションの全景が窺える場所だった。

周囲に誰の人影も気配もなかった。

（へっ。チョロいもんだぜ）

そのまま田中は、夜の一部になった。

真っ直ぐ大宮八幡近くのガレージに向かう。一時間も歩けば余裕だった。

裏手に回り込んで鉄扉を開ける。それだけで濃密に漂い出してくるオイルの臭いが、田中の心身をゆっくりと解した。

中に入って明かりをつける。時計を見れば、間もなく午前零時になるところだった。

漆黒の車体に、クロームメッキの輝きがシャープだった。アメリカンタイプのバイクは、田中の好きなシルエットだ。400ccを馬鹿にする向きもあるが、気にしない。

XVS400ドラッグスターはその昔、戸島がバイトにバイトを重ねて買ったバイクだった。

――へへっ。いいだろ。おい一誠、乗れや。

と、当時赤城だった犬々が、二ケツで初めて乗せてもらった最新型のバイクだ。

忘れられなかった。だから400でいい。いや、400がいいのだ。

入念に細部まで点検し、身支度を整える。

ライダースーツ、グローブ、ブーツ、フルフェイスヘルメット。

時刻は、午前零時を大きく回っていた。

桂との待ち合わせにはまだまだだったが、田中としては出発するにいい刻限だった。月はもうすっかり、西の端に沈んだはずだった。

バイクにまたがり、エンジンを掛けた。

いい音だった。たしかに1100よりは笑うほど軽いが、それがいい。軽さが、どんな馬鹿をやっても許されたころの記憶を呼び起こしてくれる。

（さぁて）

ヘルメットをタンクに乗せ、リモコンをシャッターに向けた。

軽い軋みでシャッターが上がってゆく。

ゆっくりと歩道を横切り、車道の際まで車体を進ませる。

そこから普段なら右折で先へ進み、五十メートルほどの十字路を目的地に応じて直進、または右折する。

だが、左折で一方通行を逆走すれば方南通りはすぐだった。

この期《ご》に及んで法規を遵守する必要は、さて。

一瞬だけ、迷った。

そのときだった。

爆発するような気配がいきなり、一方通行の進行方向から湧いた。

「よう」

五メートルほどのところに、誰かが立っていた。

咄嗟《とっさ》にハンドルを切り、ヘッドライトを向けた。

「なっ！」

驚愕を声にし、田中は表情を歪めた。

「手前ぇ」

ライトに浮かび上がったのは、眩し気に目を細める東堂絆だった。

「ここ、秘密基地ですか」

「へっ。本当に刑事らの行確がついてたのかよ。わからなかったがな」

「ああ。当然、そうでしょうね」

「――なんだ？」

「俺だけですから。さっきまでは」

背後に、赤い色が滲んだ。方南通りの角に、赤色灯を回したPCが何台か到着したようだ。

「東堂。間に合ったかぁ」

一台から降りた男が、濁声でそんなことを夜に叫んだ。

東堂が片手を上げ、手のひらを見せ、恐らくその場での待機を指示する。忌々しい仕草だ。

田中は肩を揺すった。

「へっ。俺ぁ乗っかったってか」

「そういうことになりますか。ははっ。それにしても、そのまま大通りに出て行かれたらどうしようかと思いましたよ。さすがに足じゃあ、追えませんから」

「ふん。洒落臭《しゃらくせ》え。クソ餓鬼が」

ただ悔しかった。

ドブ泥の怒りが沸き上がる。

東堂は気にせず、数歩前に出た。そこから斜めに、ガレージに顔を向けた。

「そこも、すぐに鑑識を入れさせてもらうことになるでしょうね。他よりは結構、色々出てきそうですね。もしかしたら、血痕とかも」

田中はハンドルから手を放した。

「まあ。なんかは出るだろうな。誰の何かは知らねえけどよ」

「おや？　ギブアップですか？」

東堂の足が取り敢えず止まった。

「さてな。ただ、誰でもねえ人生に、飽きが来たのはたしかだな」

田中は少し、自身の生い立ちを口にした。

「へえ。田中で赤城で、その前もあると。ふうん」

訥々《とつとつ》と語る間、東堂の足が止まっていた。

その間に、先ほど声を発した男が別の男と二人、遠巻きに近づいていたが気にしなかった。

なんでもいい。どうしようもなくなったら土下座でもするか。

だいたい、あと五分。

それが狙いだった。
やがて、携帯が鳴った。
東堂や背後の二人の動きを確認し、電話に出た。
「おう。遅ぇよ。棚井か」
耳に当てなくとも、電話の向こうで喚いているのが聞こえた。
「マッポだぁ？　馬ぁ鹿。気にすんじゃねえよ。手前ぇも明日っから、ビビリ襲名か？
いいから突っ込めよ。それが始まりだぁ」
電話を切り、タンクに乗せたフルフェイスのヘルメットをかぶった。
風防を上げ、東堂に笑い掛ける。
「さぁて。頃合いだぜぇ」
ハンドルに手を伸ばし、アクセルを吹かす、吹かす、吹かす。
「あれ」
東堂が怪訝な顔をした。
まあ、それが見られただけでよしとするか。
爆走して一気に関東を離れる。
東堂の間抜け面は、関西への手土産だ。

五

田中の告白で、ゴーストの正体はだいたい理解できた。

が——。

追い詰めたはずの田中が、携帯が鳴った瞬間から豹変した。

(なんだ)

絆は目を細めたが、見た目にどうということではない。ただ、切れ切れだった獰猛《どうもう》な気が、強くふたたび息を吹き返して捩じれ上がった感じだった。

(おかしい)

声の中に聞く冷静さも気になった。いや、熱気と冷気の境目か。余裕と言い換えてもいい。

「さぁて。頃合いだぜぇ」

風防の中に垣間見える顔に、かすかな笑みも浮かんでいただろうか。

なにかがおかしかった。

と——。

突如として、夜の静寂《しじま》を割るような爆裂音が響き渡った。方南通りの方向からだった。

「なんだ」

絆は思わず呟いた。

腹を揺するような爆音は方南通りの上《のぼ》り、いや、下り、いや、すぐにどちらにもあり、どちらからも近づいているとわかった。

交差点付近で、待機させた渋谷署と高井戸《たかいど》署のＰＣから降りた警官達が右往左往していた。それが証拠だった。

間違いなく、数をそろえたバイクのエンジン音だった。

「へっ。やっとだぜ。東堂。そっちの警官もよ。見せてやるぜぇ」

寄せ来る怒濤《どとう》のようなエンジン音の中で、田中は笑った。そんなことを言った。

田中の、いや、赤城の言葉ですべてが理解された。

そのときだった。

――ガォン。

田中の漆黒のバイクがけたたましく吼えた。ホイールスピンでゴムの焼けた匂いもした。

発射されるロケットのような発進だった。

絆は田中に向けて走った。

だが、車道に出た田中は絆の側ではなく、左方に迫っていた下田と若松に逆走で割って入って蹴散らした。

そのまま方南通りに出ようとするなら簡単だった。一台なら間違いなく、居並ぶ警官達の制止にあっただろう。

けれど、田中はそうはしなかった。

鮮やかなジャックナイフで車体をコントロールし、こちら向きにターンして止まった。

ちょうど絆と、交差点までの間だった。

どちらからも五十メートル。

そんな距離だったろう。

絆は下田と若松の近くに立った。

方南通りからの爆音がもう、耳をつんざくほどで間近かった。

「と、東堂」

「あいつ、なにする気だ」

下田の不安と若松の疑問に、絆は答えなかった。

その前に田中が口を開いた。

「狂走連合のまつりだ。組対っ。東堂っ。止められるもんなら、止めてみろよっ」

交差点方面から警官のホイッスルや制止を振り切り、こちらの生活道路に雪崩《なだれ》込《こ》んで

「うわっ」

「なんだぁ」

くるライトの群れがあった。

上りから下りから、七十、八十、いや、百でもきかない大群だった。

車道も歩道も別なく、バイクは五列にも六列にも広がった。ヘッドライトはハレーションのような光の洪水だった。

数を集めると、ライトも武器になると初めて知る。

「どうするっ。東堂！」

下田の叫びに、絆はまず夜空を見上げた。

月無き空に、星の瞬きが可憐《かれん》な花のようだった。

「退《ど》いてて下さい」

それだけ言って、絆は呼吸を整えた。

意識が緩やかに拡散し、夜に溶けてゆく。

目を半眼に落としてもそれで、周囲はすべて絆の支配域だった。

手を伸ばせば、風に流れる落ち葉もつかめた。

田中の背後に寄せる連中に観る気配の指向は、間違いなく田中であり、田中を過ぎて前方だった。

熱に浮かされたような様々な気の入り混じった気配は、集団暴走特有だったろう。無敵状態と言うやつだ。

集団暴走の機に乗じ、その中に交じり、逃げ延びる。

田中の狙いは明らかだった。

（させない）

心気を練って練って練り上げて、純粋な剣気に昇華させる。

丹田に落として全身を巡らせれば、〈観〉には昼間以上に気配が鮮明にして、以て人の動きも肌合いに実感として感じ取れた。

——いやっほうっ。

——おりゃあ。

動かない田中のバイクを擦り抜けるように、次々に他の連中が押し寄せてきた。

悪気、邪気、怒気、殺気、合わせて狂気。

絆は気負いも衒《てら》いもなく、ただ静かに細く息を吐いた。

剣士の心の下拵えは、それで出来上がりだった。

おもむろに背腰のホルスターに右手を回した。

そのまま下に振り出せば、ホルスターから抜き放たれた特殊警棒が金属音とともに伸びた。

左足を引き、わずかに腰を沈めた。百般に通じる正伝一刀流、小太刀《こだち》の型だった。

先頭から数列、十数台かはスルーした。ただ集団の先頭を競っていただけの〈走り屋〉

だとわかったからだ。気配には戸惑いこそあれ、特に突出した狂気はなかった。

ただ、その後ろからは敵対の気が分厚かった。

集めて注がれる狂気を、

「おおっ」

裂帛《れっぱく》の気合で押し返し、絆は迎え撃つ風となって動いた。

まず真正面から道路一杯に広がった殺気が絆に突っ込んできた。五台が並んでいた。

絆は真ん中と右側の間に自ら進んで身を躍らせた。

「まずは、道路交通法違反っ」

左手は掌底、右手は特殊警棒の先端でそれぞれの肩口を突いた。

左右にバランスを崩して広がり、真ん中の奴は左側二台も巻き込みバイクごと転倒して横滑りした。右も同様だ。絆の後方左右でアスファルトに火花が散った。

バイクの速度はそれほどでもなかったはずだ。だから倒した。四十キロは出ていないだろう。擦り傷切り傷は当たり前として、骨折は不運か、運動神経のなさだ。

そのとき、田中のバイクが集団の中で動き出そうとしていた。全体を把握しながら俯瞰《ふかん》の位置に置いた意識で、田中の動きは睨んでいた。

また四台並んだバイクが絆を襲った。サイドステップで左側の間に入ろうとすれば、大外の一人が鉄パイプを持っていた。真ん中の男はバタフライナイフを光らせた。

振り出されるパイプの唸りを左耳で聞きつつ、絆の目はナイフの刃を凝視した。

パイプの襲撃は感覚で角度を合わせた特殊警棒の上を滑らせて防ぐ。

その代わり、バタフライナイフは見逃さなかった。

「凶器準備集合罪っ」

パイプを防いだ警棒をそのまま上段から回して振り下ろす。

今まさに絆の首元に迫ろうとしていた刃は、届くことなく地に落ちた。必殺に間に合った特殊警棒が、相手の手首を叩き折ったからだ。

結果も見ずに動いた絆は、泳ぐように次の二列をスルーした。

された方は絆の動きを捕捉も出来なかったはずだ。

三センチの見切り、五センチの往《い》なし。

一瞬の足捌き・体捌きは変幻自在を具現し、たかが走り屋程度に追い切れるものではなかった。

その後ろの列が、まさにそんな絆の面目躍如たるケースを作った。

七台が同時に走れば、いくら歩道まで込みの生活道路でも隙間はなかった、はずだった。

絆は目に冴えた光を灯し、躊躇することなく正面から突っ込んだ。

右二台目と三台目の間がわずかに、ほんのわずかに他よりも間隔が広かった。

ど真ん中に進んで衝突する寸前のサイドステップは残像さえ残し、糸を引くようだった。

絆はそのまま擦り抜けた。

「集団危険行為っ」

擦り抜ける一瞬に特殊警棒を左右に使った。サイドステップの瞬間に真ん中の奴にもだ。

アスファルトに悲鳴のようなバイクの軋みを聞きつつ、絆はさらに猛気を蓄えた。

田中のバイクが厚く濃い中核の集団に紛れて動き出していたからだ。その周辺の連中からは、獰猛な気配が強く漂っていた。

アクセルも全開近くまで開かれたようで、不揃いな音がしかし、吹き上がる感じだった。

七十キロ、八十キロまで速度は一気に跳ね上がるか。バイクならではだ。

絆は大きく息を吐《は》き、田中の気配だけを見定めた。迫り来る他のバイクはひとまず置き捨てた。

なんとしても、田中だけは引きずり倒す。

「おうさっ！」

一列を右から往なした。二列目は絆は動かなかった。三列目も同様だ。向こうが動いた。動くことは観えていた。

そんな絆の動きに田中も注意を飛ばし、遠くを遠くを回ろうとしていた。

四列目で斜めに走り、道路の真ん中に出た。そこから一見無謀に見えるギリギリの見切りで左に、左にと動いた。

速度を上げたバイクも風なら、絆はそれを上回る烈風だった。

田中のバイクまでもう三列で、右に一台程度の距離だった。

遮るものがなければひと足で手が届いた。

だが――。

半身になった絆は広い視野の中に、恐ろしいものを見てしまった。それで、直後に始まる阿鼻叫喚《あびきょうかん》を易《やす》く想起してしまった。

〈観〉にブレが生じ、田中の気配が群れの中に溶けて消えた。

この瞬間に間違いなく絆の近くを通り過ぎていったに違いない。

けれど――。

それどころではなかった。

阿鼻叫喚はすぐに、絆の後方三十メートルの十字路方向で始まった。

先ほど絆は、十字路にいきなり一台のダンプカーが右方から侵入してくるのを視界に捕らえたのだ。十トンダンプだった。

ダンプは十字路を真っ直ぐ通過中のバイクを横合いから弾き飛ばし、そのまま交差点を塞ぐようにど真ん中で停車した。

夜の闇でも、座席から逃げ出すように飛び出す運転手の影がかすかに見えた。

「あれは」

だが、思考も確認もしている暇はなかった。

おそらく田中も交じった集団の辺りが、バイクごとダンプの土手っ腹に激突して宙に舞った。

「ちぃっ」

今この瞬間、真っ先にしなければならないことはせめて一台でも多く、死出の旅へと向かおうとするバイクを止めることだった。

「止まれぇぇっ」

どこまで声は届いたか。

絆は一孤の剣士として特殊警棒を振るった。

出来るだけ穏便に済むよう、道路目一杯に散らばるよう、バイクの群れを薙ぎ倒してゆく。

大きく右に左に、やや右に左に。

遠くに近くに。

自分のすぐ脇に。

骨折がなければ御の字だろう。いや、あったとしてもなにほどのこともない。

臓器破裂、最悪なら死まであるダンプとの衝突に比べれば、なにほどのこともない。

その間にも後方では案の定、さらなる惨劇が折り重なっていた。

――ぐぉっ。

――なっ。ちょっ。

――こん畜生！

怒号、悲鳴、ブレーキ音、激突音。

さらに重なり重なる怒号、悲鳴、ブレーキ音、激突音、乗り上げるエンジン音。

すぐに爆発音もあるかもしれない。

「シモさんっ。係長っ。救急車っ！」

有り得ない光景に固まっている二人に気合をつけた。

――あっ。

――お、おう！

絆は止まることなく、後方に阿鼻叫喚を聞きながら舞い踊り続けた。

特殊警棒がライトに残光を残して閃けば、必ずバイクが転倒してアスファルトに火花が散った。

――おわっ。

――痛ってぇ。

「文句言うな。すぐ退けっ。次が行くぞ！」

時間の経過、時間に対する観念はまったくなかった。

やがて、すべてのバイクが動作を止めたとほぼ同時に、ダンプの周辺で小さな爆発があった。ガソリンに引火したようだった。

――ひぃぃっ。

人型の火達磨《ひだるま》が逃げ惑った。

若松が追い掛け、自分の上着で覆ったりした。

出血、骨折、瀕死、即死。

そのうちには応援の警官や救急隊員も到着し、現場には死と生が慌ただしく交錯した。

怒鳴る瀕死の走り屋、黙して向き合う救急隊員。

血の臭い、糞尿《ふんにょう》の臭い、オイルの臭い、ガソリンの臭い、オーデコロンの臭い。

生と死は境界を失くし、曖昧だった。

惨憺《さんたん》たる絵図の中を、炎に照らされながら絆は歩いた。

まずは置き捨ての死を確認した。

「なあ、東堂」

下田が寄ってきた。

「ひと通り見たけどよ。田中ぁ、いねえぜ」

「そうですか」

「やっぱり、逃がしちまったかな」

俯き、下田は悔しそうに地面を蹴った。

「シモさん。いないからって、逃がしたとは限りませんよ」

「なんだぁ」

怪訝そうに、下田が顔を上げた。

絆は先ほど、ダンプの運転席に一瞬だが人影を見た。あれは、桂欣一だった気がした。

そして、ダンプに激突して跳ね上がった走り屋の中に、黒尽くめのフルフェイスを観た気がした。

身体の何ヶ所かが、あらぬ方向に曲がった状態で宙を飛んでいた。撥ねたのが桂で五条国光の意志で、壊れた人形のように宙を飛んだ黒尽くめが田中なら、何がどうあっても、この世に居場所も生き場所もないように思われた。

「二、三日で、どっかから出てくるかもしれませんよ。ボロ雑巾みたいになって」

「——お、おい。東堂」

下田の声に、畏《おそ》れが聞こえた。

「ああ、いや。かもってだけですよ。シモさん。あんまり真剣に聞かないでください」

下田に笑い掛け、絆は逃げるように夜空を見上げた。

月無き空に星の瞬きは、まだきちんと可憐な花のように見えた。

六

午前一時を回った頃だった。

——終わりました。最後までは今日のところは確認できませんでしたけど、明日には。

国光は桂から掛かってきた電話で、そんな報告を受けた。

この日の夕方、田中からのSOSがあった。その直後に桂に、あんじょうせぇや、とだけ出しておいた指示に対する、上々の結果報告だった。

「ふん。さよか。間違いないんやな」

——死んだかどうかでっか？　そらもう。あれで生きてたら、組対の化け物以上に化け物ですわ。

「了解や。ほならな」

国光は簡単に受け答えて電話を切った。あまり長々とした電話は常日頃から誰に対してもしない。録音も言質も、いつとられるかわからないからだ。

気の休まる時間は、生きている限りあまりない。

「誰からぁ」

バスルームから声がした。

「仕事や。お前に関係ないわ」

国光はこのとき、愛人に買い与えたマンションの一室にいた。

上着を脱ぎネクタイは外したが、そこまででソファに座った。

帰り着いてからしたことは、まだそれだけだった。

愛人は、例の沖田組から引き継いだ銀座の店のナンバーワンだった。形ばかりは店に顔を出し、アフターという名の飯を食って帰ってきた。

女は帰ってすぐ、化粧を落とすと言ってバスルームに直行した。国光の電話が鳴ったのはその直後だった。

帰り着いたというのは、言葉通りだ。国光は女に買い与えると同時に、同じマンションの上階に自分の部屋も購入していた。

木を隠すには森、の喩えではないが、同じマンションはなにかと便利だ。

三流のゴシップ紙に追われてもいくらでも弁明が立つし、好きなときに行き来が出来る。

その代わり防犯カメラまでも注意して、いつも買うのはエレベーターを使わないで済む低層階だ。

大阪でもそうしていたが、笑ってしまうのは、調子に乗っていたある時分、マンションのワンフロア下が国光の愛人で埋まってしまったときだ。

さすがに険悪なムードになって、全員を清算し、全室を売り払った。損益と追加費用は、隣りの新築マンションなら2フロアが丸抱え出来るほどだった。

　それからはさすがに懲りて〈一ケ所一人〉と決めているが、総数は大して変わらない。自分の家がいくつもある。どこでも休める。感覚としてはその程度で、そのくらいが気楽なのだ。

　大阪ではそんな話をして、女も部屋も部下や二次の組長によく下げ渡したものだ。東京にはまだそんな砕けた話が出来る相手はいないが、飽きが来たら強引に下げ渡すことはあるかもしれない。

　もっとも、先立つものがあるクラスにならなければ押し付けることも出来ないが。

「へっ。大人しゅう生きとれば、田中にはいずれ二、三人は引き受けてもらえるかと思たんやがな。調子に乗るからや」

　国光はソファで一人呟いた。

　テーブルには、入浴前に女がそれだけは用意していった水割りのセットがあった。

　グラスに氷を落とし、オン・ザ・ロックを口にした。

「出る杭《くい》は打たれるもんや。ええ勉強になったやろ。もっとも、後の祭りやけどなあ」

　若狭からの報告は受けていた。その後を継いだ桂からの報告もだ。

　細かくは分からないが、田中は何人も殺しているようだった。

　警察に捕まっても間違いなく死刑、国光の側に逃げ込んでも——。

「お代はどっちにしろの、命やけどなあ」

グラスの氷が、音を立てた。

「ねえ。私にも作ってぇ」

バスローブの女が髪を拭きながら居間に戻ってきた。

そのときだった。

部屋にインターホンのチャイムが鳴り渡った。

国光も愛人も一瞬、動きを止めた。

時間はもう深夜の二時に近かったし、なにより、鳴ったチャイムの音はエントランスからのものではなく、ドアの外のものだった。

「やだ」

女の呟きが訝しさを象徴していた。

国光は女を手招きし、インターホンを通話にした。エントランスからは映像付きだが、戸前は音声だけのシステムだった。

「はい。あの」

恐る恐る、女は声を出した。

対して答えたのは、ずいぶん呼吸の荒い男の声だった。

――お、お前ぇじゃねえよ。いんだろ。五条の、ボンボン。

「おっ！」

すぐに反応したのは国光だった。当然聞き覚えがあったからだ。

「い、生きとったんか」

――ああ。まだ、少しだけな。わ、笑っちまうが、400のスクーター乗ってんのがいてよ。し、死に掛けでも、どうにか来れたぜ。ここまでは、な。

声は、間違いなく田中のものだった。

「ど、どうしてここにおんねや」

――へっ。そっちが調べるくれぇ、こっちだって調べんだ。だから、知ってんぜ。う、上に、お前ぇの部屋があるってこともよ。

国光は唇を嚙み、壁を叩いた。

少しだけ抜かったか。

いや、大いに舐めたか。

――な、なあ。出て来いよ。

田中はそんな言葉を喘鳴《ぜんめい》に交ぜた。

「なんや。命乞いか」

――へっ。馬鹿言うなよ。誰が手前ぇなんぞに。ただよ。

面白ぇモン、くれてやるよと田中は言った。

──それによ。出て来ねえなら上の、お前ぇの部屋のドアにへばりつくぜ。んで、血文字でも書くか。

「ちっ。待っとれ」

それだけ言ってインターホンを切った。

どうやら国光に選択肢はないようだった。

念のため、護身用に手に入れた警察仕様の特殊警棒をベルトに挟み、上着を着る。

「出てくるな。奥におれや」

女に忠告してドアを開ける。

ねっとりとした夜気が入り込むが、国光の額からはその前から汗が噴き出していた。

──へへっ。よう。

地べた近くから片手を上げたのは、共用廊下の手摺《てすり》に寄り掛かってへたり込むような、血塗れの襤褸屑《ぼろくず》だった。

ライダースーツは所々が割けて中が剝き出しだった。

中とは、スーツの中というわけではない。身体の中だ。

剝き出しの爆《は》ぜた肉だったり、飛び出した骨だったり。

そうなるともう、左腕が捻じれて見えるのはご愛嬌《あいきょう》のようなもので、左足が膝下から喪失しているのは不自然にすら見えなかった。

ただ、引くような血の跡が長々と共用廊下に続いていた。追って視線を動かせば、エレベーターホール近くに何かが落ちていた。

どう見てもそれは、失われた田中の左足のようだった。

国光がこの場で田中を目にして漠然と思ったことは、なぜ生きているのだろう、とそれだけだった。

——へへっ。酔っぱらいの後ろからよ、ここん中に入るときゃ、バ、バランスでよ、まだ必要だったけどよ。も、もういらねえんで、ち、千切ってきた。

田中は国光の視線を見て、そんなことを言った。

国光は答えなかった。今すぐ声を出すと、震えるのは間違いなかった。

——よ、よく出てきたな。じゃ、じゃあよ。

田中は震える手を懐に差した。

「な、なんや」

国光は玄関に後退さった。やはり声はどうしようもなく震えた。

「あ、安心しろよ。チャカや飛び道具じゃねえや。——いや、ある意味、飛び道具か」

その手から、投げ捨てられるように玄関に飛び込んできたのは、小さなジップバッグと一本のUSBだった。

ジップバッグに入っているのは、小さな黒いパッケージが一つだった。

なんであるかはすぐにわかった。国光も持っている。

ティアドロップ・EXEだった。

「お、お宝で、情報だぜえ。もう使えねえし。くれてやるよ。た、ただし、使い方によっちゃあ、ば、爆弾、だぜぇ」

田中は、血を垂らしながら壮絶に笑った。

笑ったまま、動かなくなった。

血はまだ、垂れていた。

「ひっ。いぃっ！」

女がいつの間にか背後にいて、バスローブをはだけて腰を抜かしていた。

誰かが無様に取り乱せば、かえって冷静にもなるというものだ。

「ちっ」

国光は取り敢えずジップバッグとUSBを拾って室内に取って返し、すぐに身支度を始めた。

この場に留まるわけにはいかなかった。

「なによなによぉ。あれ、なによっ」

女が這うようにして国光を追ってきた。半狂乱になりかけていた。

国光は女の頬を軽く張った。

それで女が正気付いた。

「すぐにうちの者がくるわ。それまで我慢しぃ」

「えっ。えっ。ひ、一人で？」

それ以上言わせず抱き締め、頭を撫でた。

「なんのこたぁないわ。あんなもん、ただの壊れた人形や。心配いらん。あとで、ゴッツええもん買うたるからな」

その後は女を放り出すようにして玄関に向かい、靴を履いた。

「ああ。後でうちの者からレクチャー入るやろが、こいつはお前の彼氏や。バイクで事故って、ここまで来て事切れた。それ以外なんもない。いいか。警察にバレたとしてもや。辻褄《つじつま》はうちの連中が合わせる。ええな」

返事は待たなかった。待っている場合でもない。

外の田中はもう、すべてが動かなかった。垂れ続けていた血も固まり始めたようだ。

「けっ。最後の最後まで面倒なやっちゃ」

それだけで小走りに階段に向かい、上階に上がった。

そのまま自室に飛び込み、何も考えず全部を脱いでまずシャワーを浴びた。

何がしたかったわけではない。ただ全身がズブズブに汗みどろだったのだ。

すぐに出て、東京本部に連絡を取った。桂がいた。

——へえ。エライ生命力でんな。

さも面白そうに、普通のことのように告げる桂のこの言葉でだいぶ落ち着いた。

——すぐに作業に入りまっさ。

そこまで聞けば、もう国光の手を離れたも同然だった。

だいぶどころか、これでもう常態に戻った。

もう一度ゆっくりとシャワーを浴び、オン・ザ・ロックを作って舐めた。

女のところに置いてあるものより、当然いい酒だ。どちらも国光が買ったものだが、自分だけで呑む酒の方が当たり前にいいものになる。

国光は思い出したように脱ぎ捨ての衣服に近づき、ポケットからジップバッグとUSBを取り出した。

透かし見る袋は実は二重になっており、一枚目と二枚目の間に付箋が入っていた。

〈宗忠の指紋〉

そんなことが書いてあった。

「お宝？　情報？　どこがや」

ティアドロップ・EXEはテーブルに置き、国光はUSBをつまんだ。

なにが入っているかの見当もつかなかったが、今際《いまわ》の田中の言葉は気になった。

ウイスキーのグラスを持って移動し、PCを立ち上げる。

ＵＳＢを開くと、画面上に現れたのは三つに分かれたフォルダだった。

それぞれにフォルダ・ワン、ツー、スリーの名があった。

「なんやろか」

順に従って、まずフォルダ・ワンを開いた。

画像だった。

何枚かあるようだったが、一枚目から国光は眉根を寄せた。知っているようで、知らない写真だった。

宗忠の、子供時代の写真のようだった。データ上だがセピア色で、背景は国光の知らない街だ。

「ん？　いや」

デジャヴに似た感覚があった。

見たことも行ったことも、記憶を辿ればありそうだった。

「あ、上海や」

そう、昔の上海、おそらくそうだ。

写真の宗忠は、昔の上海で誰かに抱かれていた。国光の知らない男だった。

脇に一人の女性が立っていた。こちらも国光の知らない女だったが、にこやかに幸せそうに、男の腕につかまって寄り添うようだった。

どちらも見る限り中国人のようで、同じような写真が何枚もあった。

国光の父源太郎と、そいつらが一緒に写っている写真もあった。ずいぶん若い頃だった。三十前後、そのくらいだろう。

フォルダ・ワンに入っていたのは、そんな画像だけだった。

国光は首を傾げた。意味がわからなかった。

次いで、フォルダ・ツーを開けた。

PDFが二枚と報告書のようなものが入っていた。

ウイスキーを舐めつつ眺めた。だいぶ酔いが進み始めていた。

PDFは二枚とも、達筆と言っていい中国語で書かれていた。五条源太郎、という漢字だけは読めたが、あとは皆目だ。

ただ、誓約書のようなものだということだけは理解された。国光も竜神会の商いで、向こうのシンジケートと似たような契約書を交わしたことが何度もあったからだ。

よく見れば、欄外に小さく添付の訳文がついていた。田中がデータに書き加えたものだろうか。

それに拠れば、

〈仔空《シア》を五条源太郎に渡す。いかようにもされたし〉

という内容のようだった。

そうしてもう一枚のＰＤＦは、その仔空、劉《りゅう》仔空の出生医学記録だった。出生病院の押印があった。

「なにが宝や。どこが爆弾や。死ぬ前にもう脳味噌グチャグチャやったんと違うか」

呟きながら、最後に報告書を読んだ。

初めはどうということもなかったが、やがて国光の顔に驚愕の色が浮かんだ。

「なっ」

驚愕が恐怖に変わるのに、さして時間は必要なかった。

〈六二年、中国では計画出産指導機構が設けられた。仔空の生まれた六三年は、この計画出産指導機構が独生子女政策に少なからぬ影響を与える、計画出産弁公室になるまでの過程の年である。

仔空の父、劉学兵は、上海市の弁公室主任だった。六六年からの文化大革命で出産計画自体は頓挫し、雌伏の時代を迎えるが、主任の立場から劉は六三年に生まれた次男・仔空を、数々のメリットと合わせて満州出身の五条源太郎に託す。この後、夫婦は上海において奪権闘争と呼ばれる激しい衝突に巻き込まれ――〉

そこまでで十分だった。

書かれていた内容は、まさに驚天動地のことだった。仔空とは、どう読んでも兄・宗忠のことだった。

兄は、兄ではなかった。いや、兄ではあるが、赤の他人だった。赤の他人の、中国人だった。

——国光。だぁれも知らんけどな。兄ちゃんな、生まれたときからのこと、ぜぇんぶ覚えてるんや。それもな、オカンの腹から出た瞬間からや。

昔、そんなことを宗忠から聞いた。

——あのなぁ、国光。これはな、闇の話や。お前なんか想像もできんくらい、ホンマは暗くて辛くて、悲しいことなんやけどなぁ。

そうも聞いた。

宗忠は赤の他人の中国人で、自分のことを最初から全部知っていたというのか。

国光はオン・ザ・ロックを呑み干した。それだけでは足りず、瓶ごと持ってきてラッパ呑みした。空にした。

しかし、全身に起こる震えは、そんなものでは止まらなかった。

「な、あの阿呆っ。何が宝や！」

爆弾だった。爆弾でしかなかった。

くれてやると唆《そそのか》した田中が、今では恨めしかった。もう一度殺してやりたかった。

ただし——。

国光は酔眼を画面にひた当てた。

フォルダは、もう一つ残っていた。

毒を食らわば皿まで。

いいや、もしかしたら救済のヒントが記されているかもしれない。

そうだ。それを以て宝、なのかもしれない。

国光は震える指先でマウスを操作し、フォルダ・スリーをクリックした。


何も起こらなかった。

いや、静かに、悪夢は始まっていた。

PCが勝手に動き出したのだ。

「な、なんや。なにがどうしたんや」

なにをどう押しても止まらなかった。

自動で立ち上がったメールソフトが、どこかに開封確認を送り始めた。フォルダ・スリーはどうやら、トラップだった。

「なんやっ。うわうわうわ」

送り先は郭英林と漢字表記された、知らない中国人名のアドレスだった。

国光は慌てて居間の隅に走った。キャビネットの脇に無線LANのルーターがあった。

通線をすべて引き抜いた。

それで取り敢えず、送受信は止まったはずだった。

額の汗をぬぐい、国光はPCの前に戻った。

戻って国光は、PCの画面を凝視した。

トラップが開封確認を送ったのは、郭英林だけではなかった。

「えっ」

見れば、もう一件に同送していた。

「えっ。えっ」

国光と同じプロバイダの、国光のよく知るアドレスだった。

トラップが送ったアドレスは、兄・宗忠のものだった。

「ひぃいぃいぃいっ！」

頭を抱える国光の悲鳴が、真夜中に響いて長く尾を引いた。


（シリーズ第六巻につづく）

本書は書き下ろしです。
また、この物語はフィクションであり、実在の
人物・団体とは一切関係がありません。

中公文庫

ゴーストライダー
——警視庁《けいしちょう》組対特捜《そたいとくそう》K

2019年3月25日　初版発行

著　者　鈴《すず》峯《みね》　紅《こう》也《や》

発行者　松田　陽三

発行所　中央公論新社
〒100-8152　東京都千代田区大手町1-7-1
電話　販売　03-5299-1730　編集　03-5299-1890
URL http://www.chuko.co.jp/

ＤＴＰ　平面惑星
印　刷　三晃印刷
製　本　小泉製本

Published by CHUOKORON-SHINSHA, INC.
Printed in Japan　ISBN978-4-12-206710-3 C1193

各書目の下段の数字はＩＳＢＮコードです。978－4－12が省略してあります。

中公文庫既刊より

す-29-1
警視庁組対特捜K　鈴峯紅也
本庁所轄の垣根を取り払うべく警視庁組対部特別捜査隊となった東堂絆を、闇社会の陰謀が襲う。人との絆で事件を解決せよ！　渾身の文庫書き下ろし。
206285-6

す-29-2
サンパギータ　警視庁組対特捜K　鈴峯紅也
非合法ドラッグ「ティアドロップ」を巡り加熱する闇社会の争い。牙を剝く黒幕の魔の手が、絆の彼女・尚美に忍び寄る⁉　大人気警察小説、待望の第二弾！
206328-0

す-29-3
キルワーカー　警視庁組対特捜K　鈴峯紅也
「ティアドロップ」を捜索する東堂絆の周辺に次々と闇社会の刺客が迫る。全ての者の悲しみをまとい、絆が悪の正体に立ち向かう！　大人気警察小説、第三弾！
206390-7

す-29-4
バグズハート　警視庁組対特捜K　鈴峯紅也
ティアドロップを巡る一連の事件は、片桐、金田ら多くの犠牲の末に、ようやく終結した。片桐の墓の前で死を悼む絆の前に、謎の男が現れるが――。
206550-5

や-53-1
もぐら　矢月秀作
こいつの強さは規格外――。警視庁組織犯罪対策部を辞し、ただ一人悪に立ち向かう「もぐら」こと影野竜司。最凶に危険な男が暴れる、長編ハード・アクション。
205626-8

や-53-2
もぐら　讐　矢月秀作
警視庁に聖戦布告！　影野竜司が服役する刑務所が爆破され、獄中で目覚める〝もぐら〟の本性――超法規的、過激な男たちが暴れ回る、長編ハード・アクション第二弾！
205655-8

や-53-3
もぐら　乱　矢月秀作
女神よりも美しく、軍隊よりも強い――次なる敵は、中国の暗殺団・三美神。影野竜司が新設された警視庁特務班とともに暴れ回る、長編ハード・アクション第三弾。
205679-4

各書目の下段の数字はISBNコードです。978－4－12が省略してあります。

や-53-13 AIO《アイオ》民間刑務所（上） 矢月秀作

20××年、日本で設立・運営される初の民間刑務所「AIO第一更生所」。そこに渦巻く経営者、議員、刑務官、囚人たちの欲望を戦慄的に描いた名作、遂に文庫化。

206377-8

や-53-14 AIO民間刑務所（下） 矢月秀作

「AIO第一更生所」に就職した同期たちが遭遇した惨劇とは……。「もぐら」「リンクス」の著者が描く、近未来アクション&バイオレンス！〈解説〉細谷正充

206378-5

こ-40-24 新装版 触発 警視庁捜査一課・碓氷弘一1 今野敏

朝八時、霞ヶ関駅で爆弾テロが発生、死傷者三百名を超える大惨事に！ 内閣危機管理対策室は、捜査本部に一人の男を送り込んだ。「碓氷弘一」シリーズ第一弾、新装改版。

206254-2

こ-40-25 新装版 アキハバラ 警視庁捜査一課・碓氷弘一2 今野敏

秋葉原を舞台にオタク、警視庁、マフィア、中近東のスパイまでが入り乱れるアクション&パニック小説。「碓氷弘一」シリーズ第二弾、待望の新装改版！

206255-9

こ-40-26 新装版 パラレル 警視庁捜査一課・碓氷弘一3 今野敏

首都圏内で非行少年が次々に殺された。いずれの犯行も瞬時に行われ、被害者は三人組で、外傷は全くないという共通項が。「碓氷弘一」シリーズ第三弾、待望の新装改版。

206256-6

こ-40-20 エチュード 警視庁捜査一課・碓氷弘一4 今野敏

連続通り魔殺人事件で誤認逮捕が繰り返され、捜査は大混乱。ベテラン警部補・碓氷と美人心理調査官・藤森のコンビが真相に挑む。「碓氷弘一」シリーズ第四弾。

205884-2

こ-40-21 ペトロ 警視庁捜査一課・碓氷弘一5 今野敏

考古学教授の妻と弟子が殺され、現場には謎めいた古代文字が残されていた。碓氷警部補は外国人研究者を相棒に真相を追う。「碓氷弘一」シリーズ第五弾。

206061-6

こ-40-33 マインド 警視庁捜査一課・碓氷弘一6 今野敏

殺人、自殺、性犯罪……。ゴールデンウィーク最後の夜に起こった七件の事件を繋ぐ意外な糸とは？ 藤森紗英も再登場！ 大人気シリーズ第6弾。

206581-9